REALITY

815047

Mats Wahl

Sehnsucht nach der großen Liebe

Mats Wahl

Mats Wahl, 1945 auf der Insel Gotland geboren, war zunächst Lehrer und arbeitete als Gastdozent in der Erwachsenenbildung in den Fächern Psychologie und Pädagogik. Der Autor hat zahlreiche Romane veröffentlicht, er wurde ausgezeichnet mit der Nils-Holgerson-Plakette, einem der großen Literaturpreise Schwedens. Auch in Deutschland gehört Mats Wahl zu den bedeutenden Autoren der Jugendliteratur, er erhielt 1996 den Deutschen Jugendliteraturpreis.

Im Ravensburger Buchverlag erschien 1996 der Roman »Die Lüge«.

Sehnsucht nach der großen Liebe

Aus dem Schwedischen
von Angelika Kutsch

RAVENSBURGER BUCHVERLAG

Illustrationen von Jens Schmidt

Als Ravensburger Taschenbuch
Band 8058
erschienen 1998

Die Originalausgabe erschien 1988
unter dem Titel »Maj Darlin« bei
Bonniers Grafiska Industrier AB, Stockholm

Die deutsche Erstausgabe erschien 1994
in der Ravensburger Jungen Reihe
im Ravensburger Buchverlag

Umschlagillustration: Klaus Steffens

RTB-Reihenkonzeption:
Heinrich Paravicini, Jens Schmidt

**Gesamtherstellung: Clausen & Bosse, Leck
Printed in Germany**

**Die Schreibweise entspricht den Regeln
der neuen Rechtschreibung.**

6 5 4 3 2 1 03 02 01 00 99 98

ISBN 3-473-58058-9

REALITY

Sie balancieren gern
am Rande des
Abgrundes entlang.
Auffallend selten
stürzen sie ab.

MaJ?

1

Auf dem Nachhauseweg von der Schule fuhren wir in Pulks, die Mädchen fuhren dicht nebeneinander, sie wandten sich merkwürdig nach innen, einander zu, als ob sie uns nicht sehen wollten, die wir doch gesehen werden wollten. Wir, die freihändig nebenherfuhren, wir, die einander boxten und nacheinander schlugen, wir, die wie kleine Hunde nach der Aufmerksamkeit der Mädchen schnappten.

Ganz zufällig blieben Hasse und ich hinter den anderen zurück. Ganz zufällig fuhren wir mit unseren Rädern in den Graben und gingen zum Zaun.

Es war ein hoher, guter Zaun, mit Sorgfalt und Präzision errichtet, um Jungen wie uns vom Fabrikgelände fern zu halten. Er war an die drei Meter hoch und wurde von drei Lagen Stacheldraht gekrönt. Ein idealer Zaun, um von Jungen, die bald dreizehn wurden, erobert zu werden. Gerade die richtige Höhe, etwas bedrohlich, verbietend und verboten, herausfordernd und aufreizend. An manchen Stellen konnte man natürlich darunter hindurchkriechen. Aber wir gehörten zu der Sorte Jungen, die es unter ihrer Würde empfunden hätten, unter einem guten Zaun hindurchzukriechen. Ein guter Zaun war mindestens zwei Meter hoch und wurde von Stacheldraht gekrönt. So was musste erklettert werden. Das sagte uns unser Instinkt. Unser besonderer Instinkt, der Instinkt von jungen Hunden und von Zwölfjährigen. Genau der Instinkt, der uns dazu trieb, mit geschlossenen Augen freihändig zu fahren, der uns reizte, zum Ponton zu schwimmen, wenn es stürmte, und der uns unbeholfen und gierig die Hände nach Mädchenhaaren ausstrecken ließ, um daran zu ziehen.

Vermutlich war es Donnerstag, denn donnerstags kam immer der große Schuss. Entweder sprengte man vormittags oder kurz vorm Abend. An diesem Tag war es ein Nachmittagsschuss. Der Halbvierschuss. Das wusste man, wenn es nicht um elf Uhr geknallt hatte.

Einen Augenblick saßen wir oben auf dem Zaun. Unsere Hände umklammerten den Draht dort, wo keine Stacheln waren. Unsere Füße, die in Gummistiefeln steckten, suchten Halt im Maschendraht des Zaunes. Hasses angespanntes Gesicht lächelte mir zu, während sich sein Unterkörper über den Stacheldraht schlängelte, und dann war er drüber.

Der Steinbruch hatte das Ausmaß von knapp einem Quadratkilometer. Er war dreißig Meter tief, und der ganze Abbruch war weiß. Hier wurde Kalkstein abgebaut. In der Fabrik wurden die Steine zerkleinert und gebrannt, und dann wurden sie zu Zement. Mit der Zeit wurde aus dem Zement eine Landebahn im Dschungel von Thailand, der Damm eines Kraftwerks in Brasilien.

Die ganze Woche über bohrten sie hunderte von daumendicken Löchern in die Bergkruste. Die Löcher wurden mit Dynamit gefüllt. Männer in verstaubter blauer Arbeitskleidung brachten Zündhütchen an und legten dünne, hellgelbe Zündkabel. Am Donnerstagnachmittag war es so weit. Die Sirene heulte. Jetzt würde gezündet werden! Das Leben im Ort kam zum Stillstand. Der Kaufmann blieb mit dem Milchmaß in der Hand stehen. Der Apotheker bemerkte das Beben erst am Vibrieren seiner Waagschale. Alle konnten es spüren. Die Vibration im Berg, ehe der Knall kam, der Knall, der die Detonation ankündigte. Donnernd stürzte ein Teil des Berges hinab.

Es gibt zwölfjährige Jungen von der Sorte, die mit der einen Hand nach Mädchenhaaren greifen und mit der anderen nach dem Abgrund tasten. Und die Sorte ist nicht einmal selten …

Diese Jungen würden es niemals zugeben, weder das eine noch das andere – nicht einmal vor sich selbst. Sie leben mit dem Mythos ihrer Stärke, sie ahnen ihre Sehnsucht, und bei jedem Morgendämmern wittern sie den Tod ihrer Kindheit. Sie balancieren gern am Rande des Abgrundes entlang. Auffallend selten stürzen sie ab.

Wir liefen zum Waldrand. Von dort waren es noch dreißig Meter bis zum Abbruch. Hier war der Berg entblößt. Man hatte ihm die Haut heruntergerissen. Sand und Erde waren abgefahren worden. Weiß und wund lag der Kalk da. Wir standen am Schorfrand. Die Fabrikschornsteine spuckten Rauch pfeilgerade in den Himmel. Weiße Striche, kerzengerade im Frühlingshimmel. Ich setzte mich hin und betastete einen Stein, der die Größe eines Puppenkopfes hatte. Es war nicht ungewöhnlich, dass der große Schuss auch riesige Gesteinsbrocken lossprengte. Felsblöcke, so groß wie Personenwagen, konnten ungeheuer weit geschleudert werden. Steine, so groß wie Radios, Kinderköpfe, wie Walnüsse, konnten förmlich auf den Tannenwald niederregnen, wenn die Sprengladungen schlecht angebracht waren.

Es kam darauf an, nicht entdeckt zu werden. Um die Fabrik herum wimmelte es von Arbeitern in blauer Kleidung, die grau von Kalkstaub war. Es wimmelte von Gabelstaplern, Lastern, Baggern und Transportmaschinen.

Überall waren Leute, und es war wichtig, sich von ihnen fern zu halten, nicht gesehen zu werden. Solange wir uns im Wald aufhielten, war das Risiko minimal. Wer hatte schon Zeit, im Wald herumzustöbern, wenn er im Akkord arbeitete? Man arbeitete am Berg, und der Wald war im Weg. Wie das Papier um eine Tafel Schokolade. Alle ernährten wir uns vom Kalk. Er war aller Brot. Jeder Brocken Stein würde in ein Brötchen verwandelt werden. Im Wald waren wir unsichtbar.

Hasse begnügte sich nicht damit, sich im Wald herumzudrücken. Er wollte zur Abbruchkante, hinaus auf den weißen Berg. Während ich dort lag, wo Sand und Erde weggeschafft worden waren, wo Baumstümpfe und schräg stehende Stämme aus dem Weg geschleudert waren, duckte er

sich auf den Felsen. Halb ging er, halb lief er auf den Rand des Abbruchs zu.
»Hasse!«, rief ich. »Hasse …!«
Er wandte sich nicht um, drehte nur den Kopf ein wenig. Auf der anderen Seite des Abbruchs schoss ein kleiner gelber Jeep dahin, sodass die Staubwolke wie ein Federbusch hinter ihm stand.
Ein gelber Schmetterling des Frühlings, frühzeitig unterwegs, auf gefährlichen Wegen unterwegs, flatterte vor meinen Augen.
»Hasse!«, rief ich.
Auf der anderen Seite des Abbruchs verschwand der Jeep hinter einem Schuppen. Der Federbusch von Kalkstaub hing noch in der Luft. Als ob eine Wolke vom Himmel zur Erde sinke. Eine Wolke aus Stein.
Hasse wusste, wo sie sprengen würden. Über so was wusste er Bescheid. Er war oft im Hafen und unterhielt sich mit den Leuten dort und fuhr in den Lastern mit, obwohl das verboten war. Er war anders als ich an der Welt der Erwachsenen interessiert. Auch danach tastete er, schnüffelte er, danach griff er mit seinen bald dreizehnjährigen Händen.
Jetzt legte er sich hin, draußen auf dem weißen Felsen. Er legte sich auf den Bauch, hielt die Beine zusammen und breitete die Arme aus. Wie ein Flieger, dachte ich. Wie einer, der sich aufs Fliegen vorbereitet.
»Hasse!«, rief ich. »Du verrückter Hund! Komm her …!«
Die Sirene jaulte. So nah wie hier auf dem Fabrikgelände klang sie schärfer und bedrohlicher als drinnen im Ort. Auf

der Landstraße oder in der Schule klang sie wie ein Teil vom Alltag. Dort war sie so selbstverständlich wie Erbsensuppe oder Pfannkuchen. Doch hier roch ihr Laut verbrannt. Hier klang die Sirene nach Tod und Zerstörung.

»Zum Teufel noch mal, Hasse, komm her!«

Dann verstummte die jaulende, Unheil verkündende Heulmaschine. Und im selben Augenblick ging das Beben durch den Berg, es ging durch Erde und Sand in meine Füße, in meinen Körper, sodass sich mir die Kopfhaare aufrichteten. Ich warf mich hin und schloss die Augen. Dann krachte es. Grollte es. Noch nie war ich dem Knall so nah gewesen. Noch nie war der Knall so betäubend gewesen.

Ich hob das Gesicht aus dem Moos. Der Schmetterling, der gelbe, flatterte auf der anderen Seite des Abbruchs. Ich sah den Jeep hinter den Schuppen hervorkommen. Er wurde schneller und verschwand in einer Wolke von Kalkstaub in Richtung Fabrik.

Unbeweglich lag Hasse draußen auf dem weißen Fels. Ganz still, als ob er schwebte, als ob er flöge. Um ihn herum stiegen kleine Rauchwolken aus dem Kalkstaub. Als ob man ihn von oben aus mit Maschinengewehren beschoss. Es waren die kleinen Steine, die hoch hinauf geflogen waren. Jetzt rieselten sie in dichten Schauern herunter. Sie fielen um Hasse herum, und sie schlugen in die Tanne über mir. Ein Stein, so groß wie ein Golfball, landete im Moos, direkt vor meinem Gesicht. Der gelbe Schmetterling setzte sich darauf. Aus dem Steinbruch stieg eine Wolke aus Staub, rollte wie Nebel heran und näherte sich der Stelle, wo Hasse lag. Langsam und mächtig hüllte sie seinen Körper ein, seine blauen Hosen. Alles, was Hasse war, verschwand im Kalkstaub. Dann war er weg. Die Wolke näherte sich dem Tannenwald. Sie brachte den Geruch nach Sprengmunition und Staub mit sich. Es roch verbrannt. Draußen im Abbruch heulte die Sirene. Die Gefahr ist vorbei!, brüllte die Heulmaschine. Hasse war nicht zu sehen. Die Staubwolke kam auf mich zu. Der Schmetterling saß unbeweglich da. Ich schloss die Augen.

Da spürte ich die Spitze von einem Gummischuh an meiner Schulter. Als ich aufschaute, stand Hasse vor mir, weiß von Staub, als ob er in Mehl gebadet hätte.

»Komm jetzt«, sagte er. »Wir hauen ab.«

2

Hinterher fuhren wir zur Bachschleife. Dort hatten wir eine Hutte. Außerdem noch einen Windschutz. Aber der war eher dazu da, damit niemand nach der Hütte suchte. Es konnte geschehen, dass sich die Pfeifen-Bubis am Bach herumtrieben, und wenn sie kamen, dann waren es viele. Fanden sie unsere Hütte, dann rissen sie sie nieder. Darum hatten wir eine, die sie kaputtmachen konnten, und eine, in der wir uns aufhielten.

Im Frühjahr, wenn der Bach voller Wasser war, stauten wir es in der Biegung. Mit Spaten und Äxten bauten wir

Dämme, die meistens nur eine Nacht hielten. Es gab Nächte im Mai, in denen wir bis tief in die milde Dunkelheit arbeiteten.

Zu Anfang leistete uns die Amsel Gesellschaft. Später war es der Kuckuck. Wenn der Kuckuck anfing zu rufen, waren wir beim Wasserrad. Das hielten wir unter einer Baumwurzel versteckt. Sobald wir kamen, bauten wir es auf, und wir bauten es wieder ab, wenn wir nach Hause fuhren. Die Pfeifen-Bubis, die sich gewöhnlich einen Kilometer bachabwärts aufhielten, hätten es uns ohne zu zögern gestohlen, wenn sie es gefunden hätten.

Wir stellten unsere Fahrräder beim Dynamithaus ab. Es war ein blaues kleines Haus ohne Fenster. Im Haus gab es eine Treppe, sie führte in den Dynamitkeller. Man hatte das Dynamitlager der Fabrik hier im Wald angelegt, damit kein allzu großer Schaden entstand, falls das Ganze mal in die Luft flog.

Hasse war immer noch staubig von dem großen Schuss und der Staubwolke. Er stellte sein Rad ab und ging zum Bach hinunter. Dort zog er seine Windjacke und das Hemd aus. Die Mütze behielt er auf. Er schlug die Kleider am Stamm einer Tanne aus, kauerte sich am Bach nieder und wusch sich den Staub vom Gesicht. Als er sich wieder aufrichtete, hatte er Kalkstreifen auf den Wangen, als ob er geweint hätte. Dann nahm er die Mütze ab. Darin hatte er eine Schachtel Streichhölzer und eine halb gerauchte *Boy*. Er steckte sich die Kippe zwischen die Lippen, die kniff er zusammen, dass sie ganz weiß wurden, riss ein Streichholz an und entzündete die Zigarette.

»Wollen wir das Wasserrad aufstellen?«, fragte er beiläufig, als ob das eigentlich keine Frage war, und reichte mir die Kippe. »Nicht einweichen«, sagte er.

Ich reichte sie ihm zurück, wohl sehend, dass das Papier ein wenig feucht geworden war. Dann gingen wir zu der Baumwurzel und holten das Wasserrad hervor, stellten es auf und untersuchten den Staudamm.

»Fünf Zentimeter«, sagte Hasse.

Mit jedem Tag, der verging, sank das Wasser mehr. Vor zwei Wochen war der Bach an einigen Stellen vier Meter breit und voller wirbelndem, graugrünem Wasser gewesen. Jetzt floss es ruhiger, war klarer, und der Bach hatte sich in die Rinne zurückgezogen, die sein Zuhause war.

Hasse zog Hemd und Jacke wieder an und reichte mir die Mini-Zigarette. Ich nahm einen letzten Zug.

»Soll ich sie ausdrücken?«

Hasse betrachtete die Tabakkrümel zwischen meinen Fingern. »Du weichst sie ein«, sagte er und runzelte die Augenbrauen.

Ich nickte, mir meiner Mängel als Raucher bewusst, ließ die Kippe ins Gras fallen und stellte meinen Absatz darauf.

Vom Waldweg hörten wir einen Automotor. Er jaulte, als der Gang heruntergeschaltet wurde. Bald tauchte der kleine Laster zwischen den Tannen beim Dynamithaus auf.

Der Laster hatte eine Ladefläche, die war nicht größer als ein normaler Esstisch. Genau wie das Dynamithaus war er blau, und auf dem Fahrerhaus flatterte eine rote Stofffahne an einer kurzen Stange. Das Auto hielt an, und heraus stiegen zwei Männer in blauer Kleidung. Sie schlossen die Tür zum Dynamithaus auf und verschwanden. Gleich darauf kamen sie wieder heraus, eine Holzkiste zwischen sich. Sie hatten keine Eile. Kiste um Kiste wurde herausgeschleppt, auf die Ladefläche gewuchtet, kriegte noch einen Schubs, damit sie gerade stand, und dann verschwanden die Männer wieder, um die nächste zu holen.

Wir beobachteten sie vom Bach aus. Uns beobachtete eine Amsel aus dem Wipfel einer Tanne. Sie erzählte allen, was sie sah.

Die Leute aus dem Dynamitauto, ein dickbäuchiger, immer unrasierter Mann mit Hängehintern, der allgemein Klops genannt wurde, sowie sein schmächtiger Kumpel, der mit ungeheuer roten Ohren ausgestattet war, gemeinhin Hering genannt, kamen zu uns heruntergeschlendert. Der Hering holte eine Pfeife hervor, klopfte sie am Schuhabsatz aus und begann sie zu stopfen.

»Schönes Wasserrad habt ihr da«, sagte der Hering.

»Ihr brauchtet nur noch einen Generator, dann könntet ihr Licht erzeugen«, sagte der Klops.

»Na ja«, sagte der Hering, »Licht ist ja wohl ein bisschen übertrieben. Mehr als ein bisschen Glimmern im Draht gibt so ein kleiner Bach nicht her. Ihr müsstet mal nach Porjus, Jungs. Die Fallhöhe vom Wasserfall in Harsprånget beträgt dreiundsechzig Meter. Aus so was werden Kilowatt! Aus so was kriegt man mehr als ein bisschen Glimmern im Draht.«

»Nee, nie«, sagte der Klops.

»Was denn?«, sagte der Hering. »Was soll das heißen, nie?«

»Das sind keine dreiundsechzig Meter in Harsprånget.

Höchstens fünfzig, ich würde sagen vierzig ...« Der Klops nickte, als wollte er seine eigenen Worte bestätigen.

»Du bist noch nie in Harsprånget gewesen!«

»Bin ich nicht?«, sagte der Klops. »Wie willst du das wissen?«

»Davon hast du mir noch nie was erzählt.«

»Ich erzähl dir schließlich nicht alles«, antwortete der Klops und begann, auf unserem Staudamm entlangzubalancieren. Er ging wie ein Seiltänzer mit ausgebreiteten Armen. Es war ein guter Damm, aber keineswegs für die gigantischen Körperausmaße von Klops angelegt.

»Du machst den Jungs den Staudamm kaputt«, sagte der Hering. »Lass das mal.«

»Och«, meinte der Klops, »der hält schon. Kann man doch sehen, was für gute Arbeit das ist.«

Der Klops kniete sich beim Wasserrad hin und stoppte die Bewegung des Rades mit einem Finger. Das Wasser drückte gegen die Schaufeln, und das Rad wurde aus seiner Halterung gehoben und davongeschwemmt.

»Blödmann!«, jaulte der Hering auf und fing an, am Bach entlangzulaufen.

Ich folgte ihm. Nach einer Weile sah ich mich um, und ganz flüchtig konnte ich einen Blick auf Hasse werfen, oben beim Dynamitauto. Hinter dem Auto. Hingekauert.

Aber das war nicht der Augenblick, um darüber nachzudenken, was Hasse da trieb. Jetzt galt es, das Wasserrad zu erwischen. Es herrschte eine starke Strömung im Bach, jedenfalls etwa hundert Meter von unserem Staudamm entfernt. Dann wurde der Bach breiter und folglich ruhiger.

Der Hering hatte sich einen Stock geschnappt und versuchte nun, an das Wasserrad heranzukommen, das mitten im Bach trieb. Dann erreichte es die scharfe Biegung, wo der Bach sich im rechten Winkel krümmte.

»Da kommt es!«, rief der Hering und stocherte mit dem Stock herum.

Und das Wasserrad trieb an Land, der Hering hob es heraus und gab es mir.

»Der ist nie in Harsprånget gewesen«, sagte er, blinzelte und nickte zum Staudamm hin, wo der Klops stand und uns nachschaute. »Der redet doch bloß Scheiß.«

Ich nahm das Rad entgegen, und wir gingen zurück zum Staudamm.

»Du bist nie in Harsprånget gewesen!«, rief der Hering.

»Wollen wir um ein Viertel Branntwein wetten?«, rief der Klops zurück.

»Keine Beweise«, antwortete der Hering. »Du kannst gar nichts beweisen.«

»Kann ich nicht? Ich hab ja Fotos.«

»Die kannst du von jemand anders gekriegt haben.«

»Ach, von jemand anders. Fotos, auf denen ich selbst drauf bin, wie? Am Wasserfall von Harsprånget? Von jemand anders …« Der Klops verdrehte die Augen. Die Amsel trillerte auf ihrem Tannenwipfel. Hasse kam oben beim Dynamithaus aus dem Wald und knöpfte sich demonstrativ den Hosenschlitz zu.

»Nee, so werden Kinder bestimmt nicht gemacht.«

Der Hering guckte seinen Kumpel an. Der seufzte und nickte.

»Na denn tschüss, Jungs!«, sagte der Hering. »Ihr müsst wohl eine Elefantenfalle bauen, damit nicht die größten Biester auf euren Staudamm rausgehen.«

Der Klops schlug mit einer Faust, groß wie ein Handball, nach dem Hering, der ihr tänzelnd auswich.

»Tschüss, Jungs!«, sagte der Klops. »Ihr glaubt mir doch, dass ich in Harspånget gewesen bin, oder?«

Der Hering klopfte seine Pfeife am Schuhabsatz aus.

»Wir glauben dir«, antwortete Hasse. »Wir glauben dir, Klops.«

»Da hast du's!«, rief der Klops dem Hering zu, der schon die Tür vom Dynamitauto geöffnet hatte.

Dann sahen wir, wie der Klops seinen riesigen Leib in das Fahrerhaus quetschte, der Motor startete, das kleine Auto fuhr davon. Und die rote Fahne flatterte.

»Komm, ich zeig dir was«, sagte Hasse.

»Wollen wir nicht erst das Wasserrad wieder aufstellen?«

Hasse schüttelte den Kopf und lief in den Wald, hinauf zu unserer Hütte.

Ich trug das Wasserrad und lief hinterher.

Wir hatten also zwei Hütten beim Staudamm. Die eine war mehr eine Art Windschutz. Es war eine einfache, schräge Wand aus Tannenreisig, das wir über ein Gestell von dünnen Baumpfählen gebreitet hatten. Ungefähr einmal im Monat rissen die Pfeifen-Bubis die Hütte ab. Wir bauten sie jedes Mal wieder auf, damit die Pfeifen was zum Abreißen hatten, wenn sie wieder in unsere Gegend kamen. Aber unsere richtige Hütte, die uns ganz allein gehörte – das war was anderes als dieser Windschutz am Bach.

Vor einem Jahr hatte ein Herbststurm eine riesige Kiefer mitsamt Wurzeln gefällt. Sie war gegen zwei große, dicht nebeneinander stehende Tannen gefallen. Die waren so kräftig, dass sie den Sturz der Kiefer auffingen. Diese halb umgestürzte Kiefer hatten wir gleich nach dem Sturm entdeckt, und wir waren den dicken Stamm, der mit brauner Rinde bedeckt war, hinaufgeklettert und hatten festgestellt, dass man genau dort oben, fünf Meter über der Erde, wo sich die Kiefer gegen die Tannen lehnte, eine großartige Hütte bauen konnte.

Einige Bauplätze hatten Abfallholz und Teerpappe beigesteuert. Jetzt war unsere Hütte eine Plattform von knapp zwei Metern im Quadrat mit einem schönen Dach darüber. Da es mit Teerpappe gedeckt war, kam kein Regen durch, und es war unser Stolz und unsere Freude, bei Regen zu unserer Hütte zu laufen und dann dort zu sitzen und *Das Phantom* und Prärie-Comics zu lesen, bis der Schauer abgezogen war. Der Regen trommelte auf unser zusammengeklautes Dach, und wir machten uns ständig darauf aufmerksam, dass es vollkommen dicht hielt.

Zu den Vorzügen der Hütte gehörte es, dass man sie vom Boden aus kaum entdecken konnte. Wir hatten das frische Holz mit grüner Farbe angepinselt, die wir uns auch irgendwo »besorgt« hatten. Selbst wenn man genau darunter stand und nach oben schaute, konnte man nicht einmal ahnen, dass da die Hütte war. Man konnte sie tatsächlich nur finden, wenn man den geneigten Baumstamm hinaufbalancierte. Damit niemand anders das schaffte, hatten wir uns etwas ausgedacht.

Vor ein paar Tagen hatten wir die erste Kreuzotter gefunden, die sich bei einem Baumstumpf sonnte. Hasse, der sofort wusste, wozu er sie brauchen konnte, schlug sie tot, und jetzt lag die Schlangenleiche ungefähr vier Meter aufwärts auf dem Stamm. Die Ameisen hatten sie schon angefressen, aber sie sah immer noch Respekt einflößend und drohend aus, wie sie so mit erhobenem Kopf dalag. Die Pfeifen-Bubis würde sie schon noch abschrecken, wenn die sich zufällig in den Wald verirrten und die geneigte Kiefer ihrer Untersuchung für wert befanden.

Jetzt liefen wir also den Stamm hinauf, Hasse mit einem geheimnisvollen Gesicht, ich mit dem Wasserrad im Arm. Wir erreichten die Hütte und setzten uns, denn aufrecht stehen konnte man nicht. Die Decke war zu niedrig.

»Was ist los?«, fragte ich.

»Das rätst du nie«, sagte Hasse.

»Dann sag schon, was ist!«

Hasse guckte übertrieben geheimnisvoll.

»Du rätst nie, was ich habe.«

»Nee, bestimmt nicht. Also erzähl es mir lieber.«

Hasse schüttelte den Kopf.

»Mach die Augen zu und halt die Hand auf.«

»Wehe, du spuckst mir rein!«

»Halt die Hand auf«, sagte Hasse, »und mach die Augen zu.«

Ich schloss die Augen und streckte die Hand aus. Hasse legte etwas hinein. Ich war auf etwas Ekelhaftes vorbereitet, vielleicht eine lebendige Ringelnatter, deswegen griff ich nicht besonders fest zu, aber Hasse schloss meine Finger um das, was er mir hineingelegt hatte, und als ich das geölte Papier um den Zylinder herum spürte, wusste ich, was es war. Vor meinem inneren Auge sah ich Hasse hinter dem Dynamitauto, seine Hockstellung, die rote Flagge.

»Dynamit«, sagte Hasse. Ich öffnete die Augen. Er guckte wie ein Hund, der auf ein Stück Zucker wartet.

Und ich starrte die Dynamitstange in meiner Hand an.

3

Fräulein Kejne war eine alte Schrulle aus Schonen. Sie war grob gebaut und breitmäulig. Der Sinn stand ihr nach Musik, und deswegen spielte Gesang eine große Rolle in ihrem Unterricht.

Außerdem hatte sie eine besondere Neigung für die Wohlbestallten, für die *Feinen*, den Klüngel von Mittelklasse, den es in unserem Ort gab. Folglich gehörte sie dem Roten Kreuz an, wo die Frau des Distriktarztes Vorsitzende war, und dem Korps der Frauen, wo die Frau vom Tierarzt Korpschef war. Darüber hinaus saß sie für eine Rechtspartei im Jugendamt. Man hätte meinen können, Fräulein Kejnes Beteiligung an der Öffentlichkeitsarbeit der Gemeinde sei Ausdruck von Engagement und Gemeinsinn. Das hätte man meinen können, wenn man Fräulein Kejne nicht kannte.

Hasse und ich kannten sie seit drei Jahren. Und unsere Antipathie war mit den Jahren so gewachsen, dass sie allmählich die Ausmaße direkter und offener Feindseligkeit angenommen hatte.

Der allgemeine Grund für die Feindseligkeit lag in Fräulein Kejnes Abscheu gegen die Unordentlichkeit von Jungen. Im tiefsten Innern ahnten Hasse und ich, dass Fräulein Kejne danach strebte, uns in kleine Mädchen zu verwandeln. Am liebsten Mädchen von der Sorte, die stets frisch gebügelte Kleider und im Haar hellblaue Schleifen trugen. Das stimmte natürlich so nicht, aber wir hatten so ein Gefühl.

Hasse und ich waren folglich in einen Kampf verwickelt, in dem Fräulein Kejne den Angreifer darstellte. Je mehr sie sich anstrengte, unserem Rabaukentum, unserer kichrigen Albernheit, unseren ärgerlichen Anfällen von überschäumender Lärmigkeit beizukommen, umso mehr beharrten wir genau auf diesen Verhaltensweisen.

Schwerwiegend war auch Fräulein Kejnes Ungerechtigkeit in unseren Augen. Jeder, der nicht zwölf Jahre alt ist, seufzt jetzt und denkt, ach, die naiven, unschuldigen Kindheitsideale von Gerechtigkeit. Jeder, der zwölf Jahre alt ist, weiß, wovon ich rede. Die alte Schrulle *war* ungerecht! Sie machte einen Unterschied zwischen Leuten und Leuten. Sie buckelte vor den Wohlbestallten und trat nach den Schwachen.

Das drückte sich verschieden aus. Aber häufig war es unübersehbar. Wer wollte, konnte täglich in unserer Klasse beobachten, wie einige Schüler für gleiches Verhalten unterschiedlich behandelt wurden. Der Sohn vom Herrn Doktor, Henrik, ein Junge, der mindestens genauso ein Lümmel und genauso schlampig wie Hasse oder ich war, entging regelmäßig dem Zorn von Fräulein Kejne. Was er auch tat oder nicht tat, ihm zeigte sie nur eine beleidigte oder düstere Miene. Für andere, zum Beispiel Hasse oder mich, hatte sie dagegen mehr parat, bösartige Schmähungen, oder sie zupfte und zwickte an den Ohren und im Nackenhaar. Klingt das jetzt wehleidig? Wohlgemerkt, ich rede nicht davon, wie es gewesen ist! Wer weiß denn schon, wie es wirklich gewesen ist. Ich rede davon, was für ein Gefühl es war. Und genau so ein *Gefühl* war das, Tag für Tag, Woche für Woche, Monat für Monat, drei Jahre lang: Fräulein Kejne war ungerecht. Sie machte Unterschiede zwischen Leuten und Leuten.

Wenn man von Henrik, dem Sohn des Doktors, behaupten kann, dass er die absolute Oberschicht der Klasse repräsentierte, so gab es auch eine absolute Unterschicht. Diese wurde durch eine einzige Person repräsentiert. Er hieß Torgny, wurde Tocken genannt und war klein und dünn. Er war feingliedrig und kurzsichtig. Und wegen seines schlechten Sehvermögens saß er mit seiner Brille in der Bank vor mir. Genau unterm Katheder. Allein. Wir anderen saßen alle zu zweit. Tocken saß für sich allein, weil er nach Pisse roch. Ein schwacher, aber unverkennbarer Urinduft umgab ihn und kroch nach hinten, Hasse und mir in die Nase.

Wir dachten nicht oft daran. Wir dachten auch nicht oft an Tocken, außer, wenn Fräulein Kejne unsere Aufmerksamkeit auf ihn lenkte. Sie pflegte das mit höhnischen Formulierungen zu tun, die oft in einer Art verlogenem Mitleid verpackt waren. »Ja, du, Torgny«, konnte sie in ihrem breiten Dialekt sagen, »man muss sich wirklich fragen, was aus dir mal werden soll ...« Dann seufzte sie und gab ihm sein Schreib- oder Rechenheft zurück, das immer voller wütender roter Anmerkungen war.

Denn obwohl Tocken bald dreizehn wurde, konnte er kaum lesen. Vielleicht war irgendwas mit seinen Augen. Ganz sicher war etwas mit seiner Familie. Was es auch sein mochte, Tatsache war, dass Tocken nicht lesen konnte. Schreiben konnte er auch nicht gut, und häufig saß er in den Lese- und Schreibstunden da und klebte Wörter zusammen. Aus den rechtsgerichteten Zeitungen von Fräulein Kejne musste er Buchstaben ausschneiden, und dann versuchte er mit dünnen Fingern, Wörter und Sätze daraus zusammenzufügen. Der Uringeruch mischte sich mit dem Bittermandelgeruch vom weißen Schulkleister, und die einzelnen Buchstaben fielen dauernd auf den Fußboden.

»Ach, Torgny«, sagte Fräulein Kejne seufzend und sah erschöpft aus. Dann spazierte sie zwischen den Bankreihen davon in Henriks Ecke, dem besten Platz am Fenster. »Und wie kommst du voran, Henrik?«, sagte sie und setzte ihr freundlichstes Lehrerinnenlächeln auf. Das hatte man ihr irgendwann in den dreißiger Jahren auf dem Seminar beigebracht, ein Lächeln, das sie eigentlich hätte denen schenken sollen, die es dringend brauchten.

Versteht mich richtig! Es gibt sicher solche Jungen, nett und solidarisch, die Mitleid mit den Schwachen haben. Solche Jungen kommen manchmal auch in Wirklichkeit vor. Manchmal kommen sie in Büchern vor. Leider bin ich nie so einer gewesen. Leider war ich genauso egoistisch, beschränkt und lümmelhaft wie so viele andere Jungen. Nicht aus Solidarität beschlossen Hasse und ich, Fräulein Kejne Widerstand zu leisten. So war das nicht. Leider. Unsere Motive waren eher selbstsüchtig, eher zu vergleichen mit dem geheimen Drang, eine Bürde abzuschütteln, irgendeine Schmiere von den Füßen oder etwas von den Händen abzuwaschen. Es war eine Art unbestimmter Sehnsucht, uns aus der begrenzten und begrenzenden kontrollierenden Macht der Erwachsenen zu befreien. Tocken und seine Familie war höchstens ein Vorwand. Ich wünschte, ich könnte etwas anderes sagen.

Tocken hatte acht Geschwister, von denen vier in die Schule gingen. Seine jüngste Schwester Elisabeth ging in die erste Klasse. Die kleine Elisabeth trug genau wie Tocken immer ungewaschene Kleider und hatte strähniges Haar. Sie war aber auch hübsch. Jeder konnte sehen, dass sie eine Schönheit war. Besonders in ihren Augen war diese Schönheit. Diese großen, traurigen Augen einer Siebenjährigen, die mit angesehen hatten, wie Tockens Vater seine Frau und seine neun Kinder und sich selbst in dem kleinen, runtergekommenen Haus einschloss und zu verstehen gab, dass er sich und die ganze Familie mit Dynamit in die Luft sprengen wollte. Ja, das war zwei Jahre her. Elisabeth war fünf gewesen, und ich ging noch in die Vierte, aber alle wussten es und hatten es nicht vergessen. Tockens Vater saß jetzt im Irrenhaus in der Stadt. Wovon seine neun Gören und seine blasse, abgehärmte Frau lebten, wusste keiner von uns Zwölfjährigen. Wir waren auch viel zu sehr mit uns selbst beschäftigt, um danach zu fragen.

Wie dem auch sei, donnerstags gab es immer Erbsensuppe. Jeden Donnerstag. Immer. Das war ein Naturgesetz. Manche Kinder mögen Erbsensuppe. Elisabeth mochte keine. Den ganzen Herbst hindurch hasste sie Erbsensuppe, und im Frühling hatte ihr Hass nicht abgenommen. Das konnte jeder an ihren großen, traurigen Augen ablesen, der sie vor ihrem Teller sitzen sah, donnerstags bei Sundbloms. Jeden Tag um elf Uhr wurde Sundbloms Esslokal in den Esssaal der benachbarten Schule verwandelt.

Das Essen der Donnerstagssuppe wurde von guten und beflissenen Lehrern überwacht. Diese Lehrer hielten es für ihre Pflicht, darauf zu achten, dass die Kinder die Teller leer aßen. Den Teller leer zu essen war wichtig für den Körper. Zu dieser Zeit »glaubte« die Schule außerdem noch an Gott. Und so war es auch eine Sünde gegen Gott, wenn man seinen Teller nicht leer aß. Es gab also einen guten Grund für Fräulein Kejne, das Essen der Jungen und Mädchen zu überwachen. Fräulein Kejne, die Erbsensuppe für das Korps der Frauen kochte, die im Namen des Roten Kreuzes Geld für hungernde Kinder allerorten gesammelt hatte und die außerdem im Jugendamt saß, sie ließ Tocken und seine Geschwister nicht aus den Augen, wenn es ums Essen ging. Fräulein Kejne hatte begriffen, dass die Kinder es zu Hause nicht gerade üppig hatten. Folglich mussten sie »unbedingt« in der Schule essen ... Das war die Logik eines guten Herzens einer betriebsamen Frau.

Stellt euch ihren Missmut und schließlich ihren Zorn vor, als sie erkannte, dass die kleine Elisabeth beim Essen heikel war, dass das kleine, schmutzige Mädchen mit den großen, traurigen Augen die Erbsensuppe nicht zu schätzen wusste! Fräulein Kejne, die daran gewöhnt war, ihren Willen durchzusetzen, ging daran, Elisabeth beizubringen, Erbsensuppe zu essen. Damit beschäftigte sich Fräulein Kejne jeden Donnerstag im Herbst und im Frühling. Im Mai aß Elisabeth genauso viel Erbsensuppe wie im August, nämlich kein bisschen.

Jeder erkennt das Ziel dieses Einsatzes. Fräulein Kejnes Ehrgeiz war ehrenwert, vollkommen verständlich und an sich bestimmt auch richtig. Wenn die Kleine keine Suppe aß, so bekam sie doch jede Woche eine halbe Stunde lang die ungeteilte Aufmerksamkeit von Fräulein Kejne, und das war ja immerhin etwas.

Was weiß ich sonst noch von dem Mädchen? Nichts. Von Hasse und mir weiß ich dagegen so manches. Wir aßen alles, was wir vorgesetzt bekamen, schnell und gierig, mit wenig Manieren und großem Appetit. Auch Erbsensuppe löffelten wir mit Genuss in uns hinein.

Einige Tische entfernt saß Elisabeth mit den traurigen Augen, und Fräulein Kejne wirkte zwölfmal so groß neben dem dünnen Mädchen. Elisabeth kniff ihren kleinen Mund zusammen. Fräulein Kejne sprach leise auf sie ein, abwechselnd bittend und drohend. Je mehr ich über die Sache nachdenke, umso überzeugter bin ich jetzt, dass Fräulein

Kejne auf dem richtigen Weg war, vielleicht war sie doch nicht ganz mies.
Aber von Zeit zu Zeit war ihre Bösartigkeit nicht zu übersehen.
»Mensch, die isst ja nicht«, sagte Hasse und nickte schwach und vorsichtig zu dem Tisch, an dem Fräulein Kejne und Elisabeth saßen.
Den Mund voll Erbsensuppe, grunzte ich etwas wie, dass ich es wohl sah, aber was es mich denn anging, dass Elisabeth nicht aß.
»Verdammt noch mal, die isst nicht!«, sagte Hasse, und jetzt hatte er den Löffel hingelegt, und seine Stimme klang irritiert.
»Die Alte ist ein Schwein«, sagte ich.
Damit bezog ich mich weniger auf das, was gerade im Esssaal passierte, sondern auf das, was kurz vor der großen Pause passiert war. Donnerstags wurden nämlich manchmal die Bänke inspiziert. Das war eine Art Razzia gegen jungenhafte Unordnung und Schmutz, und sie wurde ohne Vorwarnung durchgeführt. Die Mädchen wurden nie geschnappt. Man weiß ja, wie Mädchen sind! Papier und Bücher haben sie immer dabei, ordentlich sind sie auch. Sie haben selten eine Schnupftabakdose mit einem eingetrockneten Regenwurm, eine Pastillendose mit einer halb aufgerauchten Zigarette, drei *Phantom*-Hefte und darüber hinaus jene schlampige und schmuddlige Unordnung von der Art in ihrem Tisch, wie Fräulein Kejne sie *hasste*. Hasse, der alles in seiner Bank hatte, was ich gerade aufgezählt habe, und noch ein bisschen mehr, war geschnappt worden. Also

musste er seinen Platz in der Frühstückspause aufräumen, in der Frühstückspause, die wir sonst dazu benutzten, um auf der Hauptstraße zu flanieren, mit Steinen nach den Isolatoren der Hochspannungsleitungen zu werfen, auf der Toilette heimlich zu rauchen und alles Mögliche und Unmögliche zu tun, was Jungen noch so einfällt, um die Zeit zu vertreiben, wenn nicht aufdringliche Lehrerinnen sie zum Aufräumen zwingen.

»Eine ganz blöde Sau«, sagte ich so laut, wie ich mich traute. Ich konnte konstatieren, dass Fräulein Kejne einen forschenden Blick in unsere Richtung warf.

»Der sollte man's geben für die Erbsensuppe«, sagte Hasse und wandte mir sein Gesicht zu, lächelte, hatte plötzlich etwas Teuflisches im Blick und erhob sich, um einen neuen Teller Erbsensuppe zu holen.

Aus Gewohnheit folgte ich ihm. Nachdem jeder seinen zweiten Teller leer gegessen hatte, wischte Hasse sich den Mund mit dem Handrücken ab.

»Das war gut für den Bauch«, sagte er. »Morgen kann man Bauchtrompete spielen.«

Ich verstand, was er meinte. Wir aßen Suppe, als ob wir uns auf die ägyptische Hungersnot vorbereiteten. Wir holten einen Teller nach dem anderen. Als wir zum vierten Mal an Fräulein Kejne vorbeizogen, sah sie uns besorgt an.

»Denkt an eure Mägen, Jungen«, sagte sie.

Sie meinte es bestimmt gut. Wir aber nicht.

4

Der Schultag begann mit dem Aufstellen in Zweierreihen vor der Klassenzimmertür. Die Jungen zuletzt. Die Mädchen zuerst. Wenn es in der Formation endlich still war, sollte die Klasse *geordnet* in ihr Zimmer marschieren. Und dort angekommen, wurde ein Morgenpsalm gesungen. Fräulein Kejnes mehlweiße Hände flatterten wie besoffene Möwen über dem Manual des Harmoniums. Vom Blasebalg der Orgel wirbelte Staub auf. Zweiundzwanzig Zwölfjährige standen mit gefalteten Händen da, die Münder geöffnet, nach Milch, nach Sirupbrot duftend, mit roten Backen vom Fahrradfahren; ein Duft nach Scheuermittel, ein Duft nach Tocken, manchmal ein tastender Sonnenstrahl auf dem lackierten Holz des Harmoniums …

So begann unser Schultag.

IMMER.

Wenn es zufällig der Tag nach dem Erbsensuppenessen gewesen ist, dann haben wir Freitag. Freitags hatten wir in der ersten Stunde Musik. Sonst hatten wir immer Rechnen in der ersten Stunde, aber der Freitag war etwas Besonderes, selbst zu der Zeit, als man auch samstags noch in die Schule musste.

Es war also Freitag, und wir hatten Musik, nach dem Morgengebet sollten wir uns »einsingen«. *La-la-la! Mi-mi-mi!*

Ich fand das schrecklich peinlich. *Mi-mi-mi …!* Dann fing die Musikstunde an.
Zu den Lieblingsliedern von Fräulein Kejne gehörte ein dämliches Lied voller gewaltsamer Reime und Peinlichkeiten. Das fing so an:
Ist die Nachtigall in unsern Hain gekommen,
fadderalla-lej …

Es handelte vom Frühling, und es handelte vor allen Dingen von Öland.
Da stehen wir also, zwanzig Schulkinder, Fräulein Kejne und außerdem zwei Erbsenbomben. Zwei Jungen, die gestern zehn Teller Erbsensuppe gegessen haben. Jeder fünf. Diese Jungen sind jetzt angefüllt mit Erbsengasen – ein Wunder, dass sie nicht durchs Klassenzimmer schweben.
Jetzt steht Fräulein Kejne hinter ihrem Harmonium. »Mimimi«, klingt es aus den Kindermündern. Fräulein Kejne tritt zu, dass es staubt, legt ihre großen Finger auf das Manual. Das Harmonium faucht: Die Kindermünder bleiben offen stehen.
»Ist die Nachtigall …« sollen wir in der nächsten Sekunde piepsen. Genau in der Stille, in der wir Luft holen, genau im absolut richtigen Moment, lässt Hasse mit beträchtlichem Nachdruck und makelloser Präzision einen fahren. Fräulein Kejne fällt die Kinnlade runter. Der Orgelton, den sie gerade anschlägt, erstirbt. Sie hört auf zu treten, und ihr Blick huscht über die Klasse. **Jetzt ist sie gefährlich.** Gerade in ihrem Allerheiligsten, in der Musik, in ihrem Bild vom

engelsgleich singenden Kind haben wir sie getroffen. Sie sinkt wie ein getroffener Sperrballon zur Erde. **Sie wankt.** Detektiv Biggles hätte es nicht besser machen können. Sie tritt einen Schritt zur Seite, noch einen, und fängt Hasses Blick ein. Die Klasse hält die Luft an.

Da klopft es plötzlich an die Tür. Klopf, klopf, macht es. Fräulein Kejne beschließt, Hasse die Ohren bei anderer Gelegenheit abzureißen. Sie versucht, ihre Gesichtszüge zu ordnen. Aber ich schaffe es nicht mehr, die enormen Mengen Gas in mir unter Kontrolle zu halten. *Meine Gedärme explodieren, klingen wie ein unbegabter Trompeterlehrling, erste Stunde, klingen wie ein verletztes Tier, dröhnen, dröhnen … Ach du Unglück!* Hasse grinst.

Fräulein Kejne dreht die Augäpfel nach innen und beißt sich auf die Unterlippe. Sie ist wie in der Magengrube getroffen. Das ist ja wirklich der Gipfel aller Unordnung! Klopf, klopf, macht es wieder an der Tür. Und jetzt wird der Türgriff heruntergedrückt, die Tür öffnet sich, ein schwarzer Ärmel mit Goldlitze wird sichtbar. **Ein Polizist mit der Tresse eines Oberwachtmeisters am Ärmel betritt die Klasse. Vor sich her schiebt er das Schönste, was ich je gesehen habe:** EIN MÄDCHEN mit taillenlangen, nussbraunen Haaren, dunkelbraunen, lächelnden Augen und dem gut gebauten, etwas knochigen Körper einer Zwölfjährigen.

Fräulein Kejne dreht sich rasch zu Anna am Fenster um. Fingerfertig und elegant gibt sie ein Zeichen, dass das Fenster geöffnet werden soll. Dann steigt sie auf das kleine Podest, auf dem das Katheder steht, geht auf den uniformierten Mann zu und begrüßt ihn. Begrüßt dann das Mädchen, das einen Knicks macht und das hübscheste Lächeln lächelt, das ich je gesehen habe.

»Das hier, Kinder, ist Maj, unsere Neue«, sagte Fräulein Kejne. Und dann gab sie uns ein Zeichen, dass wir sie begrüßen sollten, und alle machten einen Diener und knicksten, genau wie Fräulein Kejne es von uns erwartete.

»Und das hier«, fuhr sie fort und zeigte auf den Uniformierten, »ist Majs Papa, Oberwachtmeister Nyman, unser neuer Polizeichef. Ich rate euch also, immer auf der richtigen Straßenseite mit dem Rad zu fahren und auch sonst keinen Unsinn anzustellen.«

Und dabei sah sie Hasse und mich an.

Darauf lächelte sie und sagte zu Oberwachtmeister Nyman: »Die Bank für Maj muss noch aus dem Keller heraufgebracht werden, aber ich dachte, Maj könnte solange da drüben bei Henrik sitzen.«

Da holte Oberwachtmeister Nyman etwas aus der Tasche. Bestimmt war das ein Brillenfutteral.

Er gab es Maj und sagte: »Vielleicht darf Maj hier vorn sitzen. Da kann sie besser sehen.« Dabei zeigte Nyman auf den Platz neben Tocken.

»Der ist wohl noch frei?«, fragte er.

Und ehe Fräulein Kejne etwas antworten konnte, war Maj zu dem Platz neben Tocken gegangen. **Sie setzte sich, und ihre nussbraunen Haarmassen ergossen sich wie eine Regenflut über meinen Tisch.** Es war so viel Haar, dass die halbe Tischplatte darunter verschwand. Sie drehte sich um und lächelte ihr hübsches Lächeln und sagte: »Ich steck es in der Pause hoch.«

Damit wollte sie mir wohl zu verstehen geben, dass sie keinesfalls die Absicht hatte, meinen Arbeitsplatz künftig in Mädchenhaar zu ertränken, das in der Morgensonne schimmerte.
»Och«, sagte ich auf meine redselige und ritterliche Art.
Dann merkte Maj, dass sie die Einzige war, die saß. Also stand sie wieder auf und stellte sich genau wie die anderen neben ihren Platz, und Fräulein Kejne sagte: »Vielleicht sollten wir ein Lied für Oberwachtmeister Nyman singen, ehe er geht.«
Dieser nickte gnädig. Fräulein Kejne ging zum Harmonium, genehmigte sich ein zehn Takte langes Präludium, und während der Staub aus dem Blasebalg aufwirbelte und ihre Hände über dem Manual flatterten, öffnete sie ihre stattliche Klappe und fuhrte uns zu dem Lied. »Ist die Nachtigall in unsern Hain gekommen …«, grölten, heulten, piepsten, johlten wir, ja, und wir sangen es sogar.
Sie selber sang noch lauter und kräftiger, als sie jemals gesungen hatte. Ich stellte fest, dass ich das verachtungswürdige Lied auswendig konnte, und ich legte los, sodass sich Fräulein Kejne veranlasst sah, mir einen strengen Blick zuzuwerfen, einen von der Sorte, vor der man sich in Acht nehmen musste. Denn jetzt war Gefahr im Anzug. Oder wie es zu der Zeit, als die Schule noch fromm war, hieß: GOTT SIEHT DICH!

5

An jenem Nachmittag hielt die Mädchenschar noch dichter zusammen, war noch kompakter und undurchdringlicher als sonst. In der Mitte des Haufens fuhr Maj, ihre Haare flatterten im Fahrtwind, um sie herum die anderen Mädchen. Lange, schmächtige Mädchenbeine, wohin man sah. Eine Masse von Mädchenkörpern, ein Schwarm. Voran und hinterher lärmende und schwankende Jungen, und jeder versuchte auf seine Weise, die Aufmerksamkeit der Mädchen auf sich zu ziehen.

Bei der ersten Abzweigung verschwanden ein Teil der Mädchenschar und einige Jungen. Die Jungen, das waren die Pfeifen-Bubis, die nach Viken fuhren, wo sie in den Ingenieurshäuschen wohnten.

Wir fuhren weiter in Richtung Sållan. Das war ein riesiges Feld, das das Unternehmen – allgemein »die Fabrik« genannt – Ende der vierziger Jahre mit hundert genau gleichen Arbeiterunterkünften bebaut hatte, Vierzimmerhäuser, wirklich keine schlechten Behausungen. Doch Hasse und ich wohnten nicht in Sållan.

Nachdem die meisten in den pfeilgeraden Schotterwegen zu den Arbeiterhäusern verschwunden waren, fuhren Hasse und ich auf der Landstraße weiter, und vor uns war Maj. Ihre Haare flatterten nicht mehr wie vorher, denn aus

irgendeinem Grund fuhr sie jetzt langsamer. Hasse und ich holten sie ein.
»Wo wohnst du?«, fragte Hasse, der nicht auf den Mund gefallen war.
»Hier«, antwortete Maj und zeigte über die Schulter, während sie nach Äppelbo abbog. Sie entfernte sich zwischen Gewächshäusern und Apfelbäumen, winkte noch einmal, dann konnten wir sie nicht mehr sehen.
Wir wohnten auf der anderen Seite von Sållan in einer Siedlung, die aus sechs Baracken bestand, und deswegen wurde die Siedlung Sexan genannt. Von den sechs Baracken war nur noch eine bewohnt. Dort lebte Hasse mit seinen Großeltern. Dort lebte ich mit meiner Mutter. Früher war in jeder Baracke Platz für fünf Arbeiterfamilien gewesen. Jetzt waren die alten Buden baufällig, und es war ein Wunder, dass wir immer noch dort wohnen durften. Mama wollte gern dort bleiben, denn es war billig. Fast umsonst, sagte sie. Und es war nötig, dass wir fast umsonst wohnten, denn ich hatte keinen Papa, der für mich bezahlte. Mama musste arbeiten gehen. Sie war Kellnerin im »Strandhotel«.

Ein Junge von zwölf Jahren, kurz bevor er dreizehn wird, redet noch nicht über Mädchen. Jedenfalls redeten Hasse und ich nicht über Maj, nachdem sie in den Weg zur ehemaligen Gärtnereivilla Äppelbo verschwunden war. Wir fuhren weiter, und Hasse sagte, dass es bald Sommer sei, und dann wäre man endlich den alten Drachen Kejne los, und dann fahre er endlich nach Stockholm.

Dann erzählte er zum zehnten Mal von seiner Mutter, die bei LM-Ericsson in Midsommarkransen arbeitet, und wie schön der Sommer werden würde. Sobald die Ferien anfingen, wollte er losfahren. Er hatte seine Mutter ein halbes Jahr lang nicht gesehen.

»Zuerst fahr ich mit dem Schiff«, sagte er, »ungefähr sechs Stunden, dann kommt man in Nynäshamn an. Und im Sommer kann das auch ganz schön stürmen. Es kann also sein, dass es keine Jungfernfahrt wird.«

»Du weißt ja gar nicht, was eine Jungfernfahrt ist«, platzte ich heraus.

»Klar weiß ich das. So nennt man das, wenn es nicht stürmt.«

»Quatsch«, sagte ich, »Jungfernfahrt nennt man die erste Fahrt von einem Schiff, die allererste überhaupt.«

»Du spinnst«, sagte Hasse. »Jungfernfahrt ist eine stille, ruhige Fahrt, wenn das Meer wie Blei daliegt, ganz blank. Ja, also, und dann kommt man in Nynäshamn an, und es ist Sturm gewesen, und alle sind seekrank geworden, nur ich nicht.«

»Jungfernfahrt ist die erste Fahrt von einem Schiff«, sagte ich. Bei manchen Sachen nahm ich es sehr genau.

»Red keinen Mist«, sagte Hasse. »In Nynäshamn steht Mama. Wir nehmen natürlich den Zug, und am Südbahnhof steigen wir in den Bus um.«

»Jungfernfahrt ist die erste Fahrt von einem Schiff«, beharrte ich. Ich war besessen von der bösartigen Lust, Hasse dazu zu bringen, dass er *mir* Recht gab.

»Pah«, sagte Hasse. Wir bogen zu den Baracken ab. »Wir

gucken uns die Wachtparade beim Schloss an, und abends gehen wir in den Vergnügungspark.«

Er stieg ab und lehnte sein Rad gegen die Hauswand.

»Die erste Fahrt von einem Schiff nennt man Jungfernfahrt«, sagte ich und lehnte mein Fahrrad gegen Hasses.

»Oh Mann, du bist eine Nervensäge.«

Hasse boxte mich gegen die Schulter, und ich boxte zurück. Er stürzte sich auf mich, seine Hände schlossen sich um meinen Rücken, und er versuchte, mir die Beine wegzustoßen. Ich legte den linken Arm um Hasses Hals und die rechte um sein linkes Handgelenk und versuchte, ihn im Schwitzkasten zu Fall zu bringen. Wir keuchten, rissen, zerrten, wir traten nach den Füßen des anderen. Dann fielen wir hin, wälzten uns herum und blieben liegen. Hasse setzte sich auf meine Brust und schob seine Knie zu meinen Oberarmen hinauf.

»Gibst du auf?«, keuchte er, rot im Gesicht.

Ich nickte. Bei Hasse musste ich immer aufgeben. Er war größer und stärker. Wir standen auf. Hasses Großmutter öffnete das Küchenfenster.

»Komm mal rein, Hasse!«, rief sie.

Er zog eine Grimasse, die so viel bedeutete wie: Pass auf, jetzt muss ich wieder was für sie erledigen …

Ich ging nach Hause, um mir etwas aus dem Vorratsschrank zu holen. Gerade hatte ich angefangen, mir ein Butterbrot zu schmieren, da kam Hasse zur Tür hereingestolpert.

»Komm«, sagte er, »wir müssen zur Post. Ich hab ein Paket gekriegt.«

Also ging ich mit dem Butterbrot in der Hand wieder hinaus, und während wir die Landstraße entlangfuhren, reichte ich Hasse das letzte Stück. Ohne zu kauen, schluckte er es hinunter.

»Wir fahren am Hafen vorbei«, sagte Hasse.

Der Hafen bestand aus drei Teilen: Da war der Zementhafen mit den gewaltigen Kaianlagen der Fabrik, wo die Zehntausendtonner beladen wurden. Da war der kommunale Hafen, in dem die Segelfrachtschiffe und kleinere Fahrzeuge anlegten, um Holz für die Herstellung von Zellstoff oder Grubenholz zu holen. Dann war da noch der Fischereihafen. Dort lagen nicht nur die Fischerboote des Ortes, sondern auch der Lotsendampfer, die Jacht des Direktors, die Zweiundzwanziger Mälaren* der Diplomingenieure, die Motorboote der Ingenieure und die kleinen Sportschiffe der Arbeiter.

Dort badeten wir manchmal im Sommer, und kurz bevor die Schule begann, trainierten wir dort für unsere Schwimmscheine. Alle, die im Sommer schwimmen gelernt hatten, mussten zeigen, was sie konnten. Im letzten Jahr war Hasse von einem Mädchen gerettet worden, das seinen Rettungsschwimmschein machte. Er musste sich angezogen ins Wasser fallen lassen und um Hilfe schreien. Er hatte herzzerreißend geschrien, und als das Mädchen ihn packen

* Schwedischer Segelboot-Typ, der vorwiegend an der Ostküste Schwedens benutzt wird.

wollte, ließ er sich auf den Grund sinken, und das Mädchen musste nach ihm tauchen. Nachdem sie ihn an Land gezogen und ihn künstlich beatmet hatte, war er allmählich wieder zu sich gekommen und hatte seine Retterin umarmt. Darüber hatte es einen Bericht mit Foto in der Lokalzeitung gegeben. Das verblassende Bild hing, mit Stecknadeln festgepinnt, über Hasses Bett.
Jetzt fuhren wir den Hügel hinunter zum Hafen. Da bekam man Geschwindigkeit und rollte ohne zu treten bis zum Kai. An der Innenseite lag ein finnisches Schiff, an der Außenseite ein polnisches, das gerade mit Grubenholz beladen wurde – Stützen für die Kohlengruben in Polen.
An Deck des finnischen Schiffes stand ein Junge von etwa sechzehn Jahren. Er beugte sich über die Reling und rauchte. Hasse fuhr näher heran und stützte sich mit einem Fuß ab.
»Hast du Zigaretten zu verkaufen?«
Der finnische Junge sah verständnislos aus.
»Zigarette …« Hasse mimte Rauchen. »Penni«, sagte Hasse und versuchte zu erklären, dass er bereit war zu zahlen, wenn es Ware zu kaufen gab.
Aber der finnische Junge schüttelte den Kopf. Dann rief jemand aus der Kajüte, und der Junge drehte sich um und verschwand. Hasse fuhr weiter, jetzt ging es den Hügel wieder hinauf. Unterwegs trafen wir Olsson, den Zollschnüffler. Hasse grinste. Olsson hatte ihn schon so manches Mal weggescheucht, wenn er abends versuchte, Zigaretten von den Seeleuten zu kaufen.
Wir fuhren zur Post, und Hasse gab seinen Zettel ab.

»Es ist eine Lederjacke«, sagte er. »Mama weiß, dass ich mir eine wünsche. Zu meinem Geburtstag hatte sie kein Geld. Jetzt schickt sie mir die Lederjacke.«

Hasse wünschte sich schon lange eine Lederjacke. Eine aus echtem Leder. So eine richtig teure. Manche hatten »Lederjacken«, aber das waren gar keine echten. Es waren Imitationen, Kunststoffjacken, die nur aus sehr großer Entfernung wie Lederjacken aussahen.

»Bestimmt eine Lederjacke«, sagte Hasse, als das Postfräulein mit dem Paket kam. Aber als er es annahm, wurde er unsicher.

»Es ist zu schwer für eine Jacke«, sagte er.

»Vielleicht sind es zwei«, sagte ich hoffnungsvoll.

Hasse warf mir einen Blick zu, verdrehte die Augen und schien der Meinung zu sein, dass hier jemand nicht alle Tassen im Schrank hatte, und zwar ich.

»Fühl mal«, sagte er, »fühl mal, wie schwer!«

Dann reichte er mir das Paket, und ich nahm es. Es war wirklich sehr schwer.

»Vier oder fünf Lederjacken«, sagte ich.

Hasse boxte mich mit der Faust gegen den Oberarm.

»Blödmann!«

Dann nahm er sein Paket und klemmte es auf dem Gepäckträger fest.

»Es könnte auch ein Schlauchboot sein«, sagte ich, während wir losfuhren. »Ein aufblasbares Boot. Deine Mama schickt dir ein Boot statt einer Fahrkarte. Dann kannst du nach Nynäshamn paddeln.«

Hasse verzog die Mundwinkel zu einem bösartigen Grinsen

und trat in die Pedale. Ich beugte mich über die Lenkstange und floh.

Den ganzen Weg nach Hause fuhr ich zwanzig Meter vor ihm. Als er sein Fahrrad gegen die Barackenwand warf, stand ich keuchend und mit glühendem Gesicht da, die Arme über der Brust gekreuzt, und sah ganz gleichgültig aus.

»Bist du auch schon da …«, sagte ich.

Aber Hasse kümmerte sich nicht um mich. **All seine Aufmerksamkeit galt jetzt dem Paket.** Er hob es vom Gepäckträger und trug es ins Haus. Ich folgte ihm. Seine Großmutter war offenbar einkaufen gegangen. Sie ging nur zum Einkaufen aus, aber das dauerte dann auch den halben Tag. Hasse stellte das Paket auf die Wachstuchdecke vom Küchentisch. Mit dem Brotmesser zerschnitt er die Klebestreifen. Im Karton war Holzwolle. In der Holzwolle war noch ein Karton. Hasse machte ihn auch auf, steckte seine Hände hinein und grub, versuchte etwas zu greifen. Er hob einen braunen Kasten mit vergoldeten Schließen heraus. An der Seite hingen Kabel. Auf dem Kasten lag ein Brief. Hasse warf ihn auf den Tisch und öffnete die vergoldeten Schließen.

»Verdammt«, sagte er, »ein Plattenspieler!«

Ich war sprachlos. Hasse steckte den Stecker in die nächste Steckdose. Auf dem Plattenteller lag eine Platte. Hasse hob den Tonarm, und die Platte begann sich zu drehen. Das Kratzen der Nadel, ein Gitarrenakkord … *»Well sins maj bejbi left mi …«*, sang jemand. Der »Jemand« hieß Elvis Aaron Presley. Der Song hieß *Heartbreak Hotel.*

6

Hasse spielte die ganze Platte, drehte sie um, drehte sie noch einmal um, und dann fiel ihm der Brief wieder ein. Mit dem Brotmesser schlitzte er den Umschlag auf, setzte sich auf den Küchenstuhl und las.

Ich glaube, er las den Brief zweimal. Dann knüllte er ihn zusammen, steckte ihn in die Tasche und guckte in die Luft. Aus dem Fenster. Elvis verstummte. Durch das offene Fenster war eine Lerche zu hören. Hasse beugte sich vor und zog den Stecker aus der Dose, erhob sich und packte den Plattenspieler zusammen, stellte ihn zurück in seinen Karton und nahm ihn mit all der Holzwolle, die ringsum herausquoll, auf den Arm.

»Ich habe noch etwas zu erledigen«, sagte er und drehte mir den Rücken zu, ging in sein Zimmer und knallte die Tür hinter sich zu.

Ich ging. Vor jeder Wohnung war eine kleine Vortreppe, eine sehr kleine Vortreppe, denn die Wohnungen in den Baracken waren auch sehr klein. Zwei Zimmer und Küche. Mehr nicht. Zwischen den Baracken wuchs hohes grünes Gras. Dicht an den Barackenwänden entlang stand graues Gras vom Vorjahr. Eine Katze strich um die Hausecke. Ich ging hinunter auf den Hof und zu mir nach Hause. Dort legte ich mich aufs Bett und las. Vermutlich las ich *Biggles*.

Mama und ich hatten jeder ein eigenes Zimmer, die Küche benutzten wir gemeinsam. Die Zimmer lagen rechts und links von der Küche.

»Die Küche ist das Herz unseres Heims«, pflegte Mama zu sagen. Was auch immer sie damit meinen mochte. Sie arbeitete viel. Oft abends. Oft nachts. Dann schlief sie immer bis in den Mittag. Ich war in der Schule, wenn sie wach wurde, außer samstags und sonntags. Samstags war die Schule schon um zwölf aus, und ich kam nach Hause, wenn Mama gerade aufgestanden war. Dann saß sie immer am Küchentisch, in ihrer rosafarbenen Bluse und dem schwarzen Rock, den sie bei der Arbeit im Hotel trug. Manchmal, meistens im Winter, hatte sie auch ihren roten Morgenmantel an. Die Haare waren zerrauft, sie rauchte *Bill* und trank Kaffee ohne Milch und Zucker.

Aber an diesem Nachmittag war Mama nicht zu Hause. Sie arbeitete schon, und auf dem Küchentisch lag ein Zettel, auf dem stand, was im Vorratsschrank fürs Abendessen war. Das meinte sie wohl damit, meine Mama, die Küche sei das Herz unseres Heims. Dass auf dem Tisch immer ein Zettel mit Bleistiftnotizen lag, die mir sagten, was ich aus dem Vorratsschrank nehmen durfte.

»Es sind noch braune Bohnen und Speck von gestern übrig. Küsschen, Mama!« konnte da stehen. Und drumherum hatte sie ein Herz gezeichnet. Ein gleichmäßiges, gelungenes Herz. Mama war in der Schule gut gewesen in Zeichnen. Fräulein Kejne war ihre Lehrerin. Das letzte Schuljahr. Mama hatte kein Verständnis für meine Kritik an Fräulein Kejne.

Ich lag also auf dem Bett und las *Biggles im Orient*. Das Fenster stand offen. Die Lerche sang über der Wiese, die uns von den Sållan-Häusern trennte. Dann hörte ich die Musik. »*Well sins maj bejbi left mi* ...« Er spielte die Platte wieder und wieder. Das eine Lied, das andere Lied weniger. Als ob ihn eine geradezu unvernünftige Liebe zu diesem Lied überwältigt hätte.

Als er mit dem Karton und der herausquellenden Holzwolle dagestanden hatte, schien es so, als ob er anfangen würde zu heulen. War er etwa so enttäuscht darüber, dass er keine Lederjacke bekommen hatte? Das konnte ja wohl nicht angehen! Er hatte schließlich einen Plattenspieler gekriegt. Zu der Zeit kannte ich niemanden, der einen Plattenspieler besaß. Außerdem war es fast Sommer. Wozu brauchte er eine Lederjacke?

Eine Weile später hörte ich die Tür aufgehen, und dann kam Hasse durch die Küche in mein Zimmer getrampelt.

»Kommst du mit zum Hafen, angeln?«, fragte er.

»Um diese Zeit beißen keine Barsche an.«

»Beim Kraftwerkdamm.«

»Hast du Würmer?«

»Klar.« Hasse klopfte auf die Pastillenschachtel, die seine Jacke ausbeulte.

Wir fuhren zum Kraftwerkdamm. Der »Damm« war eine aus Steinen gebaute Pier, die sich im Halbkreis um den Seewassereinlass des Kohlekraftwerks schloss. Dort wurde auch das Kühlwasser abgelassen, und daher war das Wasser

innerhalb der Piermauern, oder dem Damm, wie wir ihn nannten, wärmer als woanders. Manchmal konnte man dort reichlich Barsche herausholen. Aber nur manchmal.
»Falsche Zeit«, sagte Hasse, nachdem wir eine gute Stunde geangelt hatten, ohne etwas zu fangen. »Wir gehen doch lieber zum Hafen.«
»Im Hafen gibt es keine Barsche.«
»Weiß ich doch«, sagte Hasse. »Aber man kann's ja trotzdem mal versuchen.«
Ich zuckte mit den Schultern. Wenn man sich unbedingt blamieren wollte ... Jeder wusste, dass es sich nicht vor Anfang Juli lohnte, im Hafen Barsche zu angeln.
Wir machten uns jedenfalls auf den Weg, und im Hafen angekommen, setzten wir uns ein Stück entfernt von dem polnischen Schiff auf die äußerste Pierspitze.
»Ganz schön runtergekommen, der alte Kasten«, sagte ich und beguckte mir den Polen. Das Schiff hatte einen schwarzen Rumpf, und hier und da blätterte die Farbe ab. An seinem Heck leuchtete rote Mennige in großen Flächen. Es hieß *Weichsel* und war aus Gdynia. Hasse schien nicht mitgekriegt zu haben, was ich gesagt hatte. Er starrte auf seinen Schwimmer.
»Die legt wohl gleich ab«, sagte ich. Ein junger Mann in rotem Hemd und schmutzigen hellgrauen Hosen sprang auf die Pier herunter und begann, die Achterleine loszumachen. Ein Seemann am Heck des Schiffes holte die Trossen ein, und der im roten Hemd ging zum Vorschiff. Die Schiffsschraube begann zu arbeiten. Die Maschine in der *Weichsel* vibrierte nicht mehr nur unhörbar. Sie fing an zu dröhnen.

Der Seemann im roten Hemd löste die Vertäuung beim Vorschiff, dann sprang er wieder an Bord und verschwand. Die *Weichsel* glitt langsam rückwärts. Eine Seite rammte an der Kaimauer entlang.
Ich zog meine Angelschnur zu mir heran, und Hasse brachte seine in Sicherheit. Der Seemann im roten Hemd erschien auf dem Vordeck. Er hatte sich eine Jacke über die Schultern gehängt. Er war jetzt genau vor mir. Zwischen uns waren zwei Meter Wasser. Da kletterte er ganz unerwartet auf die Reling und sprang. Er landete genau neben mir. Dabei verlor er seine Jacke, hob sie aber sofort wieder auf.
»Jan!«, rief einer mit Schnurrbart, der im Vorschiff stand.
Der auf der Pier, der offenbar Jan hieß, begann zu laufen, den Hügel zum Ort hinauf.
»Jan!«, rief der Schnurrbärtige wieder.
Dann ertönten laute Kommandorufe. Ein Mann in Uniform – der Kapitän oder der Steuermann – kam auf die Brücke heraus. Mehrere Kommandorufe. Die Schiffsschraube drehte wie verrückt in die andere Richtung, und langsam glitt die *Weichsel* zurück zu dem Platz am Kai, den sie vor einer kleinen Weile verlassen hatte.
Es dämmerte, und am Kai entlang gingen die Lichter an. Der Geruch der geschälten Stämme, dem Grubenholz, das die *Weichsel* geladen hatte, legte sich wieder über die Pier. Der uniformierte Mann sprang an Land und ging mit raschen Schritten den Hügel hinauf.

»Was war denn da los?«, fragte ich.
Hasse schwieg eine Weile.
»Ein Überläufer«, sagte er schließlich. »Der hat die Nase

voll und will nicht zurück nach Polen. Der da hinten ist wahrscheinlich der Politruk. Geht wahrscheinlich zur Polizei und verlangt, dass man ihm seinen Seemann ausliefert. Geht wahrscheinlich zu Nyman. Majs Papa.«

Hasse hatte angefangen, seine Angelschnur einzuholen. Er nahm den Wurm vom Haken und warf ihn ins Wasser. Ich machte das Gleiche. Auf der *Weichsel* ging am Heck eine Lampe an. Jemand öffnete die Tür zur Kombüse, und der Duft nach gebratenem Fisch verbreitete sich über dem Kai.

Hasse nahm die Mütze ab und öffnete die Streichholzschachtel, die er darunter mit sich herumtrug. Er hielt sie mir hin, und ich nahm mir eine seiner halb gerauchten *Boy* und zündete sie an. Ich versuchte zu rauchen, ohne die Zigarette einzuweichen.

»Mama hat geschrieben, dass ich sie jetzt nicht besuchen kann. In Midsommarkransen. In Stockholm. Vielleicht im nächsten Sommer.«

Dann steckte er die Hand in die Tasche und holte den Brief hervor, den ich ihn vor ein paar Stunden hatte lesen sehen. Er knüllte ihn zu einer kleinen Kugel zusammen und schleuderte ihn ins Hafenbecken, so weit er konnte, und dort schwappte er weiß leuchtend auf dem Wasser. Eine Möwe ließ sich daneben nieder, sie kreischte und schrie, und dann kam noch eine dazu.

Die neu hinzugekommene zerrte mit dem Schnabel an der Papierkugel, tauchte sie unter und ließ von ihr ab.

»Blöde Viecher«, sagte Hasse und streckte die Hand nach der Zigarette aus.

Er nahm einen Lungenzug von der Art, wie nur Hasse sie

beherrschte, einen richtig tiefen. Es war ganz windstill. Die Möwe schrie.

»Mach mal einen Rauchring«, sagte ich.

Er sah mich an, als ob ich jemand wäre, den kein Mensch verstand. Dann blies er einen sehr hübschen Rauchring in die Luft. Auch jetzt, dreißig Jahre später, zögere ich nicht zu behaupten: ein vollständiger, perfekter Rauchring.

7

Samstags hatten wir Sport. Seit April war die Erde schneefrei, seitdem war Schlagball angesagt. Hin und wieder spielten wir gegen die andere Sechste. Wir waren besser, eindeutig überlegen, zwei von drei Malen schlugen wir sie. Wir trugen gelbe und blaue Armbinden.

An diesem Samstag sollten wir gegen uns selbst spielen, nur unsere Klasse. Henrik und Anna durften ihre Mannschaften wählen. Wir wussten beide, dass sie sich für Maj entscheiden würden. Klarer Fall. »Maj«, würde Henrik auf seine selbstsichere Art sagen. »Maj«, würde Anna sagen, den Blick gesenkt, als ob sie sich den Schotterplatz einprägen wollte. Hasse musste seine geballten Hände vorstrecken. In der einen Hand lag ein Stein. Wer den bekam, durfte mit Wählen anfangen. So war es immer gewesen. So mag es heute noch sein. Die Armbinden sind immer noch

gelb und blau. Aber es sind andere Kinder, die im Kreis herumstehen.
Diesmal bekam Henrik den Stein. Henrik lächelte.
»Maj«, sagte er.
Fräulein Kejne sagte: »Maj spielt nicht mit. Maj übernimmt das Zählen.« Dann übergab sie Maj Rechenheft und Bleistift. Und Henrik wählte Hasse an Majs Stelle, denn Hasse konnte neunundfünfzig Meter weit werfen, kriegte fast jeden Ball und war der Schnellste im Sechzigmeterlauf.
Ich wurde ein bisschen später gewählt, denn ich war nicht besonders schnell und nicht besonders gut im Ballfangen. Ich kam in Henriks Mannschaft. Wir standen nebeneinander, Henrik und ich.
Henrik spuckte sich in die Hände und straffte den Rücken. »Den krieg ich«, sagte er, als Anna einen Ball geradewegs in die Luft schlug. Der Ball beschrieb einen Bogen und landete in Henriks ausgestreckter Hand.
Im Ballfangen war Henrik der Beste in der Klasse. Er pflückte ihn mit einer Hand aus der Luft. Fräulein Kejne rügte ihn deswegen manchmal.
»Hochmut kommt vor dem Fall, Henrik«, pflegte sie zu sagen. Henrik hörte ihr mit einem fast unmerklichen Lächeln in den Mundwinkeln aufmerksam zu. »Ja, Fräulein Kejne«, sagte er. Und fing die Bälle weiter, indem er die Linke demonstrativ in die Hosentasche steckte.
Ich stand neben Henrik. Das war ein guter Platz. Henrik fing alle Bälle. Ich war schlecht darin und hatte Angst, es überhaupt zu versuchen. Neben Henrik brauchte ich nur dazustehen und so zu tun, als ob ich mich am Spiel beteiligte.

»Sie hat einen Herzfehler«, sagte er. Sein Vater war ja Distriktarzt. »Herzklappenfehler. Das verwächst sich mit der Zeit ...«

Dann schätzte er die Stärke des Nächsten ab, der jetzt mit Schlagen dran war, zog sich ein wenig zurück und fing den Ball, die Linke in der Hosentasche.

In der letzten Stunde, bevor es nach Hause ging, hatten wir Musik. Die Woche sollte mit Gesang ausklingen. Das war in Fräulein Kejnes Klasse selbstverständlich. Wir sangen also *Oooh, where have you been, Billy Boy, Billy Boy, Geh aus mein Herz und suche Freud* und ein Lied, das so anfängt: *»In a cavern, in a canyon, excavatin for a mine ...«* Und nach einer Weile heißt es in diesem Lied *»Oooh maj darlin, oooh maj darlin, oooh maj darlin klementajn ... you are lost and gone for ever, dreadful sorry, Clementine!«* So sang man das Lied damals, und es kann sein, dass man es heute noch so singt, aber Maj ist nicht mehr da.

Wer letzten Endes das Sagen in der Gemeinde hatte, war der geschäftsführende Direktor der Zementfabrik, Direktor Floriin. Er herrschte über den einzigen Aktivaposten des Ortes, der riesigen Höhle, die der »Bruch« genannt wurde. Also war es der Direktor, der auf dem Schlüssel zur Vorratskammer der Ortschaft saß, und folgerichtig wurden Häuser, Wege und Tennisplätze ganz nach seinen Wünschen gebaut, Wünsche, die in manchen Fällen von der zwingenden Notwendigkeit diktiert wurden, die der Bruch und der Steinabbau mit sich brachten. In gewissen Fällen wurden die Wünsche des Direktors mehr von seinen persönlichen und privaten Interessen diktiert. Er interessierte sich zum Beispiel – wie so viele Direktoren – enorm für Tennis. Folglich gab es in der kleinen Ortschaft vier Tennisplätze, auf denen zu jener Zeit die Nordischen Meisterschaften ausgetragen wurden. Ferner hatte der Direktor eine Leidenschaft für Erdbeeren. Folglich hatte er einen riesigen Obstgarten, in dem große Flächen dem Erdbeeranbau vorbehalten waren. Gärtner Blom – der vorher die Gärtnerei Äppelbo betrieben hatte, wo Maj jetzt wohnte – war seit einem Jahr beim Chef, wie der Direktor im Volksmund genannt wurde, angestellt, und Blom widmete den schönen Erdbeerbeeten viel Zeit. Außerdem war Blom Jäger und hielt sich einen Hund, einen langbeinigen, spitznasigen Stöber, der auf dem Hundehof hinter feinmaschigem Drahtgeflecht untergebracht war.

An diesem Samstag hatte Hasse nach der Schule etwas auf dem Grundstück von Direktor Floriin zu erledigen. Hinter dem schicken Steinhaus wohnten der Chauffeur und der Gärtner, und dort war auch der Hundehof. Dorthin wollte Hasse.

Unsere Fahrräder hatten wir ein Stück entfernt abgestellt. Wir pirschten uns durch das Unterholz an.

»Jetzt pass mal auf«, sagte Hasse und zog etwas aus der Hosentasche. Er richtete sich auf und ging auf den Hundehof zu, die Hand hinterm Rücken verborgen. Karo sprang auf und schlug an. Ein kurzes, heftiges Bellen. Hasse zeigte, was er in der Hand hielt. Er hielt es über dem Kopf. Sofort verstummte Karo. Hasse ging nah an den Zaun heran und hielt Karo ein Stück Zucker durch den Maschendraht hin. Karo schlabberte es in sich hinein und wedelte mit dem Schwanz. Hasse streichelte Karo über die Schnauze und kam dann zu mir zurückgeschlendert. Danach kehrten wir zu unseren Fahrrädern zurück und strampelten wieder heimwärts.

Da gab es ein Stück Weg, wo wir Rekorde im Weitfahren ohne zu treten aufstellten. Es war eine leicht abschüssige Rennstrecke, wo selten Autos verkehrten. Die Fabrik hatte den Weg asphaltiert, weil hier von Zeit zu Zeit Erde und Schotter aus dem Steinbruch abtransportiert wurden.

Hasse wurde schneller und rollte davon. Als er sich der alten Rekordstelle näherte, wo wir einen Stock in die Erde gesteckt hatten, ging es aber schon bedenklich langsam. Hasse versuchte das Gleichgewicht zu halten, indem er den Lenker rasch hin und her bewegte.

»Jetzt ... jetzt ... Jetzt bist du da!«, rief ich, als er an der alten Rekordmarkierung vorbeirollte.

Wir waren beide so von dem in Anspruch genommen, was wir da trieben, dass wir Maj nicht bemerkten, die auf dem Fahrrad hinter uns herkam. Jetzt stieg sie ab und blieb mitten auf dem Weg neben uns stehen.

»Was macht ihr da?«, fragte sie.

»Och«, sagte ich, »nichts Besonderes.«

Sie war zu schön, als dass ich mehr mit ihr hätte reden können. »Wir stellen Rekorde auf im Fahren ohne zu treten«, sagte Hasse, der schon immer besser reden konnte als ich.

»Aha«, sagte Maj und stieg wieder auf ihr Fahrrad.

Wir standen da und guckten ihr nach, ohne ein Wort zu

sagen. Dann merkte ich, dass mein Hinterreifen Luft verloren hatte.
»Platten«, sagte ich.
Wir schoben unsere Räder nach Hause.

Dort, wo die Landstraße an Sållan vorbeiführt, lag ein kleines, weiß gekalktes Haus mit einem Dach aus Teerpappe und einer rot gestrichenen Schornsteinhaube. Im Herbst, wenn wir auf dem Weg zur Schule daran vorbeikamen, kreischte sie in den Windböen, die sie hin und her warfen. Jetzt war es fast Sommer, warm und windstill, und die Schornsteinhaube war stumm und fast regungslos.
In dem kleinen Haus wohnte die alte Lehander. Jedenfalls wurde sie von allen so genannt. Sogar ihre Enkel auf dem Festland adressierten die Post: »An die alte Lehander bei Sållan«.
Sie war ein kleines, unansehnliches Frauenzimmer, verkrümmt und runzlig und meistens nach einem geheimnisvollen System in Schals und knöchellange Röcke eingewickelt. Sie war wohl um die siebzig. Es lag etwas Drückendes über ihrem einsamen Wesen, wenn sie den Gartenweg entlanggewatschelt kam, um nach der Post zu sehen, die selten genug kam von den Söhnen ihrer Söhne. Zweimal in der Woche ging sie einkaufen. Ansonsten ließ sie sich nicht oft blicken. In früheren Jahren war sie tagsüber im Ort herumgestrichen. War nur herumgestrichen. War überall aufgetaucht. Als ob sie allein dazu geboren war, um Zeugin zu sein. Als ob sie nur dazu unter uns wäre, um zu sehen, zu

hören und zu notieren. Selten sah man sie mit jemandem reden.

Als Hasse und ich jetzt mit unseren Fahrrädern auf dem Weg angeschoben kamen, mussten wir an ihrem Haus vorbei. Vielleicht hatte sie uns schon von weitem entdeckt. Manchmal konnte man sie hinter einem Gardinenzipfel sehen. Wie sie dasaß und den Verkehr beobachtete, aufschrieb, wer vorbeikam. Jetzt watschelte sie den Gartenweg entlang, und als wir auf gleicher Höhe waren, stand sie schon an der Pforte, vorgebeugt, die eine Hand auf dem Krückstock, die andere auf der Pforte.

»Bleib mal stehen, Eriksson!«, rief sie mir zu.

Ohne nachzudenken, blieb ich stehen.

»Ich hab was für dich«, fuhr die Alte fort.

Dann holte sie aus dem Wirrwarr von Schals und Röcken einen Strick hervor. Sie hielt ihn mir hin, hielt ihn über die Pforte, als ob sie ihn mir reichen wollte. Es waren etwa vier Meter Strick. Ein ganz gewöhnlicher Strick wie die aus dem Hafen, in schönen Windungen aufgerollt.

»Ein Erbe von deinem Vater. Nimm's nur.«

»Mensch, komm schon«, sagte Hasse. »Die Alte ist doch meschugge.«

Ich sah seinen Augen an, dass ihm unbehaglich war. Hatte er etwa Angst ...? Vor der alten Lehander ... Hasse ...? Nein, unmöglich.

Die Alte lockte mit dem Strick, hielt ihn mir über die Gartenpforte hin.

»Mensch, Harry, komm, wir hauen ab!«

Hasse zog mich am Hemdsärmel, und ich wandte meinen

Kopf ab von der Lehanderschen und schob mein Fahrrad weiter neben Hasse her.

»Solche wie die sollten sie einsperren«, sagte er. »Potthässliches altes Weib ...«

Er sah mich an.

»Was sollte das?«, fragte ich. »Was hat sie gemeint?«

Da rief die Alte mir nach: »Man soll sich mit seiner Geschichte aussöhnen, Eriksson. Sie holt einen doch immer ein ...«

»Die ist ja bekloppt«, sagte Hasse. »Hör nicht auf sie. Komm!«

Er zog mich wieder am Ärmel, als ob er befürchtete, ich könnte umdrehen und der Alten den Strick abnehmen, den sie mir aufdrängen wollte.

»Was war das jetzt mit meinem Vater?«, sagte ich verwundert. »Was hat sie gesagt?«

»Fixe Idee«, sagte Hasse. »Fixe Idee von einer scheintoten Alten.«

Ich drehte mich um und sah sie über die Schulter. Sie stand immer noch an der Pforte. Ich fühlte, wie mir ein Schauer den Rücken herunterlief. **Die alte Lehander wusste etwas von mir, was ich nicht wusste. Und sie wusste etwas von meinem Papa.** Was wusste ich denn von ihm? Außer dass er Seemann gewesen und gestorben ist, ehe ich geboren wurde, wusste ich nichts von ihm. Nicht ein bisschen. Aber die alte Lehander wusste ganz offenbar etwas.

8

Als ich in die Küche kam, saß Mama mit ihrer Kaffeetasse und einer halb gerauchten *Bill* zwischen Zeige- und Mittelfinger der rechten Hand da. Auf der anderen Seite des Tisches saß Gunsan, Mamas Freundin. Im Aschenbecher auf dem Tisch zwischen ihnen lagen ein halbes Dutzend Zigarettenkippen, die eine Hälfte mit Spuren von rotem Lippenstift, die andere Hälfte ohne. Gunsans Lippen waren knallrot. Mama hatte sich noch nicht geschminkt und sah immer noch etwas verschlafen aus.

»Ach, da kommt ja mein Kavalier«, sagte Gunsan und lächelte. Mama zwinkerte mir zu, was so viel bedeutete wie: Diese Gunsan, diese Gunsan, immer muss sie ihre Witze machen …

»Hallo, Gunsan«, sagte ich. »Hast du heute frei?«

»Heute hat man frei. Heute ist Tanz im Park.«

»Wir gehen heute Abend tanzen«, erklärte Mama.

»Hasse und ich gehen wahrscheinlich auch hin«, sagte ich. »Wo ist die Gummilösung?«

»Hast du schon wieder einen Platten?«, fragte Mama seufzend.

»Der Schlauch ist eben vergammelt.«

Ich wühlte im Schrank unter der Spüle und fand schließlich

Gummilösung und Gummiflecken und das Werkzeug. Es war noch gar nicht lange her, seit ich es zuletzt benutzt hatte. Als ich mich aufrichtete, begann die Musik. Sie kam aus Hasses Zimmer. Sie strich zum geöffneten Fenster hinaus, trippelte an der sonnenbeschienenen Südwand der Baracke entlang und hüpfte mit einem raschen Satz zu unserem Küchenfenster herein und begann Gunsan in den Ohren zu kitzeln.

»*Well ... sins maj bejbi left mi ...*«, klang es.

»Oh, Elvis«, sagte Gunsan.

Dann stand sie auf und machte zwei Schritte über den Fußboden, hob den Kopf und hielt die Hände wie ein Verkehrspolizist, der Halt für geradeaus fahrende Fahrzeuge anzeigt.

»Darf ich bitten?«, sagte sie.

Ich legte meinen Kram in die Spüle, und dann tanzten wir Foxtrott.

»Du weißt, das bedeutet Fuchsschritte«, hatte sie gesagt, als wir im letzten Sommer angefangen hatten zu tanzen. Natürlich nur in der Küche. Zu Hause bei uns. Sie hatte sich in den Kopf gesetzt, mir die Fuchsschritte beizubringen. Sie wollte mir auch Polka beibringen, aber das wollte ich nicht. Die Fuchsschritte genügten.

»Eins-zwei-drei-vier«, zählte sie, und das klang ein bisschen wie bei der Schwimmlehrerin, die ich mit sechs Jahren gehabt hatte, als ich schwimmen lernte. Aber der Takt war natürlich ein anderer.

»Gut«, sagte Mama. »Gut, du kannst es ja!«

Gunsan benutzte ein ziemlich starkes Parfum. Meine Nase

war in Höhe ihrer Brüste. Man kann sogar sagen, zwischen ihren Brüsten, denn Gunsan war ziemlich groß, und ich war ziemlich klein, und sie schien sich die Brüste parfümiert zu haben.

»Na, das geht ja schon prima«, sagte meine Lehrerin, »ganz prima!« Dann legte sie eine Hand in meinen Nacken und drückte mein Gesicht gegen ihren parfümierten Busen.

»Ich muss jetzt meinen Platten reparieren«, sagte ich und schnappte nach Luft.

»Du musst noch was für mich einkaufen«, sagte Mama. »Ich hab eine lange Liste.«

»Jaja«, sagte ich. »Aber erst muss ich meinen Platten reparieren.«

Also reparierte ich mein Fahrrad. Es war das zwölfte Flickgummi, das ich auf den Schlauch vom Hinterreifen klebte. Der Schlauch war wirklich verrottet.

Dann fuhr ich zum Laden in Sållan. Ich kam an, kurz bevor geschlossen wurde, und der Laden war voll, Kinder mit zerknitterten Zetteln und Frauen mit Milchkannen und gehäkelten Einkaufsnetzen. Der Kaufmann ließ sich von seiner Tochter helfen, einem pickligen, scheuen Mädchen von siebzehn. Es ging sehr langsam voran, man unterhielt sich lang und breit über dies und jenes, die Kunden untereinander und der Kaufmann mit seinen Kunden. Es war ein Wunder, dass überhaupt etwas voranging. Meistens sprach man von dem Überläufer. So wurde er jetzt genannt, der Mann aus Polen, der Jan hieß und der mir am Abend vorher fast in die Arme gesprungen war.

»Das war so«, ließ sich Frau Olsson, Annas Mama, vernehmen. »Er hat sich an Deck losgerissen, und dann ist er gesprungen. Fast wäre er im Wasser gelandet, aber er sprang um sein Leben, und dann springt man weit.«

»Der Politruk war hinter ihm her«, sagte eine dünne, spitzige Frau, die mit dem Pastor der Elim-Kirche verheiratet war.

»Der hat ihn verfolgt«, sagte Frau Olsson, »bis in den Ort. Bei der Apotheke hat er ihn eingeholt. Aber der Überläufer hatte wohl eine Pistole oder jedenfalls ein Messer bei sich, da musste sich der Politruk zurückziehen.«

»So muss man es mit denen machen«, sagte jemand.

»Dass sie es nicht schaffen, ihre Leute in ihrem kommunistischen Arbeiterparadies zu halten ...«, sagte eine andere.

»Da gibt's ja nichts«, sagte die, die mit dem Pastor der Elim-Kirche verheiratet war. »Absolut nichts. Nicht mal Milch für die Kinder haben die. Und in den Kirchen halten sie Kühe.«

Und dann knallte sie ihre Milchkanne auf den Tresen, und die picklige Tochter vom Kaufmann füllte zwei Liter Milch ab.

Als ich nach Hause kam, war Gunsan gegangen. Mama saß noch am Küchentisch. Durchs Fenster tönte *Heartbreak Hotel*.

»Wusstest du, dass Hasse einen Plattenspieler gekriegt hat?«, fragte Mama.

»Ja«, sagte ich und legte die eingekauften Sachen neben die Zeitung auf den Küchentisch. Mama stand auf und verstaute sie im Vorratsschrank.

»Bring die Milch in den Keller«, sagte sie.

»Sofort«, sagte ich. Ich hatte gerade etwas entdeckt, was mich interessierte. Die Schlagzeile auf der ersten Seite der Zeitung hieß:

WIEDER ÜBERLÄUFER VON EINEM POLNISCHEN SCHIFF

Am Freitagabend ist erneut ein Besatzungsmitglied von einem polnischen Schiff geflohen. Der 23-jährige Matrose Jan Nowak sprang von seinem Schiff, dem Fünfhunderttonner *Weichsel*, als es den Hafen verlassen wollte. Nowak wurde vom Steuermann des Schiffes verfolgt, konnte aber entkommen. Der Skipper der *Weichsel* fahndete bei der Polizei nach Nowak. Aber wie Oberwachtmeister Sven Nyman auf Befragen erklärte, hat Jan Nowak bis jetzt noch nicht um politisches Asyl angesucht und auch sonst nichts von sich hören lassen.

»Bring die Milch in den Keller«, wiederholte Mama.
Ich nahm die Milchkanne und ging damit hinaus. Als ich zurückkam, war Mama in ihr Zimmer gegangen, um sich anzuziehen.
»Es ist warm heute«, sagte sie hinter der halb geschlossenen Tür. »Dann kommen viele Leute in den Park.«
Ich setzte mich an den Küchentisch und zog mit dem Zeigefingernagel Linien über die Wachstuchdecke. Eigentlich hatte ich Mama nach meinem Papa fragen wollen. Eigentlich hatte ich von der alten Lehander und ihrem Strick er-

zählen wollen. Aber irgendwie wusste ich nicht richtig, wie ich anfangen sollte. Mir fehlten wieder mal, wie so oft, die Worte. Ähhh… so hallte es in mir wider in einer Art Leerraum, den ich zu der Zeit mit mir herumtrug. Ähhh… hallte es. Und wieder legte Hasse *Heartbreak Hotel* auf. »*Well sins maj bejbi left mi …*«

»Die Platte ist bald hin«, sagte Mama. »Er hat sie heute allein mindestens zehnmal spielen lassen. Das wird langsam zur Plage.«

Ich fummelte an der Zeitung herum, knickte die Ecke, knickte sie noch einmal, sodass sie bald wie eine Ziehharmonika gefaltet war. Unter der Zeitung guckten die Lottoscheine hervor. Mama und Gunsan tippten zusammen.

»Habt ihr Richtige gehabt?«, rief ich.

»Sieben«, antwortete Mama. »Sieben hatten wir richtig.«

Ich fuhr fort, die Zeitung zu knicken. Als ich die ganze Seite so gefaltet hatte, dass sie wie eine Ziehharmonika aussah, kam Mama aus ihrem Zimmer. Sie konnte sehr hübsch aussehen, meine Mama, um nicht zu sagen: SCHÖN. Das war sie jetzt, eine richtige Schönheit mit ihren langen Haaren, die ihr über die rechte Schulter hingen.

»Hast du nicht was Besseres zu tun, als die Zeitung kaputtzumachen?«, sagte sie und versuchte streng auszusehen.

Ich glättete die Falten mit der Hand. Klar hatte ich was Besseres zu tun. Ich hatte massenhaft zu tun. Ich wusste nur nicht richtig, was.

»Ähhh…«, sagte ich, stand auf und ging in mein Zimmer und vertiefte mich in *Biggles im Orient*.

9

Samstagnachmittags lag Stille über dem Ort. Die Trucks der Fabrik fuhren nicht mehr. Weiter oben bei Sållan sah man selten Privatautos. Die Arbeiter hatten Fahrräder. Der weiße Zementrauch stand wie eine Bleistiftlinie kerzengerade im hellblauen Frühsommerhimmel. Die Lerchen stiegen über den Wiesen auf. Mama putzte Fenster. Das Quietschen von Zeitungspapier auf der Fensterscheibe. Der Geruch nach Ammoniak.

Ich lag auf meinem Bett, da hörte ich das Auto. Es kam im ersten Gang auf den Hof gefahren. Ich stand auf, und mit dem Buch in der Hand ging ich zum Nordfenster und guckte hinaus: ein grüner *Saab*. Ein rothaariger kleiner, dünner Mann mit randloser Brille stieg aus. Er ging mit ein paar schnellen Schritten über den Hof auf unsere Vortreppe zu und klopfte an die Tür. Ich legte mich wieder aufs Bett und hielt mir das Buch vors Gesicht. Aber ich las nicht, sondern spähte am Buch vorbei und sah Mama die Tür öffnen.

»Rolf Stenman«, sagte der Rothaarige. »Ich vertrete die Firma Electrolux. Darf ich einen Augenblick hereinkommen …? Oh, ich sehe, ich komme gerade recht zum Frühjahrsputz, das ist gut. Putzen gehört nämlich zu meinem Geschäft, oder wie sie in den Staaten sagen, wo ich vor zwei Monaten war, *cleaning is my business …*«

Ich sah, wie Mama sich rückwärts zurückzog, ich bemerkte die schnellen Blicke des Mannes durch die Tür zu mir. Ich wusste, dass er mich gesehen hatte.
»Wenn ich Ihre Zeit einen Augenblick in Anspruch nehmen darf, so verspreche ich Ihnen, dass ich zum Ausgleich einen substantiellen Beitrag zum Putzen hinterlasse. Geht das wohl? Dann hole ich jetzt also mein Werkzeug.«
»Wenn du Staubsauger verkaufen willst«, sagte Mama, »dann bist du bei der falschen Adresse. Ich kann mir keinen neuen leisten, und an meinem alten hab ich nichts auszusetzen.«
»Wer redet denn von Verkaufen«, sagte Stenman. »Nehmen Sie es als Geschenk der Firma. *From us to you*, wie sie da drüben sagen. Lassen Sie mich ein wenig zu Ihrer Putzerei beitragen. Setzen Sie sich eine Weile hin. Ich bin sofort zurück ...«
Dann verschwand der Mann wieder nach draußen, und ich hörte seine Autotür knallen. Gleich darauf war er wieder da. Er trug einen Staubsauger in der Hand, als er hereinkam. Stenman begegnete meinem Blick und nickte. Einen Augenblick blieb er an meiner Tür stehen.
»Dieses Gerät ist – wenn ich das selbst sagen darf – so effektiv, dass sich sogar die Jugendlichen des Hauses dafür zu interessieren pflegen. Ich kenne Familien, die haben sich darum geschlagen, wer unser Gerät benutzen darf. Jetzt wollen wir mal sehen ...«
Dann brummte der Staubsauger los, und ich hörte Stenman über den Fußboden gehen, hin und wieder sah ich ihn durch die Tür. Er lächelte die ganze Zeit. Er saugte gern

Staub, das war offensichtlich. Vermutlich war er bereit, sein Leben dafür zu opfern, wenn er nur mit dem neuen Gerät von Electrolux Staub saugen durfte. Als er sich wieder kurz in der Tür zeigte, sah ich, dass er eine Fliege trug. Eine große rote Fliege mit weißen Tupfen. Dunkelblauer Clubblazer, helle Hose, blanke schwarze Schuhe. Jedes Mal, wenn er in der Tür auftauchte, bekam ich ein Lächeln von ihm. Jedes Mal versteckte ich mich hinter meinem Buch.

Dann erstarb das Staubsaugergeräusch.

»Jetzt wollen wir mal sehen«, sagte Stenman. »Die Minute der Wahrheit. *The moment of truth*, wie sie in den Staaten sagen.«

Ich erhob mich vom Bett, um an der Minute der Wahrheit teilzuhaben. Die so genannte »Wahrheit« hat mich schon immer interessiert.

Ich blieb in der Tür stehen und lehnte mich gegen den Türrahmen. Stenman hatte seinen Blazer über einen Küchenstuhl gehängt. Er trug ein kurzärmliges weißes Hemd und duftete nach Rasierwasser. Ich stand drei Meter von dem Kerl entfernt und konnte es riechen. Er musste in Rasierwasser gebadet haben.

»Sehen Sie«, sagte Stenman, während er den Staubsauger öffnete. »Der Beutel war leer, bevor ich anfing. Ganz leer war er. Jetzt sehen Sie selbst!«

Stenman reckte sich nach seinem Blazer. Aus der Innentasche nahm er einen weißen Bogen Papier. Er legte ihn auf den Fußboden und leerte darauf den Inhalt vom Staubsaugerbeutel. Kein Zweifel, dass unser Fußboden schmutzig gewesen war. Auf dem weißen Papier bildete sich ein

Häufchen von Wollflocken, Papierschnipseln, abgebrannten Streichhölzern, einem Gummiring und diesem und jenem. Meine Mama war noch nie ein besessener Putzteufel gewesen.

»Ach ja«, sagte sie, »der Fußboden war wirklich dreckig. Vielen Dank für die Hilfe, aber ich kaufe keinen Staubsauger, das habe ich ja schon mal gesagt.«

»Wer redet denn von Kaufen«, sagte Stenman. »Ich nicht! Seine Anschaffungen muss man gründlich planen. Impulskäufe bringen die Haushaltskasse der Leute durcheinander. Ich komme im August wieder. Denken Sie bis dahin drüber nach. Denken Sie nicht ans Kaufen. Denken Sie stattdessen darüber nach, wie es das Leben der Hausfrau erleichtern würde, wenn man einen richtig guten Staubsauger als Putzhilfe im Haus hat. Eine Putzhilfe, die zehn Jahre lang jeden Tag einsatzbereit ist, ganz ohne Bezahlung. Denken Sie darüber nach! Denken Sie daran, wie beschwerlich die Putzerei ohne anständige Hilfsmittel ist. Denken Sie daran, und wir sehen uns im August ...!«

Dann zog er seinen Blazer wieder an, nahm seinen Staubsauger in die Hand, faltete das Blatt Papier mit dem Dreck zusammen und gab es Mama, gab ihr noch ein Kärtchen, gab mir ein breites Lächeln und verschwand auf den Hof hinaus. Ich guckte ihm nach.

»Er geht zu Klassons«, sagte ich.

Hasse hieß mit Nachnamen Klasson.

Mama stand da mit dem Dreck und dem weißen Kärtchen in der Hand. Sie betrachtete es. Dann legte sie es auf das Bord überm Herd. Ich ging in die Küche und sah es mir an.

Mama kehrte zu ihrem Fenster zurück und wienerte weiter. Wir hörten, wie der Stenman drüben bei Klassons anfing. Rolf Stenman, stand auf dem Kärtchen, Vertreter. Electrolux.

»*The moment of truth*«, sagte Mama und schüttelte den Kopf.

Dann kehrte ich zu *Biggles* zurück.

Als der Nachmittag in den Abend überging, kam Gunsan. Sie trug ein gelbes Kleid, auf dem weiße Seerosen waren. Ihr Mund war röter denn je. Mama, die noch nicht fertig angezogen war, erzählte von Rolf Stenmans Besuch.

»Ich fahr jetzt mit Hasse zum Park«, sagte ich und nickte Gunsan zu.

Mama guckte aus ihrem Zimmer. »Hast du Geld?«

»Ein bisschen«, sagte ich.

Mama verschwand. Dann kam sie in die Küche.

»Hier, das ist für dich«, sagte sie und gab mir drei Kronen.

»Danke«, sagte ich.

»Sei lieb zu den Mädchen«, sagte Gunsan und lächelte.

»Äh«, sagte ich und lächelte zurück.

Dann ging ich hinaus. Hasse hörte mich durch die Tür. Er brauchte eine halbe Minute, dann war er auch draußen.

»Also«, sagte er, »gehen wir.«

Das geschah zu der Zeit, als ich mich noch nicht richtig für Mädchen interessierte. Das heißt, natürlich interessierte ich mich sehr für Mädchen. Aber meinem Interesse fehlte auf seltsame Weise das Ziel. Vielleicht kann man es so ausdrücken: Ich war wie ein Fußballspieler, der auf einem Feld ohne Tor spielte. Man spielte nur. Aber es gab kein Ziel.

Zu dieser Zeit konnte ich unglaubliche Liebe fühlen, oder besser gesagt: Sehnsucht, aber ich wusste nicht richtig, wonach. Ich irrte herum. Dieses ein wenig ziellose Herumirren drückte sich verschieden aus. So hatte ich mich zum Beispiel nicht umgezogen, hatte mich nicht »fein gemacht«, wie es hieß, als ich in den Park ging. Hasse, der mir entwicklungsmäßig einen Schritt voraus war, hatte sich immerhin ein bisschen »fein gemacht«. Er hatte das Hemd gewechselt.

Es sollte der Tag kommen, an dem auch ich »das Hemd wechselte«. Er sollte sehr bald kommen, aber noch war er nicht da. Nicht für mich. Aber für Hasse war es so weit. Er lag vorn.

Während wir gemächlich auf der breiten, asphaltierten Landstraße dahinfuhren, zündete er sich eine Zigarette an. Er hatte seine Mütze zu Hause gelassen, hatte sich die Haare mit Wasser gekämmt, und das Päckchen *Boy* steckte in der Brusttasche seines Hemdes. Hasse zündete sich also eine Zigarette an, während er langsam in die Pedale trat. Freihändig. Beide Hände um das Streichholz gewölbt. Dann reichte er sie mir.

»Ist der auch bei euch gewesen, dieser Staubsaugerverkäufer?«, fragte er.

»Ja«, sagte ich, »war er.«

»Das war vielleicht einer«, sagte Hasse, »Mannomann …«

10

Obwohl es noch nicht richtig dunkel war, brannten die Lampen. Es waren rote, grüne, gelbe und blaue, und sie hingen zwischen den Birken und um den Tombolastand, die Schießbude, das Schokoladenrad und die Tanzfläche herum. Die Band hieß *Mood Indigo*. Sie setzte sich aus Schlagzeug, Bass, Gitarre und Saxophon zusammen. Das Saxophon konnte zwischen Alt und Tenor wechseln. Alle Musiker arbeiteten in der Woche im Bruch oder in der Fabrikwerkstatt. Samstags abends zogen sie hellgraue Hosen und lilafarbene Blazer an und wurden *Mood Indigo*.

Wir hörten, wie sie ihre Instrumente stimmten, als wir uns dem Eingang näherten. An mindestens zwanzig Stellen konnte man unter dem Zaun hindurch- oder über ihn hinwegklettern. Aber in diesem Fall war Kriechen oder Klettern unter unserer Würde, hier benutzte man das Tor. Es kostete nichts für Kinder unter zwölf. Hasse ging voran und hielt eine Fünfzigöremünze hin.

»Ach, bist du schon zwölf«, sagte der Hering. Er saß in einer kleinen Bude, in der die Kasse untergebracht war.

»Ich bin dreizehn«, sagte Hasse. Dabei sah er aus, als hätte er gerade graue Haare, einen Bart und Hühneraugen gekriegt.

»Na klar«, sagte der Hering, »klar bist du das.«
»Außerdem muss man doch den Sport unterstützen«, fügte Hasse hinzu.
»Du bist schon in Ordnung, Hasse«, sagte der Hering.
Zu mir sagte er nichts. Nickte nur und gab mir fünfzig Öre auf meine Krone heraus.
Als wir den Schotterweg zur Tanzfläche hinunterschlenderten, fing die Musik an. *Mood Indigo*, die Kennmelodie.
»Prima Musik«, sagte ich und schob die Hände in die Taschen. »Die müssten hier eine Rockband haben«, sagte Hasse. »Dann könnte man *Heartbreak Hotel* und all die anderen richtigen Songs hören.«
Wir gingen zur Tanzfläche und lümmelten uns eine Weile auf der untersten Latte vom Geländer. Niemand tanzte. Das Orchester bedankte sich für den bescheidenen Applaus und fuhr fort mit einer weiteren Duke-Ellington-Nummer. So machten sie das, heizten an mit Duke-Ellington-Musik, wenn dann das Publikum kam, mussten sie die Schlager spielen, die gerade populär waren. Manchmal hatten sie auch eine Sängerin dabei.
Hasse zündete sich eine neue Zigarette an. Der Klops kam den Sandweg heruntergeschlendert. Er war ausstaffiert mit Armbinde und vergoldeter Aufsehermarke, und auf dem Kopf trug er eine Aufsehermütze. Mit dem Klops konnte man nicht einfach machen, was man wollte. Er war als Aufseher bei allen Tanzveranstaltungen beschäftigt. Als er uns sah, tippte er sich gegen die Mütze.

»Guck mal«, sagte Hasse und drehte den Oberkörper, ohne den Unterkörper zu bewegen.

Ich machte es genauso. Gewunden wie Korkenzieher standen wir da, die Unterkörper zur Tanzfläche und den Oberkörper halb zur anderen Seite gerichtet. **Vom Eingang sahen wir Maj und ein etwas größeres Mädchen herankommen.**

»Majs Schwester Liselott«, sagte Hasse.

Die beiden kamen Arm in Arm den Weg herunter. Sie blieben bei der Tombola stehen, und Liselott kaufte ein Los. Offenbar war es eine Niete, denn sie warf es auf die Erde, und die beiden gingen weiter in unsere Richtung, direkt auf die Tanzfläche zu. Die Musik spielte einen beliebten Schlager. Ein Mädchen in einem hellblauen Glockenrock und kurzärmliger weißer Bluse stieg auf die Bühne. Sie sang einen Schlager, in dem viel Mondschein vorkam und Nachtigallen und Liebe.

Sie war aus der Stadt und hatte im letzten Sommer bei einem Talentwettbewerb gewonnen. Jetzt war sie Schlagersängerin bei den *Mood Indigos*.

Maj und Liselott hatten uns fast erreicht, als die Musik einsetzte. Liselott sagte etwas zu ihrer jüngeren Schwester. Maj schien uns nicht zu sehen. Dann gingen sie auf die Tanzfläche und begannen zu *tanzen*! Sie tanzten miteinander, und es sah aus, als hätten sie nie etwas anderes getan. Sie hielten sich an den Händen und tanzten aufeinander zu und voneinander weg, und dann gingen sie nebeneinander, und plötzlich stieß Liselott ihre Schwester mit der einen Hand von sich, während sie sie mit der anderen gleichzeitig festhielt. Beide trugen Glockenröcke, beide trugen eine Schleife, mit der sie ihre Haarfluten zu Pferdeschwänzen hochgebunden hatten. Noch heute könnte ich einen Eid schwören, dass Majs Haarband hellblau war. Welche Farbe Liselotts hatte, hab ich vergessen.

Während ich so dastand, fast dreizehn Jahre alt, und die Schwestern Nyman beobachtete, klopfte mein Herz, dass die drei Münzen in meiner Brusttasche klimperten. Bestimmt! Ich bekam einen trockenen Mund und Herzklopfen, und **ich fühlte mich krank, wenn ich Maj nur ansah**.

»Die rocken gut«, stellte Hasse fest. »Du kannst doch tanzen«, fuhr er fort, »oder?«

»Nur Foxtrott«, sagte ich, ohne die Augen von Maj zu lassen, ihrem wippenden Pferdeschwanz, ihrem Lächeln und dem Glockenrock, der um ihre Knie wirbelte, wenn sie an mir vorbeitanzte.

Dann winkte sie uns zu, Hasse und mir. Sie winkte beim Tanzen!

»Sie ist verdammt hübsch«, sagte Hasse.

Möglicherweise hatte Hasse sich auch schon früher einmal über ein Mädchen geäußert, sein Aussehen oder seine Art. Möglicherweise hatte er es getan. Möglicherweise hatte auch ich mich schon einmal über ein Mädchen, sein Aussehen oder seine Art geäußert, aber wenn es so gewesen ist, dann hatte der Kommentar sich in diesem Fall nicht eingeprägt.

»Sie ist verdammt hübsch …« Dieser Kommentar prägte sich ein, er hinterließ ein großes Mal in meinem Innern. Denn ich musste von einem Augenblick zum anderen begreifen, dass Hasse mindestens genauso verknallt war in

Maj wie ich. Ich witterte Kampf und kriegte einen trockenen Mund. In meiner Fantasie war ich schon der Verlierer. So war es doch immer. Hasse wurde stets der Erste von uns beiden: Er war schneller, stärker, und er war reifer. Damals hatte ich keine Worte dafür, aber es war so. Er lag vor mir, und ich spürte, wie mir das Gefühl missfiel, dass ich gerade in dieser Sache hinterherhing. Ich konnte akzeptieren, dass Hasse gewann, wenn wir uns prügelten, und dass er mir davonfuhr, wenn wir mit dem Fahrrad um die Wette fuhren. Aber dies hier …

Maj und Liselott tanzten wieder an uns vorbei. Hasse bekam Majs Rocksaum ins Gesicht. Er zuckte zurück und lachte. Ich tat so, als ob ich ihn auch ins Gesicht gekriegt hätte und zuckte auch zurück.

»Die sind beide sehr hübsch«, sagte Hasse. »Wie alt Liselott wohl ist?«

Ich gab keine Antwort. Ich war von etwas anderem in Anspruch genommen. Von dem Gedanken an meine Niederlage. Ich glaube, ich trauerte bereits.

»He, du, steh nicht rum und schlaf. Was glaubst du, wie alt Liselott ist?«

»Vielleicht sechzehn«, sagte ich.

»Sechzehn«, sagte Hasse abwägend, als ob er den Wert des Wortes taxierte, als ob er schon den Geschmack, den das Alter haben mochte, zu testen versuchte.

»Wollen wir schießen gehen?«

Hasse zündete eine Zigarette an, nahm einen Lungenzug

und blies einen Rauchring in Richtung Tanzfläche. **Diesmal reichte er mir die Zigarette nicht. Sonst tat er das immer. Auch er witterte Kampf.**

11

Wir gingen zur Schießbude. Dort standen wir eine Weile herum und beobachteten die Schießenden, um herauszufinden, welche der Gewehre am besten waren. Als wir uns entschieden hatten, sagte Hasse: »Wir teilen uns eine Runde. Ich bin beim letzten Bolzen immer am besten.«

Dann schossen wir. Es waren schlechte Gewehre, und es war schwer, die Scheibe überhaupt zu treffen. Die Bolzen flatterten wie Fledermäuse hierhin und dahin, und das war nicht unsere Schuld, denn Hasse besaß ein eigenes Luftgewehr, wir waren also beide geübte Schützen.

Ich schoss am besten. Das war von Bedeutung für mein Herzklopfen, für meinen trockenen Mund, für mein Wohlbefinden. Ich schlug ihn. Ich bekam den letzten Schuss. Es war ein guter Schuss.

»Ein Punkt mehr, und ihr hättet den kleinsten Bären gekriegt«, sagte Nisse aus der Fahrradwerkstatt, der die Schießbude betreute. »Wollt ihr noch mal?«

»Och«, sagte Hasse, der seine Niederlage voraussah. »Die Büchsen sind doch ausgeschlagen. Hier entscheidet eher der

Zufall … Komm, wir gehen zum Klops und fragen, ob's nächste Woche einen Film gibt.«

Und ich, der ich gesiegt hatte und eigentlich gern noch einmal geschossen hätte, folgte ihm. Es war sowieso Hasse, der immer irgendwie alles bestimmte. Ich folgte ihm meistens. Vielleicht waren wir wie Pat und Patachon, wie Dick und Doof. Vielleicht wie der Klops und der Hering, obwohl wir uns nicht bewusst waren, dass wir nach bestimmten Regeln zusammengehörten.

»Komm«, sagte Hasse wieder. »Wir fragen, was es für einen Film gibt.«

Wir gingen also zum Klops, der sich mitten im Park aufgebaut hatte, dort, wo sich die Schotterwege vor der Tanzfläche trafen. Er stand unter einer gelben Lampe, die ihr krankes Licht über sein großes Pilsner- und Würstchengesicht ergoss.

»Hallo Jungs«, sagte er, »wie geht's dem Wasserrad?«

»Gut«, sagte Hasse. »Gibt es nächste Woche einen Film?«

»Klar gibt es einen«, sagte der Klops. »Es laufen immer Filme. Mittwoch gibt's einen Hitchcock. Ihr kennt doch Hitchcock?« Den kannten wir nicht, denn es war zu der Zeit, als es noch unendlich viel gab, was weder Hasse noch ich wussten.

»Hitchcock«, sagte der Klops, »spannend, unheimlich … wahnsinnig gut.«

»Wie heißt der Film?«, fragte ich, der immer alles gern genauer wissen wollte.

»Der Mann, der zu viel wusste«, sagte der Klops. »Sehr gut, spannend, unheimlich …«

Und er hob seine gigantischen Handflächen und ließ die zehn Wiener Würstchen, die er anstelle von Fingern hatte, flattern, und Hasse und ich zuckten vor diesem entsetzlichen Anblick zurück.

»Dann gehen wir hin«, sagte Hasse, eher fragend als entschieden.

»Tut das«, sagte der Klops, »aber denkt dran, dass es niemand sehen darf, wenn ihr reinwischt.«

Hasse und ich nickten.

»Der Mann, der zu viel wusste«, sagte Hasse.

»Spannend«, sagte ich, »bestimmt furchtbar spannend. Das hört man schon am Titel.«

Dann machten wir einen kleinen Spaziergang über die Sandwege, und bald waren wir wieder bei der Tanzfläche. Ein paar Knirpse, ungefähr elf Jahre alt, spielten eine Art Fangen. Sie rannten die ganze Zeit vorm Orchester herum. Ein halbes Dutzend Paare tanzten schon. Jetzt war es dunkel. Maj und Liselott waren nicht zu sehen.

»Guck mal da«, sagte Hasse mit ausgestrecktem Zeigefinger.

Auf der anderen Seite der Tanzfläche standen Mama und Gunsan.

»Jetzt guck bloß«, wimmerte Hasse, »der will tanzen ...«

Und aus dem Gewimmel löste sich Rolf Stenman, Vertreter, und forderte meine Mama auf.

»Jetzt guck dir das an«, keuchte Hasse.

Mama ging zur Orchesterbühne und stellte ihre Handtasche ab, und dann legte Rolf Stenman einen Arm um Mama, und die beiden tanzten hinaus auf die Tanzfläche.

Im Nachhinein kann man so manches über Rolf Stenman sagen, aber was seine Fähigkeit anging, sich auf einem ländlichen Tanzplatz zu bewegen, muss man feststellen, dass er sich gut machte.

Er hatte diesen besonderen *drive* im Schritt, und er tanzte auf eine Weise, die leicht den Eindruck erweckte, als ob alles von ganz allein geht. Alles schien ohne Anstrengung zu geschehen. Hasse war beeindruckt.

»Genauso gut wie Gejbel«, sagte er, und er meinte den Tanzkavalier Nummer eins in unserem Ort.

Während wir dort standen, Hasse und ich, und Mama und Stenman beobachteten, war Gunsan um die Tanzfläche herumgegangen, und jetzt stand sie neben mir.

»Darf ich dich bitten?«, sagte sie.

Ich wurde rot. Auf der Tanzfläche waren mindestens ein Dutzend Paare. Dort waren Stenman und Mama. Da war das Tanz-Ass Gejbel – der Fred Astaire unseres Ortes –, und dort irgendwo war Maj in der Dunkelheit.

»Nein«, sagte ich. »Nicht jetzt.«

»Doch, doch«, sagte Gunsan, die wusste, was sie wollte.

»Komm!«

Dann zog sie mich die Treppe hinauf.

»Mit links anfangen«, flüsterte sie mir ins Ohr, und dann begann ich zu tanzen.

»Gut«, flüsterte Gunsan, »das geht doch prima.«

Ich versuchte, sie rückwärts zu führen, und es klappte – zu meiner eigenen Verwunderung – richtig gut. Ich sah Hasses ernstes Gesicht neben der Tanzfläche. Ich hätte schwören mögen, dass er dastand und grinste. Aber das tat er nicht.

Er sah aus, als wäre er auf seiner eigenen Beerdigung. Ich trat Gunsan auf den Fuß. »Verzeihung«, sagte ich.
»War nicht schlimm«, sagte Gunsan.
Da entdeckte ich Maj. Sie stand zusammen mit Liselott neben der Tanzfläche und aß ein Eis. Als sie mich entdeckte, winkte sie. Ich fühlte, wie mir in den Knien schwach wurde, und ich dachte, noch einen Tanz schaff ich nicht. Die Beine werden unter mir nachgeben, das schaff ich nicht. Aber ich schaffte auch das. Ich trat Gunsan noch einmal auf den Fuß, und diesmal so fest, dass sie eine Grimasse zog, obwohl sie nicht zeigen wollte, dass es wehtat. Ich dachte an Mama, die immer sagte, am schlimmsten wären die Männer, die einem die Strümpfe kaputttrampeln. Ich hatte ein Gefühl, als hätte ich entschieden mehr als Gunsans Strümpfe kaputtgetrampelt, und das Schlimmste war: Ich war überzeugt, dass Maj alles gesehen hatte, jeden falschen Schritt, jedes Attentat auf Gunsans Nylonstrumpfe.
Dann war es vorbei. Die Musik verstummte, und Gunsan sagte, dass ich sie begleiten und ihre Handtasche holen sollte.
»Das gehört sich so für den Kavalier, verstehst du. Man darf nicht einfach abhauen und sich Würstchen kaufen oder so. Man muss mitgehen und die Tasche holen.«
»Und wenn sie keine Tasche hat?«, fragte ich, weil ich registriert hatte, dass Maj nichts dergleichen hatte.
»Ja«, sagte Gunsan, »dann redet man noch ein bisschen. Über die Musik oder über das Wetter. Irgendwas. Man darf nur nicht still sein …«
Wir gingen zur Treppe, und dort standen Mama und Rolf

Stenman auf der einen Seite. Auf der anderen Seite stand Maj. Als ich an ihr vorbeiging, beugte sie sich zu mir und sagte ziemlich laut – **und ihr Haar berührte meine Wange: »Wie gut du tanzen kannst!«**

Plötzlich ging mir auf, warum Hasse ausgesehen hatte, als ob er auf seiner eigenen Beerdigung wäre. Er konnte ja nicht tanzen. Das hatte ihm niemand beigebracht. Jetzt war alles sonnenklar. Der Junge konnte nicht einen einzigen Schritt.

Da stand ich also und freute mich über das Zurückgesetztsein meines einzigen Freundes. Da stand ich und spürte, wie ich innerlich vor Freude schäumte, und alles wegen meiner armseligen Überlegenheit. Hasse, den ich bis jetzt immer für den Besten von den Besten gehalten hatte, für ihn empfand ich jetzt nur Schadenfreude.

Als ich mir meiner Gefühle bewusst wurde, das ganze Ausmaß meiner Schäbigkeit erkannte, versuchte ich sie vor mir zu verstecken, auch vor mir selbst zu verstecken, damit ich nicht einsehen musste, wie schlecht ich war. Bis zu einem gewissen Grad gelang es mir. Aber nicht ganz.

Man kann anderen etwas vormachen, und man kann sich selbst etwas vormachen, aber niemals ganz und gar. Niemals ganz richtig. Ein Rest Wahrheit über dich bleibt immer übrig, leuchtet hervor, bringt sich in Erinnerung. Wie ein Steinchen im Schuh. Wie ein winziger Stein im Schuh.

12

Gunsan ließ mich laufen, sobald wir die Tanzfläche verlassen hatten, und sofort forderte Stenman sie auf. Mama begriff, dass dies nicht der Moment war, in dem ich Sehnsucht nach ihr hatte, also ließ sie mich im Gewimmel untertauchen. Ich stellte mich neben Hasse.

»Du tanzt ja richtig gut«, sagte er. »Wer hat dir das beigebracht?«

»Gunsan«, sagte ich. »Gunsan ist in Ordnung. Es macht Spaß mit ihr.«

Die Musik fing wieder an, und Maj drängte sich zu uns durch. Sie leckte sich gerade mit ihrer kleinen roten Zunge die Reste von ihrem Eis von den Fingern.

»Hallo«, sagte sie. »Habt ihr schon viel getanzt?«

»Nee«, sagte ich. Plötzlich hatte ich Manschetten, sie könnte vorschlagen, dass wir beide tanzen. »Mir tut der Fuß weh.«

»Tatsächlich?«, sagte Maj. »Das hat man vorhin gar nicht gemerkt.«

»Ich bin eben umgeknickt«, sagte ich, »über eine Flasche gestolpert.«

»Aha«, sagte Maj und legte den Kopf ein bisschen schief. Als ob sie zu kapieren versuchte, was ich meinte.

»Er hat mir vorher auch schon wehgetan«, sagte ich. »Vom Stolpern ist es noch schlimmer geworden.«

»Aha«, sagte sie knapp, und es klang, als ob sie mir zu verstehen geben wollte, dass sie jetzt nichts mehr von meinem umgeknickten Fuß hören wollte.

»Was habt ihr denn sonst noch getrieben?«, fragte sie.

»Wir haben eine Runde geschossen«, sagte Hasse.

»Fast hätten wir einen Bären gewonnen«, sagte ich.

»Ich kann gut schießen«, sagte Maj. »Mein Papa ist Distriktmeister mit der freien Pistole.«

»Wollen wir noch mal eine Runde schießen?«, fragte ich. Mir war eingefallen, wie gut ich vorhin gewesen war.

»Och«, sagte Hasse, »die Gewehre sind doch so ausgeschlagen. Es hat keinen Sinn. Man trifft nicht, worauf man zielt.«

»Wie viele Bolzen sind es immer?«, fragte Maj.

»Fünf«, sagte ich.

»Dann schießen wir jeder einen«, sagte Maj. »Die beiden, die am besten waren, kriegen jeder einen der übrig gebliebenen Bolzen.«

Sie lächelte, in ihren Augen glitzerte es, der riesige Pferdeschwanz schaukelte vor Eifer.

»Kommt schon«, sagte sie.

Sie war unwiderstehlich. Sie drängelte sich durchs Gewühl, und Hasse und ich folgten ihr wie kleine Hunde. Die Leine war unsichtbar.

An der Schießbude war eine Schlange. Zwei angetrunkene Zwanzigjährige in der Uniform der Küstenartillerie hatten zusammen mit ihren Freundinnen die vier Gewehre in Beschlag genommen. Sie schossen und redeten, lachten und waren laut. Die Jungs waren vom Festland, das konnte man hören. Einer von ihnen schoss einen Bären. Einen kleinen, hellblauen Bären, so groß wie ein Hamster. Er gab ihn seiner Freundin, die ihn mit einer Sicherheitsnadel an ihrem Kleid befestigte. Dann waren wir an der Reihe.

»*Ladies first*«, sagte Maj. »Welche Büchse schießt am besten?« Nisse aus der Fahrradwerkstatt holte eine unter dem Tresen hervor. »Hier haben wir eine Büchse für Damen«, sagte er. »Mit der dürfen nur hübsche Mädchen schießen. Sie ist gut. Schießt genau.«

Maj nahm ihre Brille aus der Rocktasche.

Nisse spannte den Mechanismus für Maj, steckte einen rotschwänzigen Bolzen in den Lauf, ließ die Waffe wieder zuschnappen und reichte sie Maj. Sie stützte sich mit beiden Ellenbogen auf das Brett, zielte einen Augenblick und schoss. Der Bolzen steckte in der Scheibenmitte.

»Eine Zehn«, sagte Nisse, »Annie Oakley, was?«

»Ich heiße Maj«, sagte Maj.

»Dann ist dein Papa wohl Polizist?«, fragte Nisse. »Er steht jedenfalls dahinten.« Er zeigte zum Eingang hinauf.

Maj warf nur einen kurzen Blick in die Richtung, schien sich aber im Moment nicht weiter dafür zu interessieren.

»Wer ist jetzt dran?«, fragte sie und guckte Hasse und mich an. Hasse streckte die Hand nach der Büchse aus, die vor Maj lag.

»Finger weg!«, sagte Nisse. »Die ist bloß für Damen. Lümmel und Soldaten schießen mit den anderen.« Dann versteckte er die Damenbüchse unterm Tresen.

Hasse zielte lange, ehe er abdrückte.
»Eine Sechs«, sagte Nisse. »Schon ganz gut.«
Dann war ich an der Reihe. Ich zielte und zielte und drückte erst ab, als der Lauf anfing, Kreise in der Luft zu beschreiben.
»Eine Eins«, sagte Nisse. »Nicht so gut.«
Dann durfte Maj wieder mit der Damenbüchse schießen.
»Angerissene Linie auf der Neun, zählt wie zehn«, sagte Nisse.
Dann schoss Hasse und verfehlte die Scheibe.
»Lasst uns die Wehrpflicht für Frauen einführen«, sagte Nisse und streckte die Hand aus, um das Geld zu kassieren.
Maj lächelte und nahm die Brille ab.
»Wenn man nur mit der neuen Büchse hätte schießen dürfen«, sagte Hasse im Gehen. »Dann hätten wir glatt die Bären abgeräumt …«
»Es gibt eben verschiedene für Mädchen und Jungen«, sagte Maj. »So gehört sich das.«
»Warum eigentlich?«, fragte ich. Mir war gerade eingefallen, was Gunsan vorhin gesagt hatte, dass man nicht still sein darf.
»Weil Jungen und Mädchen nun mal verschieden sind. Wusstest du das nicht?«
Maj lachte und guckte mich an.
Ich glaube, ich wurde rot, aber das machte nichts, denn es war dunkel.

»Möchte wissen, ob er es überhaupt weiß«, sagte Hasse und boxte mich gegen die Schulter. »Möchte mal wissen, was du eigentlich weißt, Harry …«

Er holte seine Zigaretten heraus und hielt Maj das Paket männlich-ritterlich hin.

»Möchtest du eine?«, fragte er.

»Nee«, sagte Maj. »Ich rauche nicht.«

»Ich auch nicht«, log Hasse, »nur mal so zur Feier des Tages, wie jetzt, weil Samstag ist.«

»Man macht sich bloß die Lungen kaputt«, sagte Maj.

Die Rede von inneren Organen brachte mich wohl darauf, an Majs Herz zu denken.

»Und du hast einen Herzfehler?«

Maj guckte mich an. »Ja«, sagte sie, »Herzklappenfehler. Ich durfte früher nie mitturnen. Mama hat sogar was dagegen, dass ich tanze. Im Sommer, bevor die Schule wieder anfängt, fahr ich nach Stockholm und lass mich untersuchen. Vielleicht darf ich dann ja im Herbst mitturnen.«

»Kommst du auf die Realschule?«, fragte Hasse.

»Ja«, sagte Maj. »Ihr auch?«

»Ja«, sagten wir im Chor, »wenn wir es schaffen.«

»Ihr schafft das schon.«

In dem Augenblick sah ich Tocken. Er kam zusammen mit einem seiner älteren Brüder den Weg vom Eingang herunter. Hasse sah ihn auch und nickte in seine Richtung, während er gleichzeitig zu Maj sagte: »Da kommt dein Banknachbar.«

Maj schaute. Tocken tat so, als ob er uns nicht sähe.

»Hallo, Tocken«, sagte Hasse.

»Hej, hej«, sagte Tocken. Er sah ein bisschen schläfrig aus.

»Sein Papa sitzt in der Klapsmühle in der Stadt«, sagte ich. Ich spürte, wie mir die Worte aus dem Mund rutschten, und wünschte, ich hätte sie aufhalten und wieder zurückstecken können. Aber es war schon zu spät. Maj sah mich an.

»Und was hat das mit der Sache zu tun?«, fragte sie.

Mein Mund wurde trocken. »Nichts«, sagte ich, »nichts …«

»Ich muss jetzt zu Liselott«, sagte sie dann. »Also tschüss.«

Sie drehte uns den Rücken zu und verschwand im dichteren Gewühl um die Tanzfläche.

Jetzt, im Alter von dreiundvierzig Jahren, kann ich alle Gemeinheiten meines Lebens nachzählen. Ich kann jede Niedertracht und Schweinerei nebeneinander legen. Es sind vermutlich nicht mehr und nicht größere Schweinereien als bei anderen Menschen. Aber sie sind da. Und irgendwie habe ich ein Gefühl, als ob die Buchführung genau an jenem Abend begann, diesem Abend Ende Mai. Es ist schon merkwürdig, dass es so sein muss: Wenn man sich nach etwas reckt, das man gern haben möchte, meint man, jemanden zum Absprung zu brauchen, jemanden, auf den man seine Füße setzen kann. Und dann muss man feststellen, dass es einem ganz egal ist, wen man benutzt, und wenn es der aus der Bank vor einem ist, einer, der nach Urin riecht. Oder sogar der beste Freund … Immer noch hatte ich Hasse gegenüber dieses spöttische, triumphierende Gefühl von Überlegenheit wegen seiner Unfähigkeit als Tänzer.

Der Abend war dunkel geworden, aber nicht schwarz. Ende Mai wird es abends nie richtig schwarz. Nicht mal dann, wenn man beginnt, nach jemandem Ausschau zu halten,

auf den man steigen kann, um an das heranzureichen, was man unbedingt haben will.
»Wollen wir wieder zur Tanzfläche gehen?«, fragte Hasse, und ich nickte. Mir war wohl bewusst, dass wir beide von derselben Lust und demselben Ehrgeiz besessen waren: am Geländer zu stehen und Maj und Liselott zuzusehen, wie sie tanzten und ihre Glockenröcke vor unseren Augen wirbelten. Und in unseren Körpern tobte dieselbe Sehnsucht, mit der wir nichts anzufangen wussten, eine Sehnsucht, die uns von innen her erdrückte, die uns zu verwandeln begann in etwas, das wir vorher nicht gewesen waren.

13

Irgendwann an diesem Abend verschwanden Maj und Liselott. Erst glaubten Hasse und ich, sie würden zurückkommen, glaubten, sie machten einen kleinen Spaziergang auf der Landstraße vorm Vergnügungspark. Glaubten, sie hätten eine Weile genug vom Gedränge. Was weiß ich. Unsere Sehnsucht wandelte sich in Hoffnung, und wir lümmelten uns auf dem Geländer an der Tanzfläche und HOFFTEN.
Aber sie kamen nicht wieder. Mama und Gunsan waren verschwunden. Ebenso Stenman. Jetzt war nur noch das Tanz-Ass mit seinen getalkten Schuhsolen und dem streichholzdünnen Lippenbärtchen da, Gejbel. Er tanzte immer

öfter mit demselben Mädchen. Er presste sie an sich, wirbelte seine scharfen Bügelfalten in immer engeren und immer entschiedeneren Kreiseln herum. Das Mädchen machte mit, eng, sehr eng an ihn gedrückt, als ob sie ein staubfeines Pulver wäre, das zufällig an seiner Kleidung hängen geblieben war.

Kurz vor Ende der Veranstaltung verschoss ich meine letzte Krone. Und weil es kurz vor Schluss war, schaffte ich es, mir die Damenbüchse zu erbetteln. Ich schoss mit fünf Bolzen fünfundvierzig Ringe und gewann den kleinen Bären. Ich durfte zwischen einem rosa und einem hellblauen wählen. Mir fiel Majs hellblaue Haarschleife ein, und ich wusste, was ich wollte. »Einen blauen«, sagte ich und bekam meinen Bären.

Ich steckte ihn in die Brusttasche von meinem Hemd, und Hasse und ich verzogen uns zum Ausgang.

Der Klops wedelte mit seinen riesigen Flossen, als ob er Kühe nach Hause scheuchte, Bauernjunge, der er gewesen war. Oberwachtmeister Nyman stand draußen auf der Landstraße, die Hände auf dem Rücken verschränkt, und beobachtete mit Falkenaugen einige angetrunkene Rekruten. Der Hering machte seinen Kiosk dicht. Ein Mädchen lachte, und ihre Stimme klang wie die eines Spechtes, der Keuchhusten hat. Der Klops haute einem Bekannten auf den Rücken, dass der feine Anzug nur so staubte. Jemand zeigte zum Himmel.

»Guck mal, der Mond.«

Wir hatten Vollmond, ein schöner, blasser Frühsommermond. Weiter hinten auf dem Schotterplatz, wo die meisten ihre Fahrräder, der eine oder andere auch sein Moped oder sein Motorrad und einige ihr Auto abgestellt hatten, trat Gejbel seine Vespa an. Die Dame vom letzten Tanz hatte sich ein Tuch über die Haare gelegt und war auf den Rücksitz geklettert, beide Beine auf der linken Seite, den Rock über den Knien gebauscht. »Jetzt fährt er zur Hütte«, sagte Hasse. »Wollen wir ...?«

Er sah mich an, und ich nickte als Antwort: Natürlich wollten wir.

Also gaben wir unseren Flitzern von Monark* die Sporen und fuhren runter ans Meer.

Gejbels Eltern besaßen in Viken eine Freizeithütte. Sie lag dreißig Meter vom Meeresufer entfernt mitten auf einem vermoosten Rasen und war von einem Zaun umgeben. Der bestand aus gekreuzten Wacholderstangen, die gegen Fäulnis braun gestrichen waren. Mitten auf dem Grundstück stand eine Seemine aus dem Zweiten Weltkrieg, rot und gelb angemalt, und rundherum wuchs ein Meer von Tulpen.

Gejbel selbst war etwa dreißig. Er lebte immer noch bei seinen Eltern. Von ihnen hatte er die Freizeithütte übernommen und sie in sein Liebesnest verwandelt.

Zu dieser Zeit strengten sich die Erwachsenen an, manches vor uns geheim zu halten. Mir zum Beispiel war weder in Wort noch in Schrift das Wort Menstruation begegnet. Auch das Wort Verhütungsmittel hatte ich noch nie gehört. Man versuchte also, gewisse Sachen vor uns geheim zu hal-

*schwedische Fahrradmarke

ten. Ganz bewusst versuchte man, zu Hause und auch in der Schule, uns in einem unwissenden Zustand zu halten. Aber unsere Lust zu lernen war groß. Wir waren von der Sorte Jungen, die Nisse aus der Fahrradwerkstatt »Lümmel« nannte. Wir wollten wissen, was man uns verheimlichte, wir wollten verstehen, was man uns zu begreifen verwehrte. Es passierte, dass wir eine Hausaufgabe vergaßen oder zwei, aber glaubt bloß nicht, wir wollten dumm bleiben!

Voller Wissensdurst fuhren wir durch die kühle Mainacht, begleitet von einem riesigen Margarinemond, hinunter zu Gejbels Sommerhütte, um dort etwas zu lernen, von dem wir dunkel ahnten, dass wir es unbedingt wissen mussten.

Wir stellten unsere Fahrräder unter einer Tanne hundert Meter vom Haus entfernt ab und schlichen durch den Mischwald näher heran. Vor Gejbels Zaun stand eine Kiefer. Zwei Meter über dem Erdboden hatte sie nach allen Seiten einige kräftige Äste. Wir kletterten hinauf, Hasse und ich, und setzten uns jeder auf einen Ast. Auf diese Weise waren wir im gerade richtigen Abstand von Gejbels verglaster Veranda. Es war wie im Kino.

»Guck mal«, sagte Hasse, sobald wir uns zurechtgesetzt hatten. »Die Vorstellung ist schon in vollem Gange.«

Gejbel saß in der verglasten Veranda auf einem Sofa, und neben ihm saß das Mädchen, das er auf seiner Vespa heimgeführt hatte. Es hatte das Kopftuch abgelegt. Eine Petroleumlampe brannte. Auf dem Rohrtisch mit Glasplatte stan-

den zwei kleine Gläser mit einer grünen Flüssigkeit. Gejbel hatte sich eine Zigarette angezündet.
»Ich hab Schmacht auf eine Zigarette«, sagte Hasse. »Ich auch«, antwortete ich, nur um etwas zu sagen. Die beiden da drinnen lachten, wir hörten es, konnten aber nicht verstehen, worüber sie redeten. Gejbel lehnte sich zurück und breitete seine langen Arme auf der Rückenlehne vom Sofa aus. Zufällig kam sein linker Arm auf der Schulter des Mädchens zu liegen, oder besser gesagt, er streifte sie. Er ließ seine Finger zwischen der Wölbung ihrer Schulter und ihres Halses spazieren gehen. Das Mädchen legte den Kopf zurück und schloss die Augen.
»Jetzt macht sie die Augen zu«, sagte Hasse. »Das ist das Signal. Freie Bahn. Wenn sie die Augen zumachen, dann meinen sie damit, dass sie wollen.«
Gejbel führte die Zigarette mit der rechten Hand zum Mund und nahm einen Zug.
»Guck dir das an, der Kerl macht Rauchringe«, sagte ich.
Das tat er. Wir konnten keine Ringe sehen, aber an der Art, wie er die Lippen formte, konnten wir ablesen, was vor sich ging.
»Drei Ringe«, sagte Hasse, der ja Experte war. »Er ist ein Ass. Aber blöd von ihm, dass er dafür gesorgt hat, dass sie die Augen zumacht. Warum hat er ihr nicht Bescheid gesagt?«
»Damit sie nicht denkt, er ist scharf auf sie«, sagte ich. Das hatte ich bei Gesprächen im Hafen aufgeschnappt.

Die Mädchen dürfen nicht spitzkriegen, dass man scharf ist, war die allgemeine Vorstellung der älteren Jungen. Man durfte auch nicht zeigen, dass man nicht abwarten kann. Da kriegten die Mädchen Angst. Und hatte man sie einmal erschreckt, dann konnte es Ewigkeiten dauern ...

»Er weiß bestimmt, was er tut«, sagte Hasse. »Drei Rauchringe, das war wirklich gut ...«

Gejbel drehte mit zwei Fingern eine Locke in die Haare des Mädchens. Sie wandte den Kopf und sah ihn an. Sie streckte eine Hand nach Gejbels Zigarette aus. Sie nahm einen Zug, musste husten, legte die Hand auf die Brust, hustete wieder, gab die Zigarette zurück und nippte an der grünen Flüssigkeit. »Likör«, sagte Hasse. »So was hat Großmutter auch. Der ist genauso stark wie Schnaps. Er will sie benebeln. Das ist richtig. So muss man sie nehmen ...«

Der Klops, der, soweit ich es heute beurteilen kann, kein großer Frauenheld war, pflegte sich so auszudrücken, wenn er von Mädchen redete. **So muss man sie nehmen ... Das klang irgendwie drohend.**

»So muss man sie nehmen«, wiederholte Hasse und bewegte sich auf seinem Ast.

Besonders bequem war es nicht, wenn man länger dort saß. Das Mädchen da drinnen hatte seinen Kopf wieder zurückgebeugt, und Gejbel hatte fünf Finger in ihrem Haar vergraben.

»Jetzt küsst er sie«, sagte Hasse, »wetten? Bevor ich bis sechzig gezählt habe, küsst er sie ...«

Hasse fing an zu zählen, leise für sich, aber nicht so leise, dass ich es nicht hörte. Bei zweiunddreißig neigte sich Gejbel über das Gesicht des Mädchens, bei neununddreißig legte er die Zigarette weg, und bei dreiundvierzig beugte er

sich zur Petroleumlampe vor. Da drinnen wurde es dunkel.
»Scheiße«, sagte Hasse. »Ich geh jede Wette ein, dass sie bereit war. Die wollen immer im Dunkeln geküsst werden. So sind sie. Sie wollen es im Dunkeln. Wollen nicht gesehen werden.«
Wir kletterten von der Kiefer und gingen zu unseren Fahrrädern. Das Wasser in der Bucht war ganz blank. Ich hob einen flachen Stein auf und warf ihn. Er schlug achtmal auf der Wasseroberfläche auf. Hasse warf auch. Sieben Aufschläge.
»Lass uns nach Hause fahren«, sagte ich.
Im Osten wurde der Himmel schon ein wenig hell. Die Vögel erwachten.
Wir fuhren nach Sållan hinauf, ohne uns zu beeilen. Keine Menschenseele, soweit das Auge reichte. Tau im Gras.
»Mir ist kalt«, sagte ich.
»Weichling«, sagte Hasse. Nie wollte er zugeben, dass er fror. Vielleicht fror er aber auch tatsächlich nicht. Was weiß ich, mir war jedenfalls kalt.
»Wir fahren schneller, dann wird uns warm«, sagte ich.
Und ich fuhr schneller und strampelte den Schotterhügel so schnell hinauf, wie ich nur konnte. Oben angekommen, drehte ich mich um und sah über die Schulter, wie Hasse gemächlich hinterherkam, freihändig. Er hielt die Hände vorm Gesicht gewölbt und zündete sich eine Zigarette an. Die kleine Streichholzflamme war fast nicht zu sehen.

14

Mein Schlaf zu jener Zeit war tief und schwer, und am schwersten war er, wenn ich aufwachen sollte. An einem Sonntag wie diesem konnte ich bis weit in den Nachmittag schlafen.

Als ich die Augen aufschlug, hörte ich die Lerchen über den Wiesen und Mama, die in der Küche klapperte. Dann kam sie mit einem Tablett herein. Kakao und Butterbrote.

»Bist du wach …?«

Ich richtete mich auf.

Als Kind war ich nie krank gewesen, und einmal hatte ich einen kranken Freund besucht, der Kakao und Butterbrote ans Bett gebracht bekam. Hinterher sagte ich zu Mama, ich wollte auch krank werden, damit ich im Bett essen durfte. Deshalb hatte Mama angefangen, mir sonntags das Frühstück ans Bett zu bringen, und sie hatte es beibehalten.

»Seid ihr gestern lange unterwegs gewesen?«, fragte sie. Sie setzte das Tablett auf meinen Knien ab.

»Bis es hell wurde.«

»Gunsan und ich sind mit Stenman ins Hotel gegangen«, sagte sie.

»War da Tanz?«

»Ja«, sagte Mama und ging in die Küche zurück.

»Er tanzt gut!«, rief ich ihr mit vollem Mund nach.

»Wer?«

»Der Kerl mit den Staubsaugern.«
»Und du erst«, antwortete Mama aus der Küche. »Gunsan und ich fanden dich richtig gut.«
»Och«, sagte ich und tauchte in die Kakaotasse.
»Gunsan und ich wollen gleich an den Strand!«, rief Mama. »Das Wetter ist wunderbar, und das Strandbad macht heute auf.«
»Ich bleib lieber hier und lese«, antwortete ich.
»Tschüss dann!«, rief Mama später. Sie ging, im Fahrradkorb hatte sie Thermoskanne und Badehandtuch.
»Tschüss!«, rief ich.

Dann ging der Sonntag in den Abend über. Von der anderen Seite des Waldes hörte ich die Kirchenglocken läuten. Ich blieb im Bett, flog in meinem Doppeldecker über Flandern. Schließlich kam Mama nach Hause. Sie hatte Farbe im Gesicht gekriegt, hatte eine rote Nase und fing an, Mittagessen zu kochen. »Der Badeponton ist schon draußen!«, rief sie aus der Küche.
Ich war immer noch nicht aufgestanden.
»War das Wasser warm?«
»Ich habe nicht gebadet, aber es waren bestimmt nicht mehr als dreizehn Grad.«
Dann vertiefte ich mich wieder in meine Flugabenteuer, und obwohl ich den ganzen Tag im Bett gelegen hatte, schlief ich früh ein, und der nächste Tag war ein Montag.

Wir standen Schlange vor der Essenausgabe. Henrik hinter mir, Hasse neben mir. Hinter Henrik standen Anna und Maj. Ich sah Tocken hereinschlüpfen.

Henrik sagte: »Der Junge hat bestimmt Hunger. Der kriegt zu Hause wahrscheinlich nicht viel zu essen. Sein Vater sitzt ja in der Klapsmühle in der Stadt …«

Henrik hatte sich zu Maj umgedreht, und er sagte so ungefähr das, was ich Samstagabend im Vergnügungspark gesagt hatte. »Sein Papa sitzt in der Klapsmühle in der Stadt …«

Ich drehte mich um und schlug mit geballter Faust zu. Ich traf ihn an der Oberlippe, und am Knöchel von meinem Mittelfinger zeichnete sich ein Abdruck von Henriks Vorderzähnen ab. Aus seiner Lippe floss Blut. Es tropfte auf sein weißes Hemd. Er guckte mich an. Vermutlich war er erstaunt über den plötzlichen Angriff. Ich schlug noch einmal in sein Gesicht, aber diesmal war er vorbereitet. Er parierte, landete zwei gerade Schwinger gegen meine Nase und rundete das Ganze mit einem Schlag gegen mein linkes Ohr ab. Ich stürzte.

Kein Wunder, dass ich zu Boden ging. Henrik war einen Kopf größer als ich und besaß Boxhandschuhe. Zu Hause hatte er im Keller einen Sack aus Segeltuch, der mit einer Mischung aus Sägespänen und Sand gefüllt war.

»Willst du noch mehr?«

Er stand vor mir, die Arme angewinkelt, zum Zuschlagen bereit. Ich saß mit gespreizten Beinen da. Fräulein Kejne tauchte hinter Henrik auf.

»Was ist hier los?«, ertönte ihre entrüstete Stimme.

Jungen, die sich prügeln, konnte sie nicht ausstehen. Sie pflegte uns Predigten zu halten, wie wichtig es war, sich nicht zu prügeln. Und das, obwohl unsere kleinen Raufereien ziemlich unschuldige Veranstaltungen waren, die meistens aus Untergriffen und Schwitzkasten bestanden. Dass jemand mit dem Gesicht auf eine geballte Faust traf, gehörte zu den Seltenheiten. Jedenfalls hatte ich – der ich ein fleißiger und energischer Raufbold war – noch nie jemandem ins Gesicht geschlagen.

In diesem Augenblick mischte Maj sich ein.

»Henrik hat gesagt, dass Tockens Papa in der Klapsmühle sitzt«, sagte sie. »Dafür hat er was verdient. Das war wirklich gemein.«

Sie schielte zu mir.

Fräulein Kejne guckte von einem zum anderen.

»Steh auf«, sagte sie zu mir. »Sitz nicht so jämmerlich herum. Dir fehlt nichts.«

Ich erhob mich und zog mich ein Stück von Henrik zurück, der immer noch mit erhobenen Fäusten dastand.

»Und du, mein junger Mann, kannst dir auch nicht jede Freiheit herausnehmen. Geh nach Hause und zieh dir ein anderes Hemd an. Und sag deinem Vater, dass ich ihn heute Abend anrufen werde. Torgny hat es so schon schwer genug, da brauchst du nicht auch noch boshaft zu sein, verstehst du.«

Und Fräulein Kejne unterstrich den Ernst ihrer Worte, indem sie ihre Hand ausstreckte und energisch Henriks linkes Ohr ergriff. Sie zog kurz auf ihre charakteristische Art daran. Henrik sah ein bisschen erstaunt aus, und obwohl er ein gescheiter Junge war, begriff er wohl nicht richtig, wie ihm geschah.

Schließlich ließ Fräulein Kejne das Ohr los, und Henrik zog ab, um sein Hemd zu wechseln.

»Schluss mit dem Streit«, sagte Fräulein Kejne mit ihrer kräftigen Schulhofstimme. »Kein Streit mehr. Sonst kriegt ihr nichts zu essen. Alle miteinander …«

Dann marschierte sie mit finsterem Gesicht ans Ende der Schlange.

»Was ist denn in dich gefahren?«, fragte Hasse und sah mich verwundert an.

»Och«, sagte ich nur. Ich wusste es ja selbst kaum.

Vielleicht war es so, dass wir beide Träger derselben Verderbtheit waren, Henrik und ich. Vielleicht war es dieselbe kindische Einfalt und Lust, die uns dazu trieb, Tocken als Schemel zu benutzen, als wir uns nach Majs Gesicht streckten. Beide versuchten wir uns herauszustreichen, indem wir Tockens Mängel hervorhoben und Klatsch benutzten. Es war nicht merkwürdig, dass wir es taten. Im Gegenteil, es wäre sonderbar gewesen, wenn wir es in dem Augenblick nicht getan hätten.

In der kleinen Ortschaft, in der eigentlich so wenig passierte, war Klatsch eine wichtige Beschäftigung. Die Erwachsenen klatschten über Krankheiten, Elend, Not, Irrtümer und Dummheiten der anderen. In der Welt des Klatsches stand das Unglück hoch im Kurs. Glück war nichts Besonderes, wenn es keine dramatischen Züge hatte.

Lottogewinn, ein großer Fischfang, schönes Wetter im Urlaub – tja, das taugte gerade, um erzählt zu werden. Am höchsten im Kurs stand das Unglück der anderen.
Für so etwas hatte ich nicht viel übrig. Mit meinen zwölf Jahren langweilte mich dies Geflüster, das an Wachstuchdecken und über Kaffeetassen stattfand, das leise Gemurmel über das Zukurzgekommensein von anderen, Krankheiten und »das Unglück«.
Das heißt natürlich nicht, dass ich mich gar nicht fürs Unglück interessierte. Vielleicht genügte es mir nicht, nur von ihm zu hören, ich wollte lieber nach seinem Fuß schnappen, mich an seinem Rock festklammern, seinen heißen, fiebrigen Atem spüren. Vielleicht war ich so ein Kind, das sich ans Unglück hält und aus Mangel von Besserem nach dieser Hand tastet, einer Hand, die die Hitze eines fiebrigen Körpers und die Kühle von Eiswasser haben kann.
Als ich mich am Samstagabend in diesem Park hörte, war mir nicht nur so, als ob ich Tockens Elend wie eine Art Trittleiter benutzte, um meine Hände nach Majs Haarmassen auszustrecken. Ich spürte auch – und das ekelte mich –, dass ich *genauso* war. **Ich war auf dem besten Weg, zu werden wie die Erwachsenen, die gierig das Unglück anderer in sich hineinschlingen, als ob sie den Zucker vom Kuchen des Lebens selbst leckten.**
Ich hatte bei Henrik härter zugeschlagen, als ich jemals zugeschlagen habe. Erstaunt schlug er zurück. Vielleicht muss man es so sehen, dass es meine Art war, mich selbst zu schlagen.

15

Es war vermutlich am nächsten Tag, als Fräulein Kejne mich bat, ihr ein paar Bücherkisten in den Materialraum zu tragen. Dort stellte ich sie in ein Regal. Fräulein Kejne stand an der Tür, als ich wieder hinausgehen wollte.

»Weißt du, Harry, man kann Probleme auf verschiedene Art und Weise in Ordnung bringen. Ich verstehe ja, dass du erregt warst, als Henrik so von Torgnys Vater sprach, aber trotzdem war es nicht recht, Henrik zu schlagen, verstehst du das?«

»Ja, Fräulein Kejne.«

»Du hättest mit ihm sprechen können«, fuhr sie fort. »Du hättest die Meinung deines Herzens sagen können. Das wäre wirksamer gewesen als die Faust, meinst du nicht auch?«

»Ja, Fräulein Kejne.«

»Was machst du also das nächste Mal, Harry?«

»Ich rede mit ihm, Fräulein Kejne.«

»Genau. Du kannst die Bücher übrigens in das oberste Regalfach stellen. Dort gehören sie hin. Du reichst ja hinauf, nicht wahr?«

Und während ich die Kisten in das höhere Regalfach hob, überlegte ich, was Fräulein Kejne eigentlich kapierte und was nicht. Offenbar hatte sie die Situation missverstanden.

Sie glaubte allen Ernstes, ich sei ein rechtschaffener Junge von der Art, der aus Entrüstung über die Niedertracht eines anderen zugeschlagen hatte. In ihrer Fantasie verwandelte sie mich in einen Jungen, wie man ihm im Lesebuch der Volksschule begegnen konnte, einem Jungen mit hellblauen Augen und flachsblonder Haartolle, der mit offenem Gesicht und freier Gesinnung immer die Verantwortung für die Schwachen übernahm. Fräulein Kejne sah nicht, dass es wohl ein bisschen komplizierter war. Sie verstand die Situation nicht. Und sie wollte, glaube ich, auch gar nichts verstehen. Ihre Welt war bevölkert von Reichen und Armen, von Feinen und Gemeinen, Guten und Bösen. Diesmal war ich ein armer Junge, der auf gute Weise böse gegen einen der Feinen gewesen war. Das war für ihr Denksystem eine komplizierte Situation, die sie zu bewältigen versuchte, indem sie mich aufforderte, mein Verhalten zu verändern. Außerdem war da noch etwas anderes: Fräulein Kejne hatte sicher Mitleid mit Tocken. Sie sah, dass er abseits stehen musste, sie wollte helfen. Allerdings wusste sie nicht, wie das klang, wenn sie selbst mit ihm redete: »Ja, du, Torgny …« Und dann der Seufzer.

Als ich an dem Tag nach Hause kam, lag die Montagszeitung auf dem Küchentisch:

EINBRUCH

IN SOMMERHÜTTE IN VIKEN

Am Wochenende wurden in Viken zwei Sommerhauseinbrüche verübt. Der Einbrecher drang in beiden Fällen in die Häuser ein, indem er auf der Rückseite ein Fenster einschlug. In der einen Hütte hat der Täter übernachtet und sich eine Mahlzeit zubereitet. Es scheint jedoch nichts gestohlen worden zu sein. Oberwachtmeister Sven Nyman schließt nicht aus, dass es sich bei dem Täter um den von dem polnischen Schiff *Weichsel* entflohenen 23-jährigen Seemann Jan Nowak handeln könnte, der sich noch nicht der Polizei gestellt hat.

Ich sehe die nicht allzu große, aber schwarze Überschrift vor mir. Ich saß mit der Zeitung am Küchentisch. Die Tischdecke aus Wachstuch war grün und hatte weiße Ranken. Auf der Südseite schien die Sonne nicht mehr, die Küche lag also schon im Schatten. Klassons große graue Katze sprang auf das Fensterbrett.

Da ertönten Schritte auf der Vortreppe und ein leichtes Klopfen. Ich ging öffnen. Draußen stand die alte Lehander. Sie war in ihre tausend Schals und doppelten Röcke gewickelt, und über dem Arm trug sie etwas, das von einem Stück Stoff verborgen wurde. Sie kam geradewegs in die Küche.

»Ist deine Mama zu Hause, Eriksson?«

Ich begegnete ihrem Blick. Er war tastend, forschend und schwer auszuhalten.

»Nein, sie arbeitet.«

Ohne ein weiteres Wort zog die Alte den Stofffetzen von

ihrem Arm. **Da war der Strick**, den sie mir schon einmal aufdrängen wollte.
Sie knallte ihn auf den Tisch, und der Strick landete genau auf der aufgeschlagenen Zeitung.
»Frag deine Mama, was das ist«, sagte sie.
Dann drehte sie auf dem Absatz um und ging. Sorgsam schloss sie die Tür hinter sich. Ich meine noch heute das Knistern ihrer Röcke zu hören, als sie durch das hohe junge Maigras auf dem Hof glitten.
Dort lag der Strick. Was sollte ich damit? Mir war schwach in den Beinen und der Mund trocken. Ich nahm den Strick und brachte ihn in mein Zimmer. Es war ein zerschlissenes Hanfseil, das so aufgerieben und abgenutzt war, dass sich der stachlige Hanf jetzt abgeschliffen und fast weich anfühlte.
An dem einen Strickende hing ein rostiger Eisenring, ungefähr so groß, dass man drei Finger gleichzeitig hindurchstecken konnte.
Ich setzte mich aufs Bett und ließ den Strick durch meine Finger gleiten. Er war ziemlich genau vier Meter lang und zart wie Haut. Ich rollte ihn wieder auf und stopfte ihn am Fußende meines Bettes unter die Matratze. Dann ging ich nach draußen, nahm mein Fahrrad und fuhr zur Landstraße hinauf. Es war ein Gefühl, als hätte ich etwas im Körper, etwas Neues und Gefährliches, etwas, das nicht zu mir gehörte.
Als ich mich Äppelbo näherte, sah ich sie. Sie kam auf ihrem Fahrrad den Weg herauf. An der Lenkstange hing eine Milchkanne. Das lange Haar trug sie offen. Es flatterte

frei im Wind. Über dem Scheitel ertrank eine schmale, hellblaue Haarschleife in den wogenden Haarmassen, und der Schleife blieb nichts anderes übrig, als mitzuflattern.
Sie sah mich und lächelte.
»Hej, ich muss einkaufen. Musst du auch dahin?«
Sie zeigte in die Richtung, und ich sagte, ja, da müsse ich auch hin. Ich war jetzt so nah herangekommen, dass ich ihren Duft riechen konnte, und ihr Haar wehte zu mir herüber, sodass es fast wie mein eigenes Haar über meinen Augen flatterte.
»Du verlierst gleich deine Schleife.« Sie hob eine Hand und fühlte nach. »Nein, das soll so sein.«
»Ich hab was für dich«, sagte ich. »Willst du es haben?«
»Es kommt darauf an, was es ist.«
»Ein Tier.«
»Ein lebendiges?«
»Das wirst du ja sehen. Ich hab's zu Hause bei mir.«
»Willst du es mir jetzt geben?«
»Wenn du willst?«
»Klar will ich das.«
Ich fuhr einen Halbkreis und drehte zu den Baracken um. **Sie kam mit, sie folgte mir**! Zu dem Gefühl von vorhin, irgendwie vergiftet und mit etwas Fremdem gefüllt zu sein, gesellte sich ein anderes Gefühl, ein stilles Gefühl der Erwartung, eine prickelnde Ahnung, dass irgendetwas möglich war.

»Bis hierher bin ich noch nie gekommen«, sagte sie.
»Hier oben gibt's nur das Haus von der alten Lehander und dann die Baracken. Wenn man auf der Landstraße weiter-

fährt, kommt man in die Stadt. Mit dem Fahrrad braucht man drei Stunden.«

»Dort haben wir früher gewohnt«, sagte sie.

Wir bogen zu den Baracken ab. Ich hielt an, wo ich immer anhielt, sprang vom Fahrrad und lehnte es gegen die Barackenwand. Maj machte es genauso. Die Milchkanne an ihrer Lenkstange schepperte gegen die Wand. Der Deckel fiel herunter. Ohne nachzudenken, bückte ich mich danach. Sie bückte sich auch. Unsere Köpfe stießen fast zusammen, wir griffen beide nach dem Deckel. Die Nachmittagssonne auf der Barackenwand. Der Geruch nach dem Gras vom letzten Jahr, der sich mit Duft vom Maigras mischte. Maj legte eine Hand gegen die Holzwand.

»Sie ist ganz warm«, sagte sie, »fühl mal!«

Ich legte meine Hand neben ihre. Wir saßen da und sogen die Wärme von der Holzwand ein. Beide eine Hand an der Wand. »Wie unbewohnt es hier aussieht«, sagte sie.

»Nur in der da drüben wohnt noch jemand.« Ich zeigte über den Hof zu unserer Baracke. »Da wohn ich, Hasse am anderen Ende. Die anderen Baracken sind leer.«

Sie sah sich um, ließ den Blick über die Gebäude gleiten, über den Hof, den Himmel.

»Komisch«, sagte sie, »ich dachte, ich hätte dahinten am Fenster jemanden gesehen.«

Sie zeigte auf die Baracke, die dem Wald am nächsten lag.

»Nein«, sagte ich. »Du hast dich getäuscht. Die ist abgeschlossen. Da wohnt schon seit Jahren niemand mehr.«

16

»Komm«, sagte ich und ging durchs Gras zu unserer Vortreppe. Ich schielte nach hinten und sah ihre weißen Turnschuhe mit den weißen Söckchen und die kurzen, schmalen Hosenbeine.

»Hier ist es«, sagte ich und öffnete die Tür, und Maj betrat unsere Küche. Das Fenster stand offen.

»Was sind das für Vögel?«, fragte sie.

»Lerchen«, sagte ich.

Sie lachte.

»Ach so, ich dachte ...« Sie lachte wieder. »Ich dachte, du hättest Vögel im Käfig, die da singen.«

»Hast du gedacht, ich will dir einen Vogel schenken?«

»Ja.«

»Komm«, sagte ich und ging voran in mein Zimmer.

Sie folgte mir.

Es war das erste Mal, dass ein gleichaltriges Mädchen mein Zimmer betrat. Hasse war oft dort. Andere Jungen manchmal, aber noch nie war ein gleichaltriges Mädchen dort gewesen.

Sie schaute sich um. Jetzt sah ich das Zimmer mit ihren Augen. Ich sah die Tapete, die sich durch die Feuchtigkeit des Winters von der Wand gelöst hatte. Ich sah den zerschlissenen dunkelbraunen Linoleumbelag, aus dem Jutefäden herausguckten, das ungeputzte Nordfenster, kein Bettüberwurf auf dem Bett, nur die abgeschabte geblümte Wolldecke.

Maj ging zum Bücherbord und zog ein Buch von Agatha Christie hervor.

»Du hast viele Bücher.«

»Ja«, sagte ich, »ich kriege dauernd Bücher.«

»Dauernd?«

»Zum Geburtstag und zu Weihnachten, meine ich.«

»Bist du schon dreizehn?«

Das Buch in der Hand, drehte sie sich halb zu mir um.

»Nein«, sagte ich, »ich hab im September Geburtstag.«

»Ich hab im August. Leihst du mir das hier mal?«

Sie hielt mir meine einzige Agatha Christie hin.

»Du kannst ruhig noch mehr ausleihen, wenn du willst«, sagte ich.

»Dies hier reicht. Was soll ich denn nun für ein Tier bekommen?«

Ich ging zum Schrank, in dem mein Hemd vom Samstag hing. In der Brusttasche steckte immer noch der kleine blaue Bär. Ich nahm ihn heraus und sagte zu ihr, sie sollte die Augen zumachen. Sie tat es sofort. Dann fing sie an zu lachen. »Aber es darf nichts Ekliges sein, versprich mir das!«

»Ich weiß ja nicht, was du eklig findest«, sagte ich.

Sie streckte ihre Hände aus wie ein Blinder auf einem kitschigen Bild in einem alten Buch, der sich nach etwas reckt.

Ich drehte mich um und stellte mich vor sie hin.

»Augen zu«, sagte ich.

»Sie sind doch zu. Hast du nun was oder nicht?«

Ihre Hände tasteten in der Luft herum und streiften mich fast. Ich bewegte mich, sodass sie mich berühren musste. Sie traf meinen Arm und zuckte zurück, als ob sie sich verbrannt hätte.

»Halt die Hand hin«, sagte ich.

»Das tu ich doch.«

Jetzt streckte sie nur eine Hand aus. Die andere ließ sie an der Seite herunterhängen. **Ich ergriff ihre Hand von unten und spürte die Haut am Handrücken.** Dann legte ich den kleinen blauen Bären in ihre offene Handfläche und drückte vorsichtig Finger für Finger darum herum. Sie guckte nicht, wirkte nur immer konzentrierter und kniff die Augen immer stärker zusammen.

»Ich weiß, was es ist«, sagte sie. »Es ist ein Bär. So einer, wie man sie im Vergnügungspark gewinnen kann.«

»Welche Farbe?«, fragte ich.

»Das kann man doch nicht fühlen!«

»Versuch's mal, konzentrier dich. Ich mach Gedankenübertragung.«

Und ich umschloss mit beiden Händen ihr Handgelenk gleich oberhalb der Handwurzel.

»Ich sehe es!«, rief sie. »Ich sehe es!«

Sie kniff die Augen so fest zusammen, als könnte sie es nur so sehen.

»Er ist blau!«, rief sie. »Er ist blau!«

Dann öffnete sie die Augen.

»Hast du den im Park gewonnen?«

Abwechselnd guckte sie den Bären und dann mich an.

»Letzten Samstag«, sagte ich. »Aber du hast am besten geschossen.«
»Ich will dir auch was geben.«
Sie sah sich um, als ob sie in meinem Zimmer nach etwas suchte, das sie mir schenken könnte. Dann fuhr sie sich mit der Hand ins Haar und schob die Schleife nach hinten, über das lange, haselnussbraune Haar hinunter.
»Hier«, sagte sie. »Es ist nicht viel, aber sie hat jedenfalls dieselbe Farbe wie der Bär.«
Ich nahm die Schleife entgegen und hielt sie gegen den Bären in ihrer Hand.
»Exakt«, sagte ich, »genau dieselbe Farbe.«
Dann löste ich den Knoten, streckte meine linke Hand aus und band die Schleife um mein Handgelenk, und mit Hilfe der Zähne machte ich einen Knoten. Die ganze Zeit sah sie mich an.
»Kommst du mit einkaufen?«, fragte sie.
»Klar!«
Dann gingen wir wieder hinaus in die Sonne.
»Wie warm es ist«, sagte sie.
»Bald kann man baden. Der Ponton im Strandbad ist schon draußen.«
»Liegt er weit draußen?«
»Ungefähr hundert Meter. Aber das Wasser ist ziemlich flach. Man muss nur fünfzig Meter schwimmen.«
»Schade«, sagte sie, als wir bei unseren Fahrrädern ankamen. Ich wollte gerade aufsteigen und losfahren.

»Was meinst du mit schade?«
Wir strampelten den Weg hinauf. Es ging bergauf, und man

musste im Stehen treten, um es zu schaffen. Man brauchte ein bisschen Schwung, wenn man auf die Landstraße kam. Die Lerchen sangen und sangen. Vom Asphalt der Landstraße schlug uns Wärme entgegen.

»Der schmilzt schon fast«, sagte sie, als sie mich eingeholt hatte.

»Was war schade?«, wiederholte ich auf meine eigensinnige Art.

»Ich kann nicht schwimmen«, sagte sie.

Dann guckte sie mich an, und es war ihr anzusehen, dass sie herauszufinden versuchte, was ich davon hielt, dass sie nicht schwimmen konnte. Es war ihr anzusehen, dass sie mit den Augen fragte, ob ich sie jetzt langweilig fand, ob ich meinen Bären zurückhaben wollte.

»Warum nicht?«, fragte ich. Ich kannte niemanden, der dreizehn Jahre alt war und nicht schwimmen konnte.

»Der Herzfehler«, sagte sie. »Ich durfte nicht schwimmen lernen. Sie hatten Angst, ich würde sterben, wenn ich mich anstrengte. Als ich noch klein war, schoben sie mich in einem Wagen, und mittags musste ich doppelt so lange schlafen wie alle anderen, und dauernd musste ich eklige Medizin nehmen.« **Die ganze Zeit guckte sie mich an, während sie all das erzählte, warum sie nicht schwimmen konnte, und wir fuhren sehr langsam und sehr nah nebeneinander.** Meine Pedale berührten ihr Fahrrad, und sie stellte die Füße auf die Erde, und ich hielt auch an. Wir blieben mitten auf der Straße stehen.

»Warum sagst du nichts?«, fragte sie.

»Wir können es dir beibringen«, sagte ich. »Hasse und ich

können dir schwimmen beibringen. Natürlich nur, wenn du keine Angst hast, dass dein Herz stehen bleibt.«
Sie sah mich an.
»Aber meine Mama macht sich solche Sorgen. Es darf niemand sehen, damit sie es nicht erfährt.«
»Es gibt Stellen, wo niemand badet«, sagte ich. »Und bald fangen die Sommerferien an.«
Sie lächelte mir zu.
»Dann bringt es mir bei, wenn ihr könnt!« Sie stieg wieder auf ihr Fahrrad und fuhr weiter, und ihre Haare flatterten im Fahrtwind.

17

Der Laden war wie üblich voller Menschen. Es war die Zeit am Nachmittag, wo die Arbeiterfrauen gleich mit dem Kochen anfangen mussten, damit das Essen rechtzeitig auf dem Tisch stand, wenn die Männer von der Fabrik angeradelt kamen. Im Laden herrschte eine nervöse, fast gehetzte Atmosphäre, denn es ging sehr langsam voran, weil man heute ein besonders ernstes Gesprächsthema hatte.
»Ja doch«, sagte Annas Mama, »die Gejbels sind doch unsere Nachbarn, ich weiß es. Er ist auf der Rückseite eingestiegen. Erst hat er das Fenster eingeschlagen, überall lagen Glasscherben. Sonntagmorgen war das Fenster noch heil.

Gejbels Sohn ist da gewesen. Der Einbrecher ist erst später gekommen. Sonntagabend war der Sohn wieder draußen, und da war es passiert. Der Kerl hat sich was zu essen gemacht. Sich eine Portion Reis gekocht und eine Büchse Heringe aufgemacht. Schnaps war auch im Haus. Aber den hat er nicht angerührt.«

Annas Mama guckte sich um, zog die Augenbrauen fast bis zum Haaransatz hoch und leckte sich mit einer flinken kleinen rosafarbenen Zunge um die Lippen. Viele behaupteten, es sei die schärfste Zunge von Sållan, und jetzt konnte man sehen, dass sie sehr dünn war, es mochte also etwas Wahres dran sein an der Behauptung.

Die alte Frau Hult, die gegenüber von Annas Mama wohnte, sagte, sie werde nicht mehr bei offener Tür schlafen, solange *der* frei herumliefe. Sie würde von jetzt an abschließen. Sie, die noch kein einziges Mal ihr Haus abgeschlossen hatte, obwohl sie dort jetzt schon sieben Jahre wohnte, sie hätte den Schlüssel vorgesucht. Jetzt würde sie abschließen. Jawohl. Die Kellertür zweimal. Und die Fenster würde sie auch zumachen, für alle Fälle …

»Aber gegen den hilft nichts, Alma«, sagte Annas Mama auf ihre freundliche Art. »Er schlägt das Fenster einfach ein. Wie nichts. Nein, wir brauchen strengere Kontrollen im Hafen, das hab ich ja schon immer gesagt. Man darf das Volk nicht einfach so an Land lassen. Sie brauchten ja nur einen Zaun drumherum zu bauen oder so was …«

»Der muss aber Hunger gehabt haben«, sagte jetzt die dicke Frau Sjöbo und lachte, dass ihre Doppelkinne wabbelten. »Stellt euch das bloß mal vor: Hering und Reis!«

Sie zog eine Grimasse und knallte ihren dicken Geldbeutel auf den Tresen.
»Dem stell ich gleich eine Dose Hering auf den Torpfosten«, fuhr sie fort, »dann braucht er gar nicht erst ins Haus zu kommen. Da würd's ihm nämlich schlecht ergehen. Tjabo würde ihm den Hosenboden zerreißen, und Herbert hat seine Flinte schon geladen. Vogelschrot …«
Dann las sie von ihrer langen, mit Bleistift geschriebenen Einkaufsliste ab, was sie haben wollte, und sie tat das mit lauter, gebieterischer Stimme, denn Elna und Herbert Sjöbo waren Landwirte, und sie gehörten zu den wohlhabendsten Leuten, die bei Johansson in Sållan einkauften.
Dann entdeckte Annas Mama Maj und mich an der Tür.
»Nein, sieh mal einer an«, sagte sie, »ist das nicht Maj Nyman?« Alle im Laden drehten die Köpfe, und Maj knickste, und rein zur Gesellschaft verbeugte ich mich andeutungsweise, aber wirklich nur andeutungsweise.
»Hat dein Papa diesen Polen immer noch nicht geschnappt?«, fragte Annas Mama.
»Ich weiß nicht«, sagte Maj.
»Nee, nee … der gnädige Herr hält sich verborgen. Hätte sich doch wohl vorstellen können, hätte er doch, statt sich so aufzuführen …«
Ein Gemurmel ging durch den Laden: Das hätte er nun wirklich tun können.
»Ja, wenn ich nach Polen flüchten müsste«, sagte Frau Sjöbo.
»Ach du lieber Gott, was redest du da!«, sagte Annas Mama.

»Ich sage ja nur, wenn ...«, fuhr Frau Sjöbo fort, »dann würde ich schon darauf achten, dass ich die Gesetze des Landes befolge, das würde ich. Ich würde keine Fenster einschlagen und in fremde Häuser einbrechen, ich nicht.«
Und sie straffte den Nacken, ging zur Tür und sah sich um, und alle Anwesenden versuchten sich vermutlich vorzustellen, wie das Fenster konstruiert sein müsste, damit die große Frau Sjöbo ihre acht Doppelkinne und ihren Körper, der wabblig und fett war vom guten Leben, hindurchpressen könnte. Man kann sich nicht vorstellen, dass es in Polen überhaupt so ein Fenster gab.
Dann kam Maj schließlich mit ihrer Kanne am Tresen an, und sie bekam ihre Milch, und wir fuhren nach Hause.
»Tschüss!«, sagte Maj, als wir uns am Weg nach Äppelbo trennten. »Und danke für den Bären.« Sie nahm ihn aus der Tasche und gab ihm einen Kuss auf die Bärenschnauze.
Dann verschwand sie zwischen den schönen, gepflegten Apfelbäumen, und ich fuhr nach Hause. Als ich in den Weg zu den Baracken einbog, meinte ich genau wie Maj vor einer Stunde hinter den Fensterscheiben in der Baracke am Waldrand einen Schatten zu sehen. Aber es konnten auch Sonnenreflexe sein, und im Augenblick musste ich über etwas anderes nachdenken als über Sonnenschatten: **MAJ HATTE DEN KLEINEN BÄREN MITTEN AUF DIE SCHNAUZE GEKÜSST ...**
Ich ging in mein Zimmer und holte mein Messer. Es war ein gutes und sehr scharfes Messer. Ich wetzte es an einem kleinen Wetzstein, um es noch schärfer zu machen. Schließlich war die Schneide so scharf wie eine Rasierklinge. Ich befes-

tigte das Messer an meinem Gürtel und fuhr zum Solberg. Auf dem Gipfel des Solbergs – der eigentlich nichts anderes war als ein Kalkhügel – stand eine ungewöhnlich große und hübsch gewachsene Eberesche. Von uns Jungen wurde sie der Ritzbaum genannt. Dort konnten Jungen, die von einem bestimmten Mädchen träumten, ihre Fantasien veröffentlichen. Ich stellte das Fahrrad am Fuß des Solberges ab und ging den Hügel hinauf, dorthin, wo der Ritzbaum stand. Von hier oben hatte man eine gute Aussicht: Im Norden waren die Hausdächer von Sållan zu sehen, dort war die Fabrik mit ihrer Rauchfahne, und dort waren der Abbruch und das ganze eingezäunte Fabrikgelände. Im Süden lagen Äcker, Wälder und die drei Dörfer mit den wohlhabenden Höfen, und dort ragten auch drei Kirchtürme auf, denn die Landschaft war ungewöhnlich reich an Kirchen. Im Westen war es ganz grün von gutem, kräftigem Mischwald. Im Osten lag der Ort: die Schule, die Apotheke, das Telegrafenamt, in dem Gunsan arbeitete, und das »Strandhotel«, in dem Mama arbeitete. Im Osten war auch der Hafen, und dem Hafen vorgelagert waren einige Holme, und dann kam das Meer ... Vor zwölf, dreizehn Jahren hatten die Leute hier gestanden und den Rauch der brennenden Länder auf der anderen Seite der Ostsee gesehen. Von hier oben hatte man die Flüchtlingsboote beobachtet, die kamen, eins nach dem anderen. Von Estland, Lettland und Litauen. Meistens hatte man sich der Flüchtlinge angenommen, sie durften bleiben. Einige waren zurückgeschickt worden, mussten Gefängnisstrafen absitzen und unbekannte Qualen erleiden.

»Wenn ich nach Polen flüchten müsste …«, hatte Frau Sjöbo gesagt.
Ich versuchte, mir dieses fette Weib in einem offenen Boot in einer Sturmnacht auf der Ostsee vorzustellen.
Dann kam ich bei dem Ritzbaum an. Ich schwang mich hinauf, stieg von Ast zu Ast und gelangte immer höher und konnte immer weiter sehen. Je höher ich kam, umso tiefer konnte ich in den Abbruch hineinschauen.
Dort saß ich dann, die Füße auf je einem Ast abgestützt, den Rücken gegen ein Stück des Stammes gelehnt. Ich suchte die Rinde mit Blicken ab, bis ich eine gute Stelle fand. Eine glatte, schöne Stelle ohne Zweige. Ich holte mein Messer hervor, und mit der Messerspitze ritzte ich ein Herz in die Rinde. Es war ein großes, ganz gewöhnliches Pfefferkuchenherz. Dahinein ritzte ich **HARRY + MAJ**. Dann steckte ich das Messer zurück und kletterte wieder vom Baum. Der Stamm war von Herzen bedeckt, einige waren ziemlich neu, einige vom letzten Frühling. Einige waren alt und dunkel und manche kaum noch zu sehen. Da entdeckte ich ein ganz frisches Herz. **HASSE + MAJ** stand da.
Die Fabriksirene begann zu heulen. Es war halb fünf. Von meinem erhöhten Platz konnte ich beobachten, wie sich die Fabriktore öffneten und wie hunderte von Arbeitern in blauer Arbeitskleidung auf ihren Fahrrädern auf die Landstraße hinausfuhren. Der Hauptteil des Pulks löste sich in kleinere Pulks auf, die alle nach Sållan hinauffuhren. Die Fabriksirene heulte.
Mein Blick kehrte zu dem Herz zurück. **HASSE + MAJ** stand da. **Ich holte mein Messer hervor, und mit der Spitze kratzte**

ich die Innenfläche heraus, bis die Namen verschwunden waren. Zurück blieb ein leuchtend weißer Herzfleck. **Das Herz war zu einer Wunde geworden.**

18

Der Mittwoch war trübe, der Himmel war voller dunkler Wolken und Wind, und die ganze Zeit hing Regen in der Luft. Hin und wieder ging ein kurzer Schauer nieder. Von fern hörte man ein schwaches Grollen. In der letzten Stunde schrieben wir eine Klassenarbeit.

Majs langes Haar bedeckte einen großen Teil meiner Bank. Ich beugte mich über das Schreibheft, um dem Haar mit der Nase so nah wie möglich zu sein. Tocken saß über seinem grauen Papier, seinem bittermandelduftenden Kleister und seinen Zeitungen. Das Klicken der Schere, ein kurzer Regenguss gegen die Fensterscheiben. Man kann über Fräulein Kejne sagen, was man will, aber es hing eine Art Frieden in ihrem Klassenzimmer. Die Bleistifte kratzten. Fräulein Kejne korrigierte Rechenhefte und seufzte.

In der vorigen Stunde hatten wir Musik gehabt. Wir hatten das eine und andere aus unserem üblichen Repertoire gesungen. Unter anderem hatten wir *In a cavern in a canyon* … gesungen, und als wir zu der Stelle »*Oooo maj darlin, oooooo maj darlin* …« kamen, haben sich alle Jungen in der Klasse ins Zeug gelegt, wie »für König und Vaterland«, wie Fräulein Kejne sich auszudrücken pflegte. Maj hatte sich umgedreht und uns angeguckt und besonders mich, denn ich saß ja hinter ihr und trug ihre hellblaue Haarschleife um das Handgelenk. **Sie hat gelächelt.** Mehr gibt es nicht zu sagen darüber, was sie tat, als sie sich umdrehte. **Sie lächelte.**

Wir saßen dort also am Mittwochnachmittag, und unsere Bleistifte kratzten über die weiße Papierfläche. Einige Mädchen schrieben mit Tinte, was eine umständliche Prozedur war mit Tintenfass und Tintenläppchen und Löschpapier. Und man musste unbedingt ein Mädchen sein, um damit fertig zu werden. Wir Jungen hielten uns mehr an die kurzen, stumpfen Bleistifte, und Fräulein Kejne konnte sich nicht verkneifen, uns auf unsere Unterlegenheit auf dem Gebiet der Schreibkunst aufmerksam zu machen.

»Ihr Burschen solltet von den Mädchen lernen ... Seht nur, wie hübsch das sein kann ...« Und sie hielt ein ordentliches Mädchenheft hoch, und dann ging sie herum und guckte uns Jungen über die Schultern, nahm ein Schreibheft, hielt die mit Bleistift voll gekrakelte Seite so hoch, dass es alle sehen konnten. »Das ist nicht hübsch ... Man muss nicht wie ein Äffchen schmieren, wenn man ein Bursche ist ...«

Jetzt seufzte sie wieder, und dann schlug sie das letzte Rechenheft zu, schichtete die blauen Hefte vor sich zu einem ordentlichen Haufen und schaute auf. Die Uhr tickte, und das klang, wie wenn Spatzen geradewegs gegen die Wand flögen, einer in der Sekunde, und starben: tock, tock, tock ... Es war eine große, schwere Pendeluhr, und es war Fräulein

Kejnes persönliches Eigentum. Die Uhr hatte sie von ihrem Vater bekommen, als sie die Lehrerbildungsanstalt verließ. Gegen die Fensterscheiben prasselte gerade ein kurzer Regenschauer, da erhob sich Fräulein Kejne. Ta ... ta ... tatt ... Sie begann, den Gang entlangzugehen, zuerst die Fensterreihe entlang, dann die mittlere Reihe von hinten. Vorn am Katheder angekommen, blieb sie stehen. Sie guckte Tocken über die Schulter. Er schnibbelte und klebte, dass man seine Freude daran haben konnte.

»Nein ... nein, Torgny, was ist denn das!?« Und sie nahm Tockens Papier und hielt es hoch, damit die Klasse es sehen konnte. Damals wusste ich es nicht, oder ich hatte keine Worte dafür. Ein Liebesgedicht, ein Ausdruck für die Sehnsucht des Menschen ... hätte ich sagen können, wenn ich dreiundvierzig und nicht zwölf im dreizehnten Lebensjahr gewesen wäre.

»Was soll das denn?«, sagte Fräulein Kejne und zeigte auf Tockens Papier, während sie es gleichzeitig der Fensterreihe, der mittleren Reihe und der Reihe an der Tür zeigte, genau wie sie die ausgestopfte Nachtigall und andere Präparate vorführte.

maJ Dalin
Maj Dalin
MAJ dAlin
MAj
M aj D aLin

Er hatte große und kleine Buchstaben benutzt, und sie standen noch mehr als sonst kreuz und quer, als ob er in Ekstase geklebt hätte.
Dann schien Fräulein Kejne eine Idee zu haben. Sie senkte das vorgeführte Papier, schob die Lippen vor und buchstabierte: »**MY DARLING!** Hast du gehört, Torgny? **MY DARLING!**«
Sie ging zur Tafel und schrieb mit dreißig Zentimeter großen Buchstaben auf, was sie gerade mühsam ausgesprochen hatte. Danach drehte sie sich um und sah zuerst Torgny, dann die Klasse an und sagte zu uns allen, aber mehr noch zu Torgny: »Ein hübsches Mädchen kann die Bewunderung der Burschen wecken, aber man soll sich nur nach den Äpfeln strecken, die man auch erreichen kann …«
Und resolut und kraftvoll riss sie Torgnys Papier mittendurch und ließ die grauen Fetzen im Papierkorb verschwinden. Und dann zeigte sie, wie gekränkt und entrüstet sie war.
»Meinst du, ich schleppe meine Zeitungen hier an, damit du solchen Unsinn damit machst, Torgny?«
Und sie verdrehte die Augen und neigte ihren großen Kopf über Torgnys Gesicht. Dann klingelte es, und die Schule war aus.
Auf dem Nachhauseweg fuhren Hasse und ich nah hinter den anderen her. Maj trödelte und blieb hinter dem dichten Mädchenklüngel zurück, und nach einer Weile fuhr sie neben uns.
»Wenn du versprichst, dass du den Mund hältst, darfst du heute Abend mitkommen«, sagte Hasse.

»Wohin mitkommen?«, fragte Maj.
»Versprich erst, dass du den Mund hältst«, sagte ich.
»Ich sage keinen Ton.«
»Wir gehen heute Abend ins Kino«, sagte Hasse. »Da läuft ein neuer Film. Für Jugendliche verboten. Du darfst mitkommen.«
»Das erlaubt meine Mama nie.«
»Sie braucht es ja nicht zu wissen«, sagte ich. »Wir sitzen oben im Vorführraum. Da ist nur der Vorführer. Und wir.«
»Wann fängt es an?«
»Wir sind Punkt halb sieben oben an der Landstraße«, sagte Hasse. »Wenn du mitwillst, musst du da sein.«
»Mal sehen«, sagte Maj. »Ich weiß nicht, ob ich darf.«
»Du sollst doch keinem was sagen«, zischte Hasse. »Dann machst du alles kaputt. Für uns auch.«
»Ich sag nichts«, sagte Maj. »Aber ich weiß trotzdem nicht, ob ich darf. Um wie viel Uhr ist der Film zu Ende?«
»Um neun sind wir wieder zu Hause.«
»Ich weiß wirklich noch nicht«, sagte Maj.
Und dann schwiegen wir, bis sie zwischen den Bäumen nach Äppelbo abbog.

19

Kurz vor halb sieben waren wir auf der Landstraße an der Abzweigung nach Äppelbo. Es regnete und stürmte. Die Wolken jagen wie Hunde der Nacht über den Himmel, dachte ich. Ich hatte gerade den *Hund von Baskerville* gelesen und wollte mir gern einreden, dass die Wiese zwischen Sexan und Sållan eine englische Heidelandschaft war.

»Glaubst du, sie kommt?«, fragte Hasse, während wir dicht hintereinander im Kreis auf der Landstraße herumkurvten.

»Bestimmt«, sagte ich. »Sie kommt …«

Und das tat sie. Sie trug ein dunkelblaues Regencape, und am Halsauschnitt guckte ein weißer gestrickter Rollkragen hervor. Hasse und ich hatten unsere leichten Windjacken an, die wir immer trugen, ich kann mich nicht erinnern, dass wir froren. Den Wind im Rücken, sausten wir die leere Landstraße entlang, und die Räder schnurrten dahin, ohne langsamer zu werden. Majs Cape fing besonders viel Wind ein, und sie segelte an uns vorbei. Das lange Haar wurde ihr ins Gesicht geweht, sodass sie aussah wie ein Wirbel aus wehendem feuchtem Haar, als sie auf ihrem knallroten Mädchenrad an uns vorbeirollte.

Kein Mensch außer uns war an so einem Abend unterwegs. Wir hatten die lange, gerade Strecke für uns allein. Ich blieb

zurück. Vor mir Hasse und Maj. Maj, die davonzog, Hasse, der in die Pedale trat.
Wir fuhren nicht direkt bis vors Kino, sondern stellten die Fahrräder beim Telegrafenamt ab. Dann schlenderten wir zum Kino, als ob wir unterwegs wären, um einen kleinen Überfall auf die Bank der Badenden Freunde zu machen. Die Bank des Ortes hieß unglaublicherweise tatsächlich so.
Im Kino waren nur wenig Leute. Man konnte es an der Anzahl der Räder im Fahrradständer erkennen.
»Wollen wir uns nicht erst die Bilder angucken?«, fragte Maj.
Hasse und ich schüttelten den Kopf und sagten, das ginge nicht. Das war kein normaler Kinobesuch. Es war ein illegaler und auf mehrere Art und Weise ganz und gar verbotener und regelwidriger Kinobesuch, da konnte man nicht einfach rumstehen und Filmbilder anglotzen.
»Das musst du doch kapieren«, sagte Hasse.
»Sie kapiert es«, sagte ich. »Tust du doch?«
Und Maj verdrehte die Augen, nickte und kniff die Lippen zusammen, was so viel bedeutete, dass sie alles kapiert hatte, was man kapieren musste. Und um dem ganzen Unternehmen eine besondere Note zu geben, setzte sie sich die Kapuze von ihrem Regencape auf. So aufgetakelt – wie eine Art Elizabeth Taylor in *Ivanhoe* (die Verfilmung von 1952) – eilte sie uns voran, während der Wind an ihrem Cape zerrte und Regen in unsere Gesichter peitschte.
Wir betraten das Gebäude durch eine ganz gewöhnliche Tür auf der Rückseite. Von dort führte eine steile und ziemlich lange Treppe zum Vorführraum hinauf. Maj schob die

Kapuze zurück, und wir trabten nach oben und öffneten die Tür zu dem Raum, in dem die Projektoren standen.

Der Klops war dabei, die Filmrollen aus den Kartons zu nehmen. Er schaute auf, und sein Blick blieb an Maj hängen. Der Klops sah unschlüssig aus.

»Wenn dein Papa das erfährt, dann bin ich geliefert, dass du's nur weißt.«

Maj biss sich auf die Unterlippe, sagte aber nichts und setzte sich die Brille auf.

Dann fing die Reklame an, und wir standen jeder vor einem Projektorloch und guckten hinaus.

»Sind viele Leute gekommen?«, fragte der Klops.

»Dreiunddreißig«, sagte Hasse, »wenn man danach geht, wie viele Fahrräder da sind.«

Von unserer Position oben im Projektorraum konnte man unmöglich mehr als die ersten Bankreihen sehen, und dort saß nie jemand, außer bei der Matinee. Unsere Sicht hinunter in den Kinosaal war durch eine ziemlich ausladende Galerie verdeckt. Sie war seit etwa einem Jahr wegen Einsturzgefahr geschlossen.

»Wenn der Film anfängt, können wir auf den Balkon rausgehen«, sagte ich zu Maj.

Sie zog das Cape aus, ohne die Augen vom Projektorloch zu nehmen.

»Von hier aus kann man gut sehen«, sagte sie.

»Klar«, sagte ich, »aber da draußen ist es noch besser. Hier

hinten an der Wand sind Sofas.«

Und die gab es wirklich. Auf der Leinwand erschien das Symphonieorchester in der Albert Hall, der Vorspann lief, und der Klops ließ uns durch eine kleine Tür direkt vom Vorführraum auf den Balkon. Damit man uns da unten nicht hören konnte, schlichen wir wie Indianer zu dem hintersten Sofa. Solche Sofas gibt es heutzutage nicht mehr in den Kinos.

Dort saßen wir direkt unter dem Lichtkegel des Projektors, Maj zwischen uns, und über unseren Köpfen flirrte der Strahl, der das Bild von James Stewart und Doris Day auf die weiße Wand am anderen Ende des Saales trug.

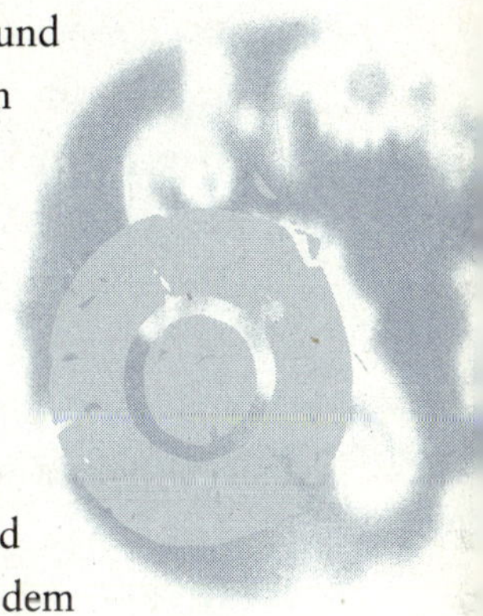

Allmählich wurde es spannend, und wir saßen mit offenen Mündern da. Über die Geschichte auf der Kinoleinwand hatte ich Maj ganz vergessen. **Da spürte ich plötzlich ihre Hand, die nach meiner tastete.** Ich wurde mir ihrer Anwesenheit bewusst und drehte mich zu ihr. Sie saß kerzengerade auf dem Sofa, ohne den Kopf zurückzulegen. Ihr Mund stand offen, genau wie meiner und Hasses, und sie hielt meine Hand ganz fest. Ich beugte mich noch ein wenig weiter vor und sah, dass sie mit der anderen Hasses Hand umklammert hielt.

Als der Film zu Ende war, kurz bevor das Licht im Saal wieder anging, ließ uns der Klops in den Vorführraum. Er machte uns Zeichen, wir sollten uns beeilen. Wir sagten: »Tschüss, und vielen Dank!«, und wischten die Treppe hinunter wie fließendes Wasser, ein Klatschen von Gummischuhen, ein weiches Platschen, die Außentür aufreißen und hinaus in den Abend.

Jetzt war es richtig dunkel. Es nieselte, und in der Ferne grollte es.
»Guckt mal!«
Maj blieb bei ihrem Fahrrad stehen und zeigte über das Meer. Ein Blitz zerriss den Himmel. Wir fingen an zu zählen, aber es dauerte uns zu lange, und wir stiegen auf unsere Räder. Da kam das Grollen, dumpf und rollend, als ob eine riesige Steinkugel über einen sehr alten Fußboden rollte.
»Es muss über Russland sein«, sagte Maj.
»Nee«, sagte ich, »über der Ostsee.«
»Aber liegt Russland nicht dahinter?«, fragte sie.
»Doch«, sagte ich. Mit manchen Dingen nahm ich es ja besonders genau. »Von hier sind es achtzehn Meilen bis Lettland.«
»Ungefähr genauso weit wie von hier nach Nynäshamn«, sagte Hasse.
»Weiter«, sagte ich.
Er widersprach nicht, denn bei bestimmten Sachen gab ich nicht nach.
Diesmal hatten wir den Wind von vorn. Wie auf dem Hinweg fing er sich in Majs Cape, und Hasse und ich versuchten ihr zu helfen, indem wir sie jeder unter einen Arm nahmen und zwischen uns zogen.
»Que sera, sera ... what ever will be, will be ... the futur's not ours to see, que sera, sera ...«, sang sie, genau wie Doris Day in dem Film.

Und während Hasse und ich geduckt gegen den Wind strampelten, Maj zwischen uns, sang sie den Satz wieder und wieder. Schließlich fielen wir ein, und als wir uns Äppelbo näherten, grölten wir es hinaus in Dunkelheit und Nieselregen, dass wir nicht in unsere Zukunft sehen konnten, und am Himmel jagten die schwarzen Wolken dahin, und von Zeit zu Zeit grummelte es über der Ostsee.

»Es kommt näher«, sagte Maj, als wir keuchend auf der Landstraße vor der Abfahrt nach Äppelbo standen.

Der Regen nahm zu.

»Fräulein Kejne ist heute ziemlich gemein zu Torgny gewesen«, sagte Maj plötzlich ganz beiläufig.

»Jaaa«, sagten Hasse und ich wie aus einem Mund. Bis jetzt hatten wir noch gar nicht weiter darüber nachgedacht, wie Fräulein Kejne Tockens Sehnsucht kommentiert hatte.

»Na, dann tschüss!«, sagte Maj.

Sie bog ab, und Hasse und ich fuhren weiter nach Hause. Wir lehnten unsere Räder wie üblich an die nächste leere Baracke und blieben einen Augenblick stehen, um die Blitze zu betrachten, die den Himmel im Osten zerrissen.

Hasse nahm die Mütze ab und steckte sich eine Kippe zwischen die Lippen. Er wandte sich zur Seite, um die Zigarette anzuzünden.

Plötzlich zupfte er an meiner Jacke.

»Guck mal, da!«, sagte er.

Ich schaute zum Wald hinauf, wo die letzte Baracke lag. Still glotzte sie mit ihren schwarzen Fenstern, und sekundenlang meinte ich, drinnen ein Licht schimmern zu sehen, als ob jemand ein Streichholz angerissen hätte.

»Komm«, sagte Hasse und zog mich am Jackenärmel.

Geduckt liefen wir durch das nasse hohe Gras bis zur nächsten Baracke. Dort warfen wir uns hin und lagen eine

Weile regungslos nebeneinander. Das Grollen von der Ostsee kroch heran, kam mit Riesenschritten näher und explodierte mit einem Knall am tobenden Himmel.

»Siehst du?«

Hasse zeigte zur Baracke am Wald, und ich sah es. Da oben hatte jemand ein Streichholz angezündet.

20

Ohne dass wir darüber redeten, wussten wir beide, wer das war, Nowak, der verirrte polnische Seemann, der sich nicht traute, um Asyl zu bitten, da die *Weichsel* immer noch im Hafen lag. Der Skipper hatte verlangt, dass die Polizei den Flüchtling festnahm und auslieferte. Nowak wagte es nicht, sich zu zeigen.

Hasse und ich lagen im Gras und schauten zur Baracke. Aber jetzt war kein Lichtschimmer mehr zu sehen. Es war dunkel.

»Hast du Angst?«, fragte Hasse.

Ich fühlte nach und stellte fest, ich hatte keine Angst, und ich schüttelte den Kopf. Im Unterschied zu den Tanten im Laden hatte ich Nowak gesehen. Er war mir fast in die Arme gesprungen. Ich hatte seinen schmächtigen, mageren Körper gesehen, seine schmutzige hellgraue Hose. Ich glaube, dass ich für einen Moment sogar seinen Geruch wahrgenommen habe, eine Mischung aus Motoröl, Tabak und Schweiß, ein aufregender, aber keineswegs erschreckender Geruch.

»Wir gehen hin und sehen nach, ob er da ist«, sagte Hasse.

Also standen wir auf, durchnässt und bibbernd. Hinter einer der Baracken steckte Hasse seine Kippe an und reichte sie mir. Bei der Berührung seiner Hand spürte ich, dass sie ganz kalt war. Wir standen an die Barackenwand gelehnt und rauchten. Lange standen wir im Windschatten. Der Regen nahm zu, und wir wurden rasch noch nasser.

Dann ließ Hasse die Zigarette ins Gras fallen.

Geduckt liefen wir los. Wir näherten uns von hinten, von der Waldseite. Am Waldrand blieben wir stehen. Ich fühlte, wie mein Herz pumpte. Aus irgendeinem Grund fiel mir Maj ein, ihr Herz. Wenn ihr Herz arbeiten müsste wie meins, ob es dann stehen bleiben, ob es springen würde? Ich wusste nicht viel vom Herzen, obwohl wir in der Schule etwas darüber gelernt hatten. Ich hatte nur vage Vorstellungen von Kammern und Klappen, viel wusste ich wirklich nicht.

Hasse zeigte zur Rückseite der Baracke. »Siehst du, das Fenster ist kaputt.«

Ich spähte in die Richtung, in die er zeigte. Es waren Sprossenfenster, und jede Fensterhälfte war in acht kleine Scheiben unterteilt. Die unterste Scheibe der einen Hälfte war zerbrochen.

»Er hat das Fenster eingeschlagen, die Haken geöffnet, ist eingestiegen und hat wieder hinter sich zugemacht. Verstehst du, das Fenster ist von innen geschlossen. Er ist da drin …« Ich begriff, was Hasse meinte. Nowak gehörte uns. Wir hatten ihn.

»Wollen wir zu Nyman gehen?«, fragte Hasse.

Obwohl es dunkel war, konnte ich in seinen Augen lesen, was er dachte. Und ich dachte wie er. Wenn Hasse und ich Nowak finden, werden wir die Helden im Ort. Bestimmt kommen wir in die Zeitung. Wir würden die Kalle Blomquiste des ganzen Ortes werden, und vor allen Dingen würden wir Maj noch näher rücken, würden fast zu Familienmitgliedern werden. Jedenfalls würden wir in den Augen von Oberwachtmeister Nyman Helden sein, das war mal sicher …

»Nee«, sagte ich. »Wir gucken erst nach, ob er wirklich da ist.«

Hasse verstand genau, was ich meinte. Wie würde das aussehen, wenn wir bei Oberwachtmeister Nyman angelaufen kämen, keuchend und durchnässt, zu den Baracken zeigen würden, eifrig und kaum zu halten.

»Wir wissen, wo Nowak ist, Oberwachtmeister, wir wissen, wo er ist …«

Und dann würde Nyman seinen Kollegen anrufen, und zusammen würden wir zu den Baracken gehen. Aber wenn wir dort ankamen, wäre kein Nowak mehr da. Eine schlechte Figur würden wir machen, eine sehr schlechte Figur. Schlimmstenfalls würden wir auch in die Zeitung kommen. Im Laden würde man über uns reden und lachen, was zu jener Zeit ungefähr das Schlimmste war, was jemandem in unserem Ort passieren konnte. Dass über einen geredet und gelacht wurde.

Langsam und vorsichtig näherten wir uns dem Fenster, und der Regen schüttete vom Himmel. Wir waren nass bis auf die Haut.

Im Nachhinein kann man sich fragen, ob ich an dem Abend überhaupt bereit war, der Polizei zu erzählen, wo Nowak war. Ich glaube, ich war es. In meinen Augen war Nowak eine Mischung aus schutzlosem Flüchtling und Verbrecher. Aber dass er von der *Polizei* gejagt wurde, das war entscheidend. Sherlock Holmes gehörte zu meinen Favoriten. Die Bücher über Kalle Blomquist standen abgegriffen und zerlesen in meinem Bücherregal. Dann kam ja noch hinzu, dass Oberwachtmeister Nyman Majs Papa war ... Ich frage mich, ob ich nicht schon von einer Medaille träumte, einer Auszeichnung von der Art, wie Kinder sie in den Comics, die ich las, von der Polizei kriegten.

Ich steckte die Hand durch die zerschlagene Fensterscheibe und hob vorsichtig den untersten Fensterhaken an. Hasse hatte sich schon einen Zweig gesucht, mit dem konnte er den obersten Haken aufdrücken. Das Fenster war offen. Ich stieg auf Hasses Knie und über seine Schultern in ein Zimmer, das genauso groß war wie meins, und es hatte den gleichen zerschlissenen Linoleumbelag und die gleiche Tapete, die sich von der Wand löste. Ich streckte eine Hand aus und half Hasse herein.

In dem Augenblick, als er auf dem Boden landete, hörten wir ein Geräusch aus dem Zimmer, das Mamas Zimmer entsprach. Mit offenen Mündern und hämmernden Herzen blieben wir stehen. Ich begegnete Hasses Blick. Ich glaube, wir bereuten es. Wir waren, wie Fräulein Kejne ausdrücken würde, auf dem Holzweg. Im Zimmer auf der anderen Seite der Küche schabte etwas, unser Fenster bewegte sich und flog mit einem Knall auf. Durchzug. Jemand hatte ein anderes Fenster geöffnet.

Um unsere Füße bildeten sich Pfützen. Hasse guckte mich an und fing an zu lachen.

»Du siehst aus wie im letzten Sommer, als du in Kleidern schwimmen musstest, erinnerst du dich ...«

Ich erinnerte mich. An jenem Tag hatte es auch geregnet. Wegen des Abzeichens musste ich hundert Meter in Kleidern schwimmen. Die Luft war kalt, das Wasser aber sehr warm gewesen.

Ich merkte, dass ich mit den Zähnen klapperte.

»Er ist weg«, sagte Hasse. »Verstehst du, er ist aus dem Fenster gesprungen.«

Dann ging er mir voran in die Küche und weiter in das Zimmer auf der anderen Seite. Ich folgte ihm dicht auf den Fersen. Unsere Gummischuhe machten platschende Geräusche. Schlofs ... schlifs ... schlofs ... machte es um uns herum.

»Siehst du«, sagte Hasse und zeigte auf das Fenster. »Da ist er rausgesprungen.«

In der Luft lag noch ein schwacher, kaum wahrnehmbarer und doch greifbarer Duft nach Tabakrauch.

Hasse sah sich im Zimmer um, dann hockte er sich hin und hob ein weißes Pappmundstück auf, das an der einen Seite einen schwarz verbrannten Rand hatte. Es war dünn und ungefähr drei Zentimeter lang.

»Eine russische Zigarette«, sagte Hasse. »Die haben so

wenig Tabak da drüben, dass die Zigarette fast nur aus dem Mundstück besteht.«

Ich untersuchte die kleine Papphülse. Hasse sah sich im Zimmer um. Die Tapeten warfen Wellen, wo sie sich noch nicht ganz von der Wand gelöst hatten. An der Schmalseite gegenüber dem Fenster stand ein Sessel. Eine Feder war gesprungen und ragte aus dem tomatenroten Stoff. Von der Decke hing an einer kurzen Schnur eine nackte Glühlampe. Hasse zog den Sessel heran und stieg hinauf, drehte an der Lampe, stieg wieder herunter und ging zum Schalter an der Tür. Er knipste, aber nichts geschah.

Dann verschwand er kurz nach draußen, und als er wieder hereinkam, knipste er noch einmal. Diesmal wurde es hell im Zimmer.

»Gut, was?«, sagte er. »Wir können den Plattenspieler rüberholen, und dann laden wir Maj ein.«

»Warum?«, fragte ich. Ich dachte immer noch an Nowak und malte mir Ehre, Ruhm und Medaillen aus.

»Kapierst du das nicht? Hier können wir Musik machen, und Maj bringt uns tanzen bei, so wie sie im Park getanzt hat.«

Und er verbeugte sich und begann, sich in einem improvisierten Tanz über den Boden zu bewegen, und tat so, als drehe er sich mit Maj im Kreis. Dann blieb er stehen, nahm den Stahlkamm aus der Gesäßtasche, zog ihn durchs Haar und spielte auf einer eingebildeten Gitarre.

»*Well sins maj bejbi left mi …*«, sang er. Und wie er das sang, erinnerte es kein bisschen an die Art, wie Fräulein Kejne uns singen beizubringen versucht hatte.

21

Mama hatte frei an diesem Abend. Sie saß am Küchentisch, strickte und hörte Radio, als ich nach Hause kam. Ich war so nass, wie man eben nass sein kann, und sie fragte sofort, ob ich gebadet hätte oder ob es nur Regen sei. Es sei Regen, sagte ich, und sie hielt das Vorderteil von einem Pullover aus dunkelgrauer Wolle hoch. Sie biss sich in die Unterlippe, zog an dem Teil und drückte es gegen meine Seite, sagte, ich sei größer, als sie geglaubt habe, und jetzt sollte ich mich umziehen, denn sonst würde ich mich erkälten.

»Das wär schön«, sagte ich aus meinem Zimmer, während ich die Sachen wechselte.

»Was wäre schön?«, rief Mama.

»Wenigstens ein einziges Mal erkältet zu sein. Dann müsste ich nicht zur Schule und brauchte den Drachen Kejne nicht zu ertragen.«

»Wenn du älter wirst, erinnerst du dich etwas freundlicher an sie«, rief Mama.

»Na, ich weiß nicht«, antwortete ich. Dann ging ich in die Küche, kochte mir Kakao und machte mir ein paar Butterbrote.

»Was für ein Wetter«, sagte Mama und drehte am Radio.

Ich knabberte meine Butterbrote in mich hinein. Als ich gerade in mein Zimmer gehen wollte, klingelte das Telefon. Es stand auf einem Regalbrett über dem Küchentisch. Dort saß Mama mit ihren Stricknadeln, und ich musste mich nach dem Telefonhörer recken.

»Eriksson.«

»Er is ier ... ilfe ...«, flüsterte eine Stimme.

»Was ist los?«

»... ilfe ... er is ier ...«, flüsterte es wieder.

Jetzt meinte ich die Stimme zu erkennen. Mama hatte das Strickzeug auf den Tisch sinken lassen.

»Ist das Gunsan?«

»Harry, bitte, ruf die Polizei ... er is ier ...«

»Wovon redest du?«, fragte ich und kapierte nicht die Bohne. »Nooowak«, flüsterte Gunsan. »Nowak ist hier ...«

»Wo?!«

»Oben, im ersten Stock«, flüsterte Gunsan. »Ich hab solche Angst, ich trau mich kaum, zu atmen. Bitte, Harry, tu was ...« Und Gunsan flüsterte nicht nur, sie gab auch kleine Schreckenspiepser von sich. Sie glaubte, Nowak sei im Telegrafenamt. Von der Baracke zum Telegrafenamt waren es mindestens zwei Kilometer. Ich war ganz sicher, dass Nowak nicht bei Gunsan war.

»Nun beruhige dich mal«, sagte ich.

Gunsan wimmerte.

»Ich wag mich nicht zu rühren.«

Mama streckte die Hand aus, und ich gab ihr den Hörer. Ich sah, wie sich in ihrem Gesicht erst Staunen und dann eine Art Entschlossenheit ausbreitete, die eher noch wie Mordlust aussah.

»Ich komme, Gunsan, bleib ganz still stehen, wie der Blitz bin ich da.«

Mama stand mit solcher Hast auf, dass der Stuhl umfiel. Sie reichte mir den Hörer.

»Rede weiter mir ihr, beruhige sie, ich bin gleich da.«

Mama hatte ihre Jacke angezogen, und vom Regal über dem Herd holte sie unseren Mörserstößel, ein Küchengerät von fünfundzwanzig Zentimeter Länge. Es war aus massivem Messing und hatte an dem einen Ende einen Klumpen von Größe und Form einer kleinen Birne. Diese unglaubliche Waffe steckte sie in ihre Handtasche und verschwand zur Tür hinaus.

»Gunsan«, sagte ich ins Telefon, »Mama ist unterwegs zu dir, und sie hat den Stößel dabei.«

»Was für einen Stößel?«, wimmerte Gunsan.

»Den Mörserstößel natürlich. Armer Nowak, wenn der noch da ist, wenn Mama kommt!«

»Das schafft sie nie. Sie kommt bestimmt zu spät. Ich glaub, ich fall in Ohnmacht«, stöhnte Gunsan. Sie flüsterte nicht mehr, sondern wimmerte wie ein Mensch in Todesangst, als ob Mama auf dem Weg zu ihr wäre, um ihr mit dem Mörserstößel den Schädel einzuhauen.

»Leg dich auf den Fußboden«, sagte ich. »Leg dich hin, Gunsan, damit du dich nicht verletzt, falls du ohnmächtig wirst.«

Ich hörte Gunsan atmen, und ich hörte, wie sie keuchte, als sie sich auf den Fußboden legte.

»Bist du noch da, Gunsan?«, fragte ich.

»Er kommt«, wimmerte Gunsan, »er kommt, du mein lieber Gott …« Und ich hörte durch den Telefonhörer etwas, das sehr gut das Geräusch von ungeölten, kreischenden Scharnieren sein konnte.

»Oh, lass mich sterben«, wimmerte Gunsan, »barmherziger Gott … lass mich sterben.«

»Nein, Gunsan«, tröstete ich sie. »Es ist bestimmt nicht gefährlich. Es gibt sicher eine natürliche Erklärung für alles: Gunsan, bist du noch da … Gunsan!«

Ich versuchte es immer wieder, aber Gunsan antwortete nicht. Zeit verging, lang wie eine Ewigkeit, aber mindestens ein paar Minuten. Dann hörte ich ein Geräusch im Hörer und gleich darauf Mamas Stimme.

»Liebe Gunsan, Himmel, du bist ja ohnmächtig, nein, so was!« Und dann hörte ich einen Plumps, und das war wohl das Geräusch vom Mörserstößel, den Mama neben den Telefonhörer geworfen hatte.

Eine Weile waren nur die Geräusche verschiedener Wiederbelebungsversuche zu hören und dann Mamas Stimme:

»Harry, bist du da?«

»Ja, Mama, was ist passiert?«

»Gunsan ist ohnmächtig. Sie liegt kreidebleich auf dem Fußboden. Ich hab ihr Wasser gegeben, jetzt kommt sie wohl zu sich. Auf dem Schreibtisch sitzt eine Katze. Es würde mich nicht wundern, wenn die sie so erschreckt hat.«

Und so war es wohl. Die Katze war im ersten Stock herumspaziert und hatte etwas umgeworfen, und Gunsan, die nur Nowak im Kopf hatte, meinte sofort zu wissen, was da los war.

Als die Katze dann die Treppe herunter- und durch die angelehnte Tür hereingekommen war, war Gunsan ohnmächtig geworden.

Eine Stunde später kam Mama nach Hause. Ich war schon im Bett, und sie kam in mein Zimmer. In der Handtasche hatte sie immer noch den schweren Mörserstößel. Ich sah sie an. In meinen Augen war sie fast eine Heldin. Sie hatte keine Sekunde gezögert und war ihrer Freundin sofort zu Hilfe geeilt.

»Hättest du ihm den Stößel auf den Kopf gehauen, wenn es nötig gewesen wäre?«, fragte ich. Ich meinte, ganz neue Seiten bei meiner Mama zu entdecken.

»Ganz gewiss«, sagte sie. »Ohne nachzudenken, wenn's nötig gewesen wäre.«

Dann ging sie in die Küche und stellte den Mörserstößel an seinen Platz zurück.

22

Am nächsten Tag war wieder schönes Wetter, obwohl es immer noch windig war. Hasse und ich drehten kurz nach halb acht unsere Runden vor Majs Gartenpforte. Dann kam sie, hübscher denn je, aber mit einem entschlossenen Zug um den Mund und einer Falte zwischen den Augenbrauen.

»Man müsste mit Fräulein Kejne reden«, sagte sie. »Ich finde es schrecklich, wie sie Tocken behandelt.«

So was hatten wir noch nie gehört: mit der Lehrerin *reden*. Wie machte man das denn? Sollte man sie mit ins Materialzimmer nehmen und ihr verbieten, Tocken so von oben herab zu behandeln? Wie sollte das gehen? Das klang ganz unmöglich. Es war aus dem einfachen Grund unmöglich, weil wir auf diesem Gebiet keine Erfahrung hatten. Fräulein Kejne war diejenige, die *mit uns* redete. Selbst eine Meinung zu haben, hätte sie für Widerspruch gehalten, und dergleichen galt als Unverschämtheit und konnte zu Schwierigkeiten führen. Da wir nie gelernt hatten, mit Fräulein Kejne zu reden, und da unsere Ansichten nie gefragt waren, noch weniger respektiert wurden, hatten manche von uns eine kindische Art entwickelt, ihre Unzufriedenheit auszudrücken. Diese Unmutsäußerungen wurden Flegelei oder Unfug genannt, aber meistens war es nichts weiter als ein kläglicher Versuch der Unterdrückten, aus dem Hinterhalt einen Gegner zu treffen, der Macht und Recht auf seiner Seite hatte.

Hasse und ich begriffen nicht, was Maj meinte. Wir dachten, wie wir die ganze Schulzeit über gedacht hatten, wir dachten daran, wie wir uns an dem alten Drachen rächen könnten. Das heißt, verborgen und aus dem Hinterhalt in kindischer Lust heimzahlen, ein mehr oder minder Verderben bringendes Geschoss abfeuern.

»Uns wird schon was einfallen«, sagte Hasse und nickte, als Maj mit ihrem Vorschlag kam, man müsse mit Fräulein Kejne reden.

Ich nickte auch und fing sofort an, darüber nachzudenken, wie man »ihr beikommen« könnte.

Versteht mich richtig: Unser neu aufkeimender Wunsch, Fräulein Kejne »beizukommen«, hatte sehr wenig mit Tockens Rolle als Außenseiter zu tun. Alles drehte sich nur darum, dass wir Fräulein Kejne hassten und Maj vergötterten. **Wir beugten die Knie vor ihrer Bank, beteten ihr langes Haar und ihre schönen Augen an, und wir schworen Rache, wenn sie es wünschte.**

Irgendwann an diesem Tag hatten wir Biologie. Es ging um Reptilien. Von einigen wussten Hasse und ich ein bisschen. In dem Bach, wo wir unser Wasserrad hatten, gab es im Sommer Schlangen. Vor allem riesige, sehr hübsche Ringelnattern mit gelben Flecken hinter dem Kopf, und Ringelnattern hatten wir oft zum Spaß gefangen.

»Die Schlange«, sagte Fräulein Kejne, »ist ja auch ein biblisches Tier, ein Märchentier, das das schleimige Böse repräsentiert. Kann mir jemand sagen, an wen ich denke?«

»Adam und Eva«, sagte Anna. Damit zeigte sie, dass sie wusste, woran Fräulein Kejne »dachte«.

»Richtig«, sagte Fräulein Kejne. »Die Schlange verführte Eva, von dem Apfel zu essen, obwohl Gott es verboten hatte.«

Fräulein Kejne schaute aus dem Fenster.

»Dieser Frühlingssturm ...«, sagte sie und war eine Weile still. Dann wandte sie sich wieder zu uns um.

»Aber ich denke auch noch an etwas anderes. Wir haben im letzten Schuljahr davon gesprochen ... von einer etwas größeren – nun ja, sagen wir lieber Reptil, weil es ja keine Schlange ist. Kann mir jemand sagen, woran ich denke?«

Anna meldete sich wieder. Sie hielt den Arm gerade und

still, wie Fräulein Kejne es wünschte. Sie wedelte nicht, sie schnippte nicht mit den Fingern, sie lehnte sich nicht zurück und stöhnte auch nicht, weil niemand die Antwort auf diese einfache Frage wusste. Aufrecht saß sie da, sah ernst aus und wusste genau, woran Fräulein Kejne *dachte*.

»Weiß es niemand außer Anna?«

Nein. Niemand wusste es. Also durfte Anna antworten.

»An den heiligen Georg und den Drachen.«

»Richtig«, sagte Fräulein Kejne, »sehr richtig.«

Dann kehrte sie zur Biologie zurück und reichte eine präparierte Kreuzotter herum, und sie schauderte ein bisschen, als sie das Präparat anfasste.

»Uh«, machte sie.

Hasse guckte mich an. Fräulein Kejne hatte unfreiwillig eine Schwäche gezeigt.

Als die Schule zu Ende war, hatte der Sturm nachgelassen.

»Kommst du mit zum Bach?«, fragte Hasse, kurz bevor Maj nach Äppelbo abbiegen musste.

»Klar, ich muss nur erst was essen.«

»In einer halben Stunde auf der Straße«, sagte ich.

Dann trennten wir uns. Hasse und ich fuhren zu mir nach Hause und tranken Kakao und aßen Butterbrote.

Zu jener Zeit gab es einen Käse, der war der Lieblingskäse von allen Kindern. Er war in einer runden Papptube verpackt, so dick wie eine normale Fleischwurst. Der Käse wurde vom Boden der Verpackung herausgedrückt, und mit einer Schnur, die an der Tube hing, konnte man sich eine Scheibe »abschneiden«. Aus irgendeinem Grund hieß er Raketenkäse. Er war so gut wie ohne Geschmack, weich

in der Konsistenz und farblos. Dem Käse fehlte auf der ganzen Linie jede Eigenschaft. Aller Reiz steckte in der Verpackung. Hasse und ich liebten den Raketenkäse.
Während wir eine Ladung Butterbrote verdrückten und Kakao tranken, lasen wir *Das Phantom*, die *Prärieserie* oder irgendeinen anderen von den ausgezeichneten Comics, die man damals kriegen konnte und die es teilweise heute noch gibt. Heute erscheinen sie allerdings genauso uninteressant wie der Käse ohne Eigenschaften. **Damals jedoch war eine andere Zeit mit anderen Regeln und einem anderen Geschmack.**
Wir aßen und lasen unter beiderseitigem Schweigen und meditierten über unseren Mägen und den Abenteuern in den Comics. Wir brüteten über unserer grausamen Rache, und in der Fantasie töteten wir wie der heilige Georg den schrecklichen Drachen, der in unserem Unterbewusstsein deutliche Ähnlichkeit mit Fräulein Kejne hatte und ganz bestimmt aus der Gegend von Schonen stammte.

23

Während wir vor Majs Gartenpforte unsere Runden auf den Fahrrädern drehten, fragte Hasse, ob wir Maj unsere Hütte zeigen sollten. Das war eine schwere Frage. Die Hütte war unser Stolz, und sie gehörte *uns*. Wenn wir sie Maj zeigten, kam das einer Einladung gleich, etwas mit uns zu teilen, was uns allein gehörte. Ihr unsere Hütte zu zeigen, bedeutete, sie in den Mittelpunkt unserer *gemeinsamen* Aufmerksamkeit zu stellen. Maj unsere Hütte zu zeigen, wäre der Versuch, ihr unsere Gemeinsamkeit anzubieten. Und Hasse und ich ahnten, dass wir Maj nicht geben wollten, was uns verband. Was wir geben wollten, hatte jeder allein zu geben.

Es wäre falsch gewesen, Maj die Hütte im Baum zu zeigen, denn die Hütte bildete gewissermaßen die Grundlage von Hasses und meiner Gemeinsamkeit, eine Gemeinsamkeit, die plötzlich einen dünnen, aber gut sichtbaren Riss zeigte, und aus dem Riss wuchs und wogte Majs kastanienfarbenes Haar wie Seegras in der Dünung.

»Nein«, sagte ich, »wir zeigen ihr den Windschutz, das reicht.«

»Und das Wasserrad«, sagte Hasse.

»Und das Wasserrad«, sagte ich.

Dann kam sie. Sie trug grüne Shorts und eine kurzärmlige weiße Bluse, und aus der Blusentasche ragte ein kleiner blauer Bär.

»**Hast du einen Teddy gekriegt?**« Das war Hasses ganzer Kommentar. **Er sah von Maj zu mir und wieder zu Maj.**

»Ja«, sagte Maj. »Ich hab einen Teddy von einem Bärenfänger gekriegt.«

»Bärenfänger ...«, sagte Hasse und verzog die Mundwinkel zu einem säuerlichen Lächeln.

Dann nahm er die Mütze ab und zündete sich eine halb gerauchte *Boy* an, während er in die Pedale trat und schneller wurde, ohne das Lenkrad zu halten. Er blies den Rauch aus und stellte sich mit den Füßen auf den Gepäckträger und ließ das Rad im Freilauf rollen. Gleichzeitig qualmte er wie eine Dampflok. Aber er reichte mir die Zigarette nicht, wie er das sonst immer tat. Er behielt sie für sich, setzte sich wieder auf den Sattel und trat wieder.

Maj fuhr zwischen uns. Ihr hielt er die Zigarette hin. Sie schüttelte den Kopf, und die braunen Locken flogen.

»Ach ja«, sagte er, »du schmökst ja nicht.«

Unten im Wald war es still. Der Waldweg war mit Schlacke vom Kohlekraftwerk bedeckt, und hinter unseren Fahrrädern stiegen kleine schwarze Staubwolken auf. Unsere Reifen verursachten ein besonderes Geräusch auf dem Belag, es sang und klirrte, wie es ungefähr klirrt, wenn du mit Schlittschuhen auf sehr dünnem Eis läufst, Eis von der Sorte, das ganz neu ist und sich in großen, schweren Wellen in der Dünung bewegt, ohne zu brechen.

Wir stellten die Räder beim Dynamithaus ab.

»Hört mal, der Kuckuck«, sagte Maj.

Hasse ging zu der umgefallenen Baumwurzel, holte das Wasserrad und ging damit auf den Damm hinaus.

»Letzten Frühling«, sagte ich, »haben wir uns einen ganzen Tag mit dem Dammbau abgerackert. Am nächsten Tag war alles vom Wasser weggerissen. Und jetzt guck mal ...«

Ich zeigte auf den Bach. Er war bedeutend schmaler als das letzte Mal, als wir hier gewesen waren. Das Wasserrad begann sich zu drehen.

»Wir haben es im Werkunterricht gebaut«, erklärte ich, »letzten Frühling.«

Hasse balancierte auf dem Damm entlang und kam zu uns

zurück. Dann standen wir eine Weile da und schauten dem kreiselnden Rad zu. Der Kuckuck rief wieder. Es duftete nach Tannenwald. In Hasse und mir arbeitete derselbe Gedanke: Es hätte Spaß gemacht, ihr unsere Hütte im Baum zu zeigen. Die hätte ihr imponiert. Ganz sicher hätte sie ihr imponiert. Mein Blick begegnete Hasses Blick.

»Und da ist unsere Hütte«, sagte Hasse und zeigte zum Tannenwald, wo unser Windschutz lag.

Maj ging hin und setzte sich unter das schräge Dach.

»Schön«, sagte sie, »Wasserrad und Hütte ... schön.«

»Komm«, sagte ich. »Da hinten gibt es Ringelnattern.«

Und Hasse holte einen Jutesack hervor, der in unserer Hütte lag, einen Sack, den wir benutzten, wenn wir auf Ringelnatterjagd gingen, das heißt, wenn wir den Oberen Amazonas hinaufreisten und die riesige Anakonda jagten.

Wir gingen am Bach aufwärts. Nach zehn Minuten kamen wir in ein sumpfiges Feuchtgebiet. Bei jedem Schritt versanken wir ein bisschen im Wasser, das sich unterm Gras verbarg, und unsere Gummischuhe machten platschende Geräusche. Klifs ... klofs ... machte es.

»Wenn ich bloß Stiefel oder wenigstens lange Hosen anhätte«, sagte Maj.

»Da ist eine«, sagte sie nach einer Weile und zeigte auf etwas.

»Nur eine Wurzel«, sagte Hasse, und wir guckten zum Bachufer. Dort ragte das Stück von einer Wacholderwurzel auf, die wie eine Schlange aussah.

»Da!«, sagte Hasse und zeigte auch.

Was da im Gras lag, sah wirklich aus wie eine Schlange,

aber als wir uns dem Gebüsch vorsichtig näherten, erkannten wir, dass es ein Stück von einem schwarzen Fahrradschlauch war, den der Bach mitgebracht und schließlich hier am Ufer abgelegt hatte.
Mit der Zeit stellte sich unsere Fantasie so sehr auf Schlangen ein, dass alles, was wir sahen, eine Schlange zu sein schien. Wir waren wie von Schlangen umringt, und Maj sagte plötzlich, sie wollte nicht weitergehen.
»Wenn es nun mal Kreuzottern sind, und die beißen mich in den Fuß«, sagte sie. »Ich hätte Stiefel angezogen, wenn ich gewusst hätte …«
Wir waren merkwürdig erregt. Überall meinte ich Schlangenköpfe zu sehen. Ich hatte das Gefühl, als ob Panik nahte, deswegen sagte ich nichts, sondern versetzte Maj nur einen Stoß in den Rücken, damit sie weiterging, zurück über die Wiese. Es war ein Gefühl, als ob wir schutzlos wären, als ob wir von unsichtbaren Gefahren umgeben wären. Wir müssen es alle drei gespürt haben, denn Maj fing fast an zu schluchzen, und Hasse begann plötzlich zu laufen. Klofs … klifs … über die Wiese. Das Wasser spritzte ihm um Füße und Waden, und er war schwarz gesprenkelt vom Matsch. Maj rief etwas und lief hinterher, und ich folgte ihnen mit rasendem Herzklopfen. Wohin ich sah – überall Schlangen. Erst als wir den Windschutz erreichten, blieben wir stehen. Wir keuchten und sahen einander an.
»Die ganze Wiese voll«, sagte Hasse.

Wir nickten, Maj und ich, und wollten damit sagen, dass wir sie auch gesehen hatten, die Schlangen, die ganze Wiese voller Schlangen …

»Pfui Teufel«, sagte Hasse, »eklig, wenn es so viele sind.«
Maj schrie auf, und dann fing sie an zu lachen und zeigte auf einen Zweig in einiger Entfernung.
Wir mussten alle drei lachen. Hasse holte den Zweig, hockte sich hin und ließ ihn durchs Gras auf Maj zuschlängeln. Er zischte und ahmte eine Schlange mit ihrer vor- und zurückschnellenden Zunge nach.
»Tsss, tss, tss«, machte er, und ich nahm einen Stock und schlug Hasses Schlangenzweig energisch in der Mitte durch. **Hasse und ich standen einander gegenüber. Hasse mit seinem geborstenen »Schlangenstock« in der Hand, ich mit meiner Schlangentöterwaffe.** Hasse zuckte mit den Schultern und steckte den Rest von seiner »Schlange« in den Sack und warf ihn in den Windschutz. Dann ging er zum Damm und holte das Wasserrad. Als er mit dem Wasserrad in der Hand mitten auf dem Damm da unten stand, erstarrte er plötzlich. Er schaute zum Hügel hinauf und winkte uns.
Maj und ich gingen zum Bach, und unsere Blicke folgten Hasses ausgestrecktem Finger. Zehn Meter vom Damm entfernt lag am Bachufer eine sehr große, hübsche Ringelnatter mit klaren gelben Flecken hinter dem Kopf. In ihrem Maul steckte ein kleiner Fisch, nur der Fischschwanz guckte noch heraus. Langsam und mit großer Mühe würgte die Ringelnatter ihren Fisch hinunter.
»Die da«, sagte Hasse, nachdem er den Sack aus dem Windschutz geholt hatte. »Mit der verpassen wir Fräulein Kejne einen Denkzettel, dass ihr Hören und Sehen vergeht.«

24

Donnerstagmorgen nahm Hasse sie mit zur Schule. Den Jutesack hatte er zusammengerollt in die Schultasche gesteckt. Die Ringelnatter sollte in Hasses Pult liegen, wenn Fräulein Kejne mit großer Wahrscheinlichkeit ihre Donnerstagsrazzia auf jungenhafte Unordnung durchführen würde. Wenn sie Hasses Pultdeckel öffnete, sollte sie den Schock ihres Lebens kriegen. So sah unser Plan aus.

Hasse ließ die Ringelnatter also in seinem Pult verschwinden, sobald er in die Klasse gekommen war, und dafür bekam er einen Verweis von Fräulein Kejne, weil er sich schon gesetzt hatte. Das müsste er doch nun langsam wissen, dass man nichts, aber auch gar nichts in der Schule tut, ehe man sich nicht begrüßt und *Du klare Sonn', leucht uns herfür* gesungen und das Morgengebet gesprochen hat. Das müsste er doch wissen!

Dann wurde das ganze Morgenritual erledigt, und die erste Stunde begann. Als sie sich ihrem Ende näherte, startete Fräulein Kejne ihre Razzia. Während wir noch mit unseren Schreibheften beschäftigt waren, ging sie herum und bat, in die Bänke schauen zu dürfen. Pultdeckel wurden geöffnet, einer nach dem anderen, kleine Kommentare, ein bisschen Lob ...

Dann war Hasse an der Reihe. Er öffnete seinen Pultdeckel etwas langsam.

»Jetzt beeil dich mal, Hasse«, sagte Fräulein Kejne, und Hasse öffnete seinen Pultdeckel ganz.

»Nun, heute sieht es ja gut aus …« Dann ging sie weiter zu Tocken.

Hasse duckte sich hinter seinem Pultdeckel und zischte mir zu: »Sie ist weg!«

Dann wühlte er eine Weile zwischen den Büchern und steckte einen Finger in das Loch in der linken hinteren Ecke des Pultbodens. Das Loch war so groß wie eine Münze. Hasse verdrehte die Augen und sah sich um. Irgendwo in der Klasse war die Ringelnatter, das war ganz sicher. Wir guckten uns um. Maj, die den Verlauf des Ringelnatterdramas neugierig verfolgt hatte, sah sich über die Schulter um.

»Noch ist die Stunde nicht zu Ende«, sagte Fräulein Kejne vorwurfsvoll. »Hört doch endlich auf, euch dauernd umzudrehen«, sagte sie nach einer Weile, da wir drei es ganz aufgegeben hatten, in unsere Hefte zu schreiben. Wir saßen nur da und überlegten, wohin die Ringelnatter verschwunden sein könnte.

Hasse entdeckte sie. Fräulein Kejne besaß außer ihrer großen, schwarzen Handtasche auch einen kleinen gehäkelten Beutel, in dem sie immer Hefte herumtrug, die korrigiert werden mussten. Der lag meistens auf dem Fußboden neben dem Katheder, und heute lag er an Hasses Seite, genau vor Tockens linkem Fuß.

Hasse verzog die Mundwinkel zu einem bösartigen Grinsen, seine Augen wurden schmal, und er beugte sich über

Tocken. In dem Augenblick klingelte es. Fräulein Kejne sagte, wir sollten aufstehen, und während wir dastanden, streckte sie die Hand nach dem Beutel aus und legte ihn auf das Katheder neben die schwarze Lacktasche.

»Im Beutel«, zischte Hasse, ohne die Lippen zu bewegen.

Ich betrachtete den Häkelbeutel genauer und sah, dass sich da drinnen etwas bewegte.

»Iih«, machte Maj.

»Jetzt ist Pause«, sagte Fräulein Kejne. Und wir gingen hinaus.

Vor der Klassentür zögerten Maj, Hasse und ich. Der Geruch nach Scheuermittel, ein Sonnenstrahl, der durch die Scheibe oberhalb der gefirnissten schweren Schultür fiel, einige Jacken an den Haken, Majs offener Mund, Fräulein Kejnes klappernde Absätze auf dem Weg zum Lehrerzimmer. Dann der leichte Knall, als die Tür sich hinter ihr schloss.

»Sie ist in ihrer Tasche«, sagte Maj. »Wir hätten es ihr sagen müssen ... Sie kann sterben, wenn sie ihre Hand hineinsteckt und ihr Häkelzeug rausnehmen will.«

»Ach was«, sagte Hasse.

Da hörten wir einen Schrei aus dem Lehrerzimmer und dann noch einen Schrei und noch einen. Die drei Lehrerinnen der Schule kreischten, als ob ihnen jemand nicht nur nach der Ehre, sondern auch nach dem Leben trachtete. Dann ertönten ein paar Plumpse, und dann war es beunruhigend still.

»Ich glaub, wir gehen lieber raus«, sagte Hasse.

Und das taten wir.

Natürlich bedrückte es uns, was wir da angerichtet hatten. Wir gingen zum Fußballplatz und überlegten alle drei, was passiert sein mochte.

»An so einem Schock kann man sterben«, sagte Maj. »Das wäre schrecklich.«

Nicht einmal Hasse und ich konnten mehr so tun, als wäre uns das alles egal. Die Schreie aus dem Lehrerzimmer hatten zu unheimlich geklungen.

»Es war doch wirklich eine Ringelnatter?«, fragte Maj. »Es war doch ganz bestimmt keine Kreuzotter?«

»Sie hatte zwei gelbe Flecken«, sagte Hasse. »Glaub mir, es war eine Ringelnatter.«

Dann klingelte es, und ich glaube, wir hatten alle drei einen trockenen Mund, und wir waren alle drei gleichermaßen erwartungsvoll und seufzten vor Erleichterung, als Fräulein Kejne aus dem Lehrerzimmer kam. Ihre Schritte waren ungewöhnlich kurz und fest, und sie ging, ohne sich umzusehen, geradewegs auf unsere Klassentür zu. **Sie strahlte förmlich Gefahr aus. Jetzt war sie fürchterlich, das war deutlich zu spüren.** Eine Strähne aus ihrem sonst so ordentlichen Haar war ihr in die Stirn gefallen. Sie war bleich, und ihre Unterlippe zitterte.

Wir folgten ihr alle in die Klasse, und sie gab ein Zeichen mit der Hand, dass wir uns setzen sollten. Ungewöhnlich leise ließen wir uns auf unseren Stühlen nieder.

»Ich möchte eins wissen«, sagte sie, »wer hat mir die Ringelnatter in den Beutel gesteckt?«

Zu unserer Ehre muss gesagt werden: Wenn wir nur eine Sekunde Zeit gehabt hätten, nur eine einzige Sekunde, dann hätten wir es gesagt, alle drei: Wir sind es gewesen, hätten wir gesagt. Wir wollten nicht, dass sie in Ihren Beutel gerät …

Wir bereuten es wirklich, alle drei, da bin ich ganz sicher. Aber ein anderer kam uns zuvor.

»Ich war es«, sagte Tocken.

Fräulein Kejne krümmte ihren rechten Zeigefinger, als ob sie wie ein Wurm am Haken einen kleinen Fisch lockte, und Tocken erhob sich und stieg zu ihr auf die Plattform, auf der das Katheder stand.

»Nimm die Brille ab«, sagte Fräulein Kejne.

Und sie verpasste ihm eine schallende Ohrfeige. Tocken nahm sie hin, ohne die Miene zu verziehen. Fräulein Kejne starrte ihn an.

»Ist das der Dank?«, sagte sie.

Dann gab sie Tocken ein Zeichen, dass er sich setzen sollte, drehte sich zur Tafel um und schrieb: »Unter den Ringelnattern, die über die ganze Welt verbreitet sind, gibt es ebenso giftige wie unschädliche Arten. Die Art wird in drei Gruppen eingeteilt: echte Ringelnattern, Wasserringelnattern und Giftringelnattern. Die ungefährliche Art wird manchmal von bösen und unerzogenen Jungen als Haustier gehalten.«

Sie schrieb, dass die Kreide knirschte und der Staub wirbelte. Dann drehte sie sich zu Tocken um.

»Das schreibst du bis nächsten Donnerstag hundertmal auf,

du kleine Schlange …«

Dann ließ sie sich auf ihren Stuhl plumpsen, lehnte sich zurück und seufzte tief.

25

In der Frühstückspause lockte Maj Tocken zum hinteren Teil vom Fußballplatz. Hasse hielt eine Kippe in seiner Handhöhle versteckt.

»Rauchst du?«, fragte er, als Tocken über das ganze Gesicht fröhlich lächelnd zusammen mit Maj herkam.

Tocken nahm die Zigarette und gab sie dann weiter an mich. Ich nahm einen letzten Zug, ehe ich sie ausdrückte.

»Wir haben die Ringelnatter mit in die Schule gebracht«, sagte Hasse. »Warum hast du gesagt, dass es deine war?«

»Ich hab gesehen, wie sie in die Tasche gekrochen ist«, sagte Tocken.

»Ja gut, aber warum hast du gesagt, dass du sie hineingetan hast?«

Tocken sah von einem zum anderen. »Ich hätte doch gleich sagen können, dass sie da drin war«, sagte er.

»Du glaubst, du bist schuld, weil du wusstest, dass sie da drin war und weil du nichts gesagt hast?«, fragte Maj.

Tocken nickte und sah sie bewundernd an.

»Ich geh jetzt zu Fräulein Kejne und erzähl ihr, wie es wirklich gewesen ist«, sagte Maj.

Sie drehte auf dem Absatz um und ging rasch über den Fußballplatz davon. Hasse und ich folgten ihr.

Wir gingen zum Lehrerzimmer und klopften an die Tür. Fräulein Kejne öffnete. Sie hatte das Haar wieder festgesteckt, und jetzt sah sie wie immer aus. Sie war umgeben von einem Geruch nach Pfefferminzpastillen. Die verwahrte sie in einer Blechschachtel. Niemand wusste, wo sie die Pastillen kaufte, denn im Ort konnte man sie nicht bekommen.
»Was ist?«, fragte Fräulein Kejne, die in der Pause nicht unnötig gestört werden wollte, besonders dann nicht, wenn der Vormittag aufreibend gewesen war.
»Wir wollten mit Ihnen über die Ringelnatter reden«, sagte Maj. Hasse und ich nickten und meinten damit, die Ringelnatter sei genau das, worüber wir mit ihr reden wollten.
Fräulein Kejnes Blick glitt über unsere Gesichter, und dabei lutschte sie an ihrer Pastille. Die war weiß und dünn, und sie drehte sie zwischen den Vorderzähnen herum.
Dann hörten wir jemanden aus dem Lehrerzimmer fragen: »Was ist los, Eivor?«
»Es sind einige von meinen Schülern«, sagte Eivor Kejne und kam mit ihrer Lacktasche zu uns heraus. Sie ging voran ins Klassenzimmer, öffnete die Tür und ließ uns hinein.
»Also, was ist?«, fragte sie.
»Wir haben die Ringelnatter gefangen und sie mit zur Schule gebracht«, sagte Maj. »Wir haben sie gestern am Bach gefangen. Es ist unsere Schuld, dass sie in Ihre Tasche geraten ist …«
»Das war nicht Tockens Schlange«, sagte ich.

»Ringelnatter, Harry«, korrigierte mich Fräulein Kejne, »es war eine Ringelnatter.«
Und sie senkte langsam ihr Kinn, hob die Handtasche zur

Brust und öffnete sie. Knips, machte der Verschluss. Sie nahm die Blechschachtel mit den Pfefferminzpastillen heraus. Auf dem Deckel war ein Bild von einem Jungen. Er saß auf einem Wagen, der von einer Katze gezogen wurde. Der Junge hatte eine Peitsche in der Hand. Fräulein Kejne öffnete den Deckel und bot uns nacheinander eine Pfefferminzpastille an. Maj machte einen Knicks, Hasse und ich einen Diener. Wir steckten unsere Pastillen in den Mund, und Fräulein Kejne nahm sich auch noch eine.

»Du, Harry, hast Torgny ja schon einmal in Schutz genommen. Es ist nett von dir, aber trotzdem dumm. Torgny hat es zugegeben, und wenn er seine Strafarbeit abliefert, hat er gesühnt … Wenn ich auch nur einen Augenblick geglaubt hätte, Torgny sei unschuldig, meint ihr, ich hätte ihn dann geschlagen? Glaubt ihr das?«

Fräulein Kejne lutschte auf ihrer Pfefferminzpastille und drehte sie zwischen den Vorderzähnen herum. Das ganze Klassenzimmer füllte sich mit dem Duft nach Pfefferminz.

»Es könnte ein Irrtum gewesen sein«, sagte Maj, die ein mutiges Mädchen war.

Fräulein Kejne zerbiss ihre Pastille, sodass es zwischen ihren großen Zähnen krachte.

»Vielleicht haben Sie sich geirrt.« Maj wurde deutlicher.

Fräulein Kejne blinzelte. »Es kann sein, dass du glaubst, es besser zu wissen als Erwachsene, Maj. Du bist ja nicht von hier. Wenn das so ist, nimm dich in meiner Gegenwart in Acht. Sonst bekommen wir Ärger miteinander …«

Maj wurde rot.

»Mensch, wir sind es aber doch gewesen!«, schrie Hasse.

»Jetzt wollen wir nicht mehr darüber reden«, sagte Fräulein Kejne und ging mit hackenden Absätzen zur Tür.

Sie hielt uns die Tür auf, und wir zogen ab, zuerst ich, dann Hasse, zuletzt Maj. In der Türöffnung drehte sie sich um und wollte noch etwas sagen. Fräulein Kejne hob den Zeigefinger und legte ihn vor ihre gespitzten Lippen.

»Sssch ...«, machte sie, als ob sie jemanden zur Ruhe mahnte, der lärmte.

Maj drehte auf dem Absatz um und lief zur Haustür, riss sie mit Schwung auf und verschwand.

»Geht jetzt auch raus, Jungs«, sagte Fräulein Kejne.

Später stand ich mit Hasse in der Schultoilette und rauchte. Die Toilette war im Keller der Schule und wurde unter uns Jungen das Häuschen genannt. Der Raum hatte eine Urinrinne und vier Toilettenkabinen. Es roch nach Pisse und Teer, denn einmal im Jahr wurden die Wände im Häuschen mit Teer gestrichen, und das war gerade geschehen.

Die Toiletten wurden jeden Tag von Oberlehrer Södergren inspiziert. Dieser war ein eingefleischter Zigarrenraucher, und meistens steckte er nur der Form halber den Kopf zur Tür herein, ohne die Zigarre aus dem Mund zu nehmen, legte die Stirn in tiefe Falten und zog den Kopf rasch zurück. Södergren führte seine Inspektion immer in der Frühstückspause durch, und noch nie war ein Schüler wegen unerlaubten Rauchens geschnappt worden.

»Ich werd nicht schlau aus ihm«, sagte Hasse. »Warum hat er gesagt, dass es seine Ringelnatter war?«

»Vielleicht denkt er, dass er dann wer ist«, sagte ich.

Unter uns im Ort war es kein ungewöhnliches Schimpfwort: »Bildest du dir etwa ein, du bist wer?«, hieß es, wenn jemand etwas tat, was auch nur im Geringsten vom Üblichen abwich. »Glaubst du, du bist wer ...?« Nicht abzuweichen und nicht zu glauben, man sei wer, war wichtig in dem kleinen Ort, wie es ja auch heute noch in vielen kleinen Orten der Fall ist. Man lässt niemanden hochkommen, und man kontrolliert einander. Das heißt, nie hat jemand von Doktors Henrik gesagt, er bilde sich ein, er sei wer. Er *war* nämlich der Sohn vom Doktor, und das war etwas. Henrik war wer. Aber Tocken ...

Wer war Tocken? Im streng hierarchischen Ort und in der genauso hierarchischen Schule stand er ganz am Ende. Ich höre mich sagen: »Vielleicht denkt er, dass er dann wer ist ...« Die Erinnerung an die Worte legt sich mir wie ein Eisenreifen um die Brust.

»Ich versteh's trotzdem nicht«, sagte Hasse.

»War das eure Schlange?«, fragte Ragnar, der Sohn vom Eisenwarenhändler, ein Junge, der nie glaubte, er sei wer, nur im Werkunterricht, da war er wer, denn der Lehrer kaufte bei Ragnars Papa ein.

Hasse und ich guckten uns an.

»Verpiss dich«, sagte ich.

Dann gingen wir in die frische Luft hinaus.

Es wäre das Beste gewesen, wir hätten es geheim halten können – was aber kaum möglich gewesen wäre. Das Ganze war schon so kompliziert genug. Waren wir schon zum Gespött in der Klasse geworden, so wollten wir es nicht auch noch im ganzen Ort werden. Aber wenn die Klassenkameraden herauskriegten, dass es nicht Tockens

Ringelnatter gewesen war, dann würde es bald jeder im Ort wissen: Hasse, Maj und ich hatten die Ringelnatter mit zur Schule gebracht, und unseretwegen hatte Tocken eine Ohrfeige bekommen. Wir lebten und dachten ganz im Geist der Moral des kleinen Ortes, und das hieß, es war schlecht, Tocken unverschuldet von Fräulein Kejne ohrfeigen zu lassen. Aber das ging ja noch an, solange wir die Einzigen waren, die es wussten.

26

Wir hatten jetzt ein Geheimnis zusammen, Hasse, Maj und ich. Wir teilten es mit Tocken und mit Fräulein Kejne. Als wir an diesem Nachmittag nach Hause fuhren, blieben wir unter uns. Tocken, der sonst allein vor allen anderen her nach Hause fuhr, hielt sich an diesem Tag zwischen dem großen Pulk und uns. Er meinte offenbar, er sei uns näher gekommen. Wir sahen ihn von hinten, wie er immer langsamer wurde. Wir fuhren noch langsamer, damit wir ihn nicht einholten. Plötzlich trat er in die Pedale, was das Zeug hielt. Dann stellte er sich auf den Gepäckträger und rollte im Freilauf.

»Er glaubt, er ist wer«, sagte ich.

»Klar ist er das«, sagte Maj. »Er ist Tocken.«

»Er glaubt, er ist mehr als Tocken«, sagte ich. Ich hatte

schließlich eine Ahnung davon, was Grenzüberschreitung war.

Wir fuhren langsam. Tocken war dicht vor uns.

»Komm«, sagte Hasse und strampelte so schnell er konnte an Tocken vorbei in Richtung Sållan.

Ohne einen Augenblick nachzudenken, machte ich es genauso. Aber als ich aufhörte zu treten und mich umdrehte, sah ich, dass Maj noch bei Tocken war. Sie fuhren nebeneinanderher und redeten.

Hasse und ich fuhren weiter nach Äppelbo, und vor der Einfahrt zu Majs Haus drehten wir unsere Kreise, bis Maj kam. Tocken war nach Sållan abgebogen.

Wir sahen Maj entgegen, fragten sie aber nicht, worüber sie mit Tocken geredet hatte. Wir fuhren im Kreis, einen sehr kleinen Kreis. Maj drängte sich hinein, und dann fuhren wir alle drei herum, rundherum. Nach einer Weile hielt Maj an.

»Tschüss!«, sagte sie.

»Kommst du heute Abend zu uns?«, fragte Hasse. »Wir haben ein Zimmer in einer der leeren Baracken. Ich bring meinen Plattenspieler mit.«

»Hast du einen Plattenspieler?« Majs Stimme klang offensichtlich interessiert.

»Ganz neu«, sagte Hasse.

»Nach dem Mittagessen«, sagte Maj. »Tschüss!«

Dann verschwand sie.

Eine Weile drehten Hasse und ich noch unsere Kreise vor Majs Gartenpforte. Dann sagte Hasse:

»Komm, wir fahren zur Hütte.«

Er fuhr los, und ich folgte ihm. Wir fuhren den ganzen Weg um die Wette, in den Kurven ließen wir die Hinterräder auf dem mit Schlacke bedeckten Waldweg herrlich schleudern, und Hasse kam mindestens zweihundert Meter vor mir beim Dynamithaus an.

Fast liefen wir den Stamm hinauf. Es war jedes Mal dasselbe angenehme und befriedigende Gefühl, in die Hütte zu kommen. Sie lag so abseits, so weit entfernt von allem, was Alltag bedeutete.

Ohne ein Wort öffnete Hasse den alten Brotkasten, in dem wir einen Teil unseres gemeinsamen Vorrats von Comics verwahrten. Da lag auch die Dynamitstange. Hasse steckte sie in den Hosenbund und zog das Hemd heraus, sodass es über die Hose hing.

»Dem Drachen werden wir die Ohrfeige heimzahlen«, sagte Hasse und grinste mich sehr bösartig an.

Ich vermute, dass mein Grinsen mindestens genauso bösartig war wie seins, als ich antwortete: »Die kriegt eins auf die Birne, die Alte.«

Das schlechte Gewissen plagte uns sehr wohl, und wir wünschten noch mehr als vorher, mit Fräulein Kejne abzurechnen. Vielleicht bildeten wir uns in der Tiefe unserer wirren Jungenseelen ein, dass wir das unbestimmte Schuldgefühl auslöschen könnten, indem wir Fräulein Kejne einheizten.

»Wenn man das hier«, sagte Hasse und klopfte sich auf den Bauch, »auf die Wäscheleine von der Alten hängen würde, wenn man es dann so um Mitternacht, wenn sie gerade eingeschlafen ist, explodieren lässt, würde sie dann nicht … ?«

Hasse verdrehte die Augen. »Dann aber …«, sollte das heißen.
»Ja«, sagte ich, gierig nach Rache und nach Ausgleich des Schuldenkontos. »Dann aber!«
Wir grinsten beide.
»Großvater hat Zündhütchen im Schrank«, sagte Hasse. Sein Großvater war Sprengmeister im Steinbruch.
»Und Zündschnur?«, fragte ich.
»Hab ich«, sagte Hasse. »Einen ganzen Meter.«
»Wir tun es heute Nacht«, sagte ich. Ich wollte Rache.
»Genau«, sagte Hasse. »Das machen wir.«
Dann nahm er sich die Mütze ab, und um unseren Entschluss zu feiern, zündete er eine ganz neue *Boy* an, reichte sie mir, und ich nahm einen Zug und gab sie zurück.
»Du weichst gar nicht mehr ein«, sagte er anerkennend.
»Nee«, sagte ich.
Hasse blies drei Rauchringe nacheinander. Während die drei Ringe noch in der Luft hingen, hörten wir Kinderstimmen in einiger Entfernung. Wir lauschten, und ich beugte mich vor, um durch die Zweige zu sehen.
Die Kinderstimmen kamen näher. Allmählich konnten wir sie am Damm erkennen. Es war ungefähr ein halbes Dutzend Jungen in unserem Alter. Es waren die Pfeifen-Bubis aus den Ingenieursvillen in Viken.
Wir nannten sie Pfeifen-Bubis wegen der manischen Lust ihrer Eltern, auf Trillerpfeifen zu blasen. Sie meinten, den Charakter ihrer Kinder zu bilden, indem sie sie zur Pünktlichkeit erzogen. Jeden Tag um fünf konnte man in den Ingenieursvillen von Viken ein Fenster nach dem anderen

aufgehen sehen. Aus jedem Fenster reckte sich ein Frauenkopf, die Trillerpfeife wurde in den Mund gesteckt, und dann wurde gepfiffen. Zwischen fünf und Viertel nach fünf hallte es wider in Viken von den Pfeifsignalen. Im Villenviertel legte man Wert darauf, dass die Kinder zum Mittagessen nach Hause kamen. In Sållan dagegen wurde nicht auf Trillerpfeifen geblasen, und ganz entschieden nicht in Sexan.

Wir saßen da und beobachteten die Pfeifen-Bubis. Sie hatten Stöcke dabei und sahen kriegerisch aus. Einige von ihnen gingen auf unseren Damm hinaus und begannen, mit ihren Stöcken darin herumzustochern. Die anderen folgten ihnen, und bald standen alle sechs dort und brachen den Damm ab. Als sie fertig waren, gingen sie zum Windschutz hinauf. Die Arbeit mit dem Damm hatte sie wahrscheinlich ermüdet, denn die Abrissarbeiten des Windschutzes blieben unbedeutend. Sie hoben nur den Schirmschutz aus seinen Astgabeln und warfen ihn auf die Erde. Dann verschwanden sie grölend in Richtung Sumpfwiese, und nach einer Weile hörten wir sie nicht mehr.

Hasse und ich verließen unsere Hütte und betrachteten die Verwüstung. Der Damm war total zerstört. Das Wasser hatte freien Lauf. Wir wussten beide, dass wir ihn nicht wieder aufbauen würden. Es war zu spät für die Saison. Wir gingen zum Windschutz und hoben das Dach aus Tannenreisig zurück in seine Astgabel.

»Leicht repariert«, sagte Hasse.

Dann gingen wir zurück zu unseren Fahrrädern hinterm Dynamithaus. Über die hatten sich die Pfeifen auch hergemacht. Kein Reifen hatte mehr Luft, wir mussten die Fahrräder schieben. Und während wir über den Schlackeweg nach Hause gingen, hörten wir die ganze Zeit den Kuckuck rufen.

27

Kurz nach sieben an diesem Abend drehten Hasse und ich unsere Runden vor Majs Gartenpforte. Hasse richtete sein Rad auf und fuhr auf dem Hinterreifen. Ich war hingefallen und hatte mir ziemlich wehgetan, als ich vor einer Weile versucht hatte, mein Stahlross auch aufzurichten. Also begnügte ich mich damit, nur im Kreis zu fahren.

Sie kam, und wir fuhren alle drei nach Sexan. Hasse musste noch den Plattenspieler holen. Den schleppte er vor Maj und mir her zur Baracke am Waldrand. Wir gingen zur Rückseite, und Hasse stieg durch das Fenster mit der zerschlagenen Scheibe. Ich reichte ihm den Plattenspieler hinein. Dann streckte er eine Hand aus dem Fenster, um Maj zu helfen. Sie nahm seine Hand, stemmte die Gummischuhe gegen die Wand und kletterte hinein. Ich folgte ihr.

Wir gingen in das Zimmer mit dem Sessel, und Hasse schob sofort den Stecker in die Steckdose, und dann begann Elvis zu singen. »*Well sins maj bejbi left mi …*« Ich setzte mich in den Sessel mit dem zerrissenen Bezug. Maj ergriff Hasses

Hände. Er sah ein wenig unbeholfen aus. Das war neu. Sonst war er einer, der immer und überall oben schwamm. Aber jetzt sah er aus, als hätte er Angst zu ertrinken.

»Aufeinander zu ... voneinander weg ... dreimal ... Fang mit dem anderen Fuß an ... He, jetzt stoßen wir zusammen.«

Maj gab Anweisungen, und Hasse versuchte, sie zu befolgen. Dann wollte sie ihm die Drehung beibringen. Sie erklärte ihm, dass er sie herumdrehen musste und nicht umgekehrt und dass sie ihm nur zeigte, wie man es machte.

»Du musst führen«, sagte Maj. »Vergiss das nicht ...«

Ich drehte die Platte für die beiden um und setzte mich wieder in den Sessel. Vielleicht war ich von der trügerischen Gewissheit erfüllt, ich »könnte tanzen«. Vielleicht war ich erfüllt von der Erinnerung an meinen Triumph, als ich auf der Tanzfläche begriff, dass Hasse ein Handicap hatte, was das Tanzen anging. Vielleicht hatte ich am meisten Angst davor, selbst mit Maj tanzen zu müssen. Vermutlich war es eine Mischung aus all diesen Gefühlen und trüben Gedanken, die mich dazu brachten, im Sessel sitzen zu bleiben und nur als Zuschauer und Hilfskraft Hasses Fortschritte auf dem abgewetzten Linoleumbelag, der unsere Tanzfläche dort in der Baracke war, zu verfolgen.

Nach einer Weile ging es offenbar besser, wie von selbst, und er schaffte es, Maj herumzuwirbeln, dass ihr Pferdeschwanz nur so flog. **Maj lachte. Da wurde ich eifersüchtig.**

»Bin ich jetzt mal dran?«

»Warte ein bisschen«, keuchte Hasse. »Dreh die Platte noch einmal um.«

Und ich tat, was er sagte, drehte die Platte um und sah zu, wie sie tanzten.
»Jetzt bin ich aber dran«, sagte ich.
»Nach dem nächsten Stück!«, rief Maj.
Und wie sie so aufeinander zu und voneinander weg tanzten und einander umkreiselten, lachten sie beide, und ich begann, mich ausgeschlossen zu fühlen. Und je mehr mich dieses Gefühl überschwemmte, umso tiefer drückte ich mich in den Sessel. **Jetzt konnte Hasse es. Er konnte tanzen. Mein Gefühl von Samstag, die Oberhand zu haben, kehrte sich plötzlich in das Gefühl der Unterlegenheit um.**
Dann war die Platte zu Ende, ich weiß nicht, zum wievielten Mal, und ich stand einfach nicht auf und setzte sie nicht wieder in Gang. Maj und Hasse atmeten schwer. Es klickte, als der Plattenspieler stehen blieb.
»Jetzt bist du an der Reihe«, sagte Maj.
Sie lächelte mich einladend an, und ich erhob mich. Ich stand kaum, da ließ Hasse sich mit einem Seufzer in den Sessel plumpsen.
Ich ging zu Maj, die mitten im Zimmer stand. Sie zog gerade das Gummiband um ihren Pferdeschwanz fest. Bei den unzähligen Tänzen mit Hasse war ihr heiß geworden, und die Wärme hatte die Düfte ihres Körpers freigesetzt. **Ich näherte mich ihr und war plötzlich in einer Wolke von Mädchengerüchen.** Der Duft nach Maj, nach ihrem Puder, ihrem Atem, gemischt mit dem stickigen Geruch nach Staub und feuchten Tapeten. Ich streckte ihr die Hände entgegen, und sie nahm sie.
»Du bist ja ganz kalt!«

Ich fühlte, wie warm, ja, wie heiß sie war. Ihre Handflächen dampften förmlich auf meiner kühlen Haut.

»Fang mit dem Fuß an ... Hasse, lass den Plattenspieler laufen!« Und dann tanzten wir, aufeinander zu, voneinander weg, aufeinander zu. Und ich hatte stark das Gefühl, dass es nicht gut ging. Ich machte ständig Fehler.

»So!« Maj korrigierte mich. »Verkrampf dich nicht.«

Nach einigen missglückten Versuchen, es mir beizubringen, sagte sie: »Jetzt guck uns mal zu, guck ganz genau hin ...« Und sie winkte Hasse, der im Sessel saß und rauchte und mit der Sprungfeder spielte, die aus dem Bezug ragte.

»Guck ganz genau hin!«

Ich ging zum Fenster und sah ihnen von dort aus zu. Hasse hatte mir seine Zigarette gegeben, und ich rauchte.

»Nicht einweichen«, sagte Hasse beim Tanzen.

»Ich weiche sie nicht ein«, antwortete ich.

»Doch, das tust du dauernd. Mach mal einen Rauchring!«, rief er.

Ich wandte mich ab. Über den Hof zwischen den Baracken strich eine ältere grau gestreifte Katze mit einem einjährigen Katzenkind.

»Rauch nicht die ganze Zigarette auf«, keuchte Hasse, während er tanzte.

Ich nahm einige schnelle, tiefe Züge und drückte die Zigarette gegen die Fensterscheibe aus.

»Was soll der Scheiß!«, hörte ich Hasse hinter mir sagen. »Das war meine letzte. Du bist mir vielleicht ein Kumpel.«

Der Plattenspieler blieb mit einem Klicken stehen, das immer heftiger wurde, je weiter der Abend fortschritt.

»Du hast ja gar nicht zugeguckt!« Majs Stimme klang enttäuscht.
Sie hatten aufgehört zu tanzen.
»Er will es überhaupt nicht lernen«, sagte Hasse. »Der will bloß Foxtrott tanzen.«
Und er hob die Hände zur Foxtrotthaltung und fing an, mit sich selbst zu tanzen. Dazu summte er.
»Genau wie Gejbel«, sagte Hasse. »Harry will ein neuer Gejbel werden.«
»Hör jetzt auf«, sagte Maj. Sie drehte sich zu mir um. »Wir tanzen einen Foxtrott«, sagte sie.
»Och nö«, sagte ich, »ich will nicht.«
»Doch«, drängte Maj.
Aber ich maulte. **Ich fühlte mich vernachlässigt. Ich hatte ein Gefühl, als ob sie beide gegen mich wären, als ob Hasse und Maj zusammengehörten.** Ich löste den Knoten der blauen Schleife, die ich um das linke Handgelenk trug.
»Bitte«, sagte ich zu Maj und hielt sie ihr hin.
Sie wollte die Schleife erst nicht nehmen. Dann streckte sie die Hand aus, und ohne ein Wort stopfte sie die Schleife in die Tasche.
»Mach dich doch nicht lächerlich«, sagte Hasse. »Tanz jetzt!«
Ich schüttelte den Kopf.
»Ich glaub, ich geh nach Hause«, sagte ich. »Ich hab Hunger.«
»Meine Güte, bist du ein Langweiler«, sagte Hasse. »Tanz wenigstens einen Foxtrott.«
Aber ich hatte alles satt. Ich wollte allein sein. Ich fühlte

mich im Stich gelassen von Hasse, der mein Freund war, und ich fühlte mich von Maj verlassen, die ich anbetete.

Ich verließ das Zimmer und ging zum Fenster, sprang auf den Hof und ging nach Hause. Ich hörte, wie die Musik wieder anfing, und ich hatte einen Kloß im Hals.

Zu Hause machte ich mir was zu essen, und dann legte ich mich auf mein Bett und wollte lesen. Aber die Musik aus der Baracke am Waldrand schlich sich in mein Zimmer und ließ mir keine Ruhe. Ich stand wieder auf und begann, neben meinem Bett für mich allein zu tanzen. Ich tat so, als ob ich mit Maj allein wäre, als ob sie nur mit mir tanzte. Ich redete mit ihr ... Ich erzählte ihr, was für ein feiner Kumpel Hasse ist. Während ich tanzte, merkte ich, dass ich weinte. Meine Tränen machten mich wütend, und ich hörte jäh auf zu tanzen und ging in die Küche. Ich stellte das Radio an. Aber nach einer Weile siegte meine Neugier. Ich schaltete die Musik wieder ab und lauschte auf die Geräusche von dort oben.

Doch, sie waren noch da. Ich kriegte immer größere Lust, wieder hinzugehen, spürte aber gleichzeitig genauso große Lust, einfach auf sie zu pfeifen, nicht mehr an sie zu denken, sie in Frieden zu lassen.

Unruhig und hin- und hergerissen fing ich wieder an, mit mir allein zu tanzen.

Da verstummte die Musik oben in der Baracke, und sie setzte auch nicht wieder ein.

Ich ging in mein Zimmer und wartete darauf, dass sie auf dem Hof auftauchten. Hasse würde seinen Plattenspieler schleppen, Maj auf dem Weg zu ihrem Fahrrad. Aber sie

kamen nicht. Jetzt war es fast dunkel. Ich konnte der Lust, zu ihnen zu gehen, nicht länger widerstehen. Ich versuchte mir zurechtzulegen, was ich sagen sollte: »Hallo, da bin ich wieder ... Wollen wir ein bisschen tanzen ... Uff, hab ich viel gegessen ... Ich kann mich kaum rühren ... Stell den Plattenspieler an, Hasse.«
Ich begann, mir verschiedene Sätze auszudenken, und ich sprach sie mir laut vor in meinem immer dunkleren Zimmer.
Dann hörte ich sie auf dem Hof. Ich spähte durch die Gardine. Genau wie die alte Lehander spionierte ich hinter der Gardine. Maj stieg auf ihr Fahrrad und fuhr los. Hasse hatte den Plattenspieler auf dem Arm. Maj drehte sich noch einmal um und winkte. Hasse nahm den Plattenspieler in die eine Hand und winkte mit der anderen. Dann ging er nach Hause. **Und ich fühlte mich leer, es war ein unerträgliches Gefühl, abseits zu stehen, nicht dazuzugehören.** Ich legte mich aufs Bett und bohrte den Kopf ins Kissen. Wahrscheinlich hätte ich angefangen zu heulen, wenn sich in dem Augenblick nicht unsere Haustür geöffnet hätte und Hasse in die Küche gekommen wäre.
»Hallo«, sagte er und kam in mein Zimmer. Er setzte sich auf den einzigen Stuhl, einen braun gebeizten Stuhl, der am Fenster stand.
»Seid ihr mit Tanzen fertig?«, fragte ich, und Hasse nickte. Umständlich leerte er seine Taschen und reihte den Inhalt vor sich auf dem Fußboden auf: eine Dynamitstange, eine Zündkapsel – oder, wie es hieß, ein Zündhütchen – und einen halben Meter Zündschnur.

»Jetzt wollen wir dem alten Drachen mal Feuer unterm Hintern machen«, sagte er.
Ich stand auf, während Hasse weiter Werkzeug und Hilfsmittel auf dem Fußboden auslegte: eine Flachzange, einen Bleistift und eine Streichholzschachtel. »Also«, sagte er, »gehen wir.«

28

Fräulein Kejne wohnte zwischen den Ingenieursvillen in Viken. Sie hatte einen hübschen, gepflegten Garten. Im Frühjahr durften wir helfen, ihn in Ordnung zu bringen.
»Es ist nützlich für Schulkinder, einen Garten zu bestellen«, sagte sie.
Da wir keinen Schulgarten hatten, durften wir bei Fräulein Kejne Salat und Radieschen säen. Wir kannten das Terrain also. Wir kannten jeden Johannisbeerstrauch.
Es war ein schöner Abend mit einem margarinegelben Mond. Als wir uns kurz nach zehn Fräulein Kejnes Haus näherten, hörten wir Klaviermusik. Hinter den Fenstern bewegten sich Menschen.
»Ein Fest«, sagte Hasse. Wir kauerten uns hinter ihre Johannisbeersträucher. »Sie gibt ein Fest!«
Eine Weile saßen wir da und warteten. Aber das Klavierspielen da drinnen nahm kein Ende.

»Die wollen wohl die ganze Nacht durchmachen«, sagte ich.

Mir wurde es bald langweilig.

Wir hatten uns vorgestellt, dass Fräulein Kejne um diese Zeit schon schlief. Das tat sie also nicht. Wenn wir in ihrem Garten eine Dynamitstange explodieren ließen, während dort drinnen gefeiert wurde, würde das nur die Stimmung heben, und das gönnten wir ihr nicht, boshaft, rachsüchtig und voller Schuldgefühle, wie wir waren.

»Wir kommen ein andermal wieder«, sagte ich.

Hasse nickte, und wir zogen uns zum Waldrand zurück, wo wir unsere Fahrräder versteckt hatten.

»Wir müssen die Sprengmittel in unsere Hütte bringen«, sagte Hasse. »Ich kann die Sachen nicht zu Hause aufbewahren.«

Typisch, dass er Sprengmittel sagte. Nicht von ungefähr hatte er einen Sprengmeister zum Großvater.

Wie üblich stellten wir unsere Fahrräder hinterm Dynamithaus ab. Der Frühsommerhimmel hatte dieselbe Farbe wie Majs Haarschleife, und einige einsame Sterne gossen schüchtern ihr bleiches Licht über dem Tannenwald aus. Unten, zwischen den Stämmen, war es ein wenig dunkel. Aber nur ein wenig, Schwärze gab es nicht in der Frühsommernacht. Der Bach murmelte, und es klang ungewöhnlich laut in der Stille. Der Wind schwieg. Die Amsel schwieg.

Schweigend gingen wir zu unserer Hütte. Wir kletterten den geneigten Stamm hinauf, und oben angekommen, leerte Hasse seine Taschen. Er steckte alles unter die Comics im Brotkasten. Dann machten wir uns auf den Weg zu dem, was einmal unser Damm gewesen war.

Ich entdeckte ihn. Man sah nur sein Gesicht. Der übrige Körper war von Farnen verborgen. Ich zerrte Hasse am Arm und zeigte zum Windschutz. Dort, vielleicht dreißig Meter von uns entfernt, lag jemand und schlief. Das weiße Gesicht leuchtete wie ein abgestürzter Maimond vor dem Tannenreisig und den Farnen.

Wir blieben stehen und sahen einander an. Dann näherten wir uns vorsichtig auf Zehenspitzen. Vorm Windschutz knieten wir uns hin und betrachteten den Schlafenden. Er hatte dunkle, fast schwarze Haare und mehrere Tage alte Bartstoppeln. Am Hals war ein roter Hemdkragen zu sehen. Den Körper hatte er mit Tannenzweigen und Farn bedeckt. Am Fußende ragten ein Paar helle Hosenbeine hervor.

Er rührte sich nicht, schlug nur die Augen auf. Hasse und ich erschraken so sehr über die Bewegung in seinem Gesicht, dass wir vor Staunen und Erschrecken rückwärts umfielen. Aber vielleicht erinnere ich mich auch nicht richtig, vielleicht zuckten wir nur ein bisschen zurück. Es machte jedenfalls Eindruck auf uns, die Bewegung im Gesicht des Fremden, als er die Augen öffnete.

Wir hockten da und starrten ihn an. Er beobachtete uns, ohne einen Muskel zu rühren, ohne den Körper auch nur die geringste Spur zu bewegen.

»We are friends«, sagte Hasse.

Und dann nahm er die Mütze ab und holte eine halb gerauchte *Boy* aus der Streichholzschachtel, zündete sie an und reichte sie dem Mann im Windschutz. Dieser streckte eine weiße Hand und einen roten Hemdsärmel aus der Schicht von Farnen nach der Zigarette und nahm einen Zug.

Dann reichte er mir die Zigarette, und ich zog auch daran. Ich wollte sie dem Mann zurückgeben, aber der machte mir ein Zeichen, dass ich sie Hasse geben sollte. Hasse nahm einen Lungenzug. Dann blies er einen Rauchring in den Windschutz hinein. Es war ein vollendeter Rauchring. Er stand fast still in der Luft, bewegte sich nur sehr, sehr langsam zwischen Hasse und dem Mann. Der streckte eine Hand nach der Zigarette aus, nahm einen tiefen Zug und machte eine ganze Reihe von kleinen Rauchringen, die wie Seifenblasen durch die Luft flogen, durch den Rauchring hindurch, den Hasse fabriziert hatte. Das war ein schwerer Trick, ein sehr schwerer Trick.

Hasse lachte. Der Mann im Windschutz lachte auch. Die Kippe war genau achtzehn Millimeter lang. Ich nahm sie entgegen und zog kurz daran und verbrannte mir die Lippen. Dann drückte ich sie an meiner Schuhsohle aus.

»Come with us«, sagte Hasse und gab dem Mann im Windschutz ein Zeichen mit dem Daumen, dass er aufstehen und mit uns kommen sollte.

Der Mann erhob sich und reckte sich. Dann streckte er die Hand aus.

»Jan«, sagte er.

»Hans«, sagte Hasse.

»Harry«, sagte ich.

Es war, als ob wir einen Pakt schlossen. Mit welchem Ziel, weiß ich nicht, aber einen Pakt schlossen wir, alle drei, dort am Bach an einem der letzten Tage im Mai, kurz bevor ich dreizehn wurde.

»Do you speak English?«, fragte Hasse. Er war es gewöhnt, sich im Hafen zu bewegen und hatte Übung darin, mit Fremden zu reden.

Der Mann schüttelte den Kopf.

»No«, sagte er.

»Deutsch?«, fragte Hasse.

Man kann sich fragen, was das sollte, denn es ist sicher, dass Hasse kein Deutsch sprach.

»Nein«, sagte der Mann auf Deutsch, »kein Deutsch.«

»Come with us«, wiederholte Hasse. »We will take you to a safe house.« Dann drehte er sich um und begann mit raschen Schritten zum Dynamithaus hinaufzugehen. Jan folgte ihm. Ich ging als Letzter und sah sein langes, dunkles Haar, das ihm auf den schmutzigen Hemdkragen hing.

Beim Dynamithaus stieg Hasse auf sein Fahrrad.

»Ride with me«, sagte er und klopfte auf den Gepäckträger. Jan setzte sich drauf und zog die langen Beine an, eins auf jeder Seite, und Hasse begann im Stehen zu treten. Sie verschwanden in der ersten Kurve. Ich holte Hasse ein, legte meine Hand auf Jans Schulter und schob von hinten. Schweigend fuhren wir zur Landstraße hinauf. Als wir oben ankamen, fragte ich Hasse, wohin wir wollten.

»Wir bringen ihn zum Bunker«, sagte er.

29

Die Gotlandküste ist voller verschiedenartiger Befestigungen. Dort gibt es Betonbunker, vorgesehen für Artilleriegeschütze, und dort liegen entlang der Sandstrände kleine Maschinengewehrhorste mit schmalen Öffnungen im Eisenbeton und starken Stahltüren zum Land hin. Die Schießscharten sind aufs Meer gerichtet. Oft liegen die Bunker unter Kiefern ganz nah am Strand, und nicht selten sind sie grünfleckig gestrichen, damit sie sich nicht von der Umgebung abheben.

Hasse meinte einen Bunker von der kleineren Art. Die Schießscharten zum Meer waren nicht höher als fünfzehn Zentimeter. Die Betonwände waren einen halben Meter dick. Die Stahltür an der Längsseite war zwar mit einem starken Hängeschloss versperrt, aber es war vor langer Zeit aufgebrochen worden.

Der Raum war kaum mehr als zwei Meter im Quadrat. Da drinnen war es kühl, und es roch feucht. Es gab niedrige Pritschen aus grauem ungehobeltem Holz. Die Schießscharten zum Meer waren mit Stahlluken verschlossen, die man nur mit Anstrengung zur Seite schieben konnte. Auf dem Boden lagen zerrissene Zeitungen und Scherben von Bierflaschen.

Hasse ging Jan voran in den Bunker, und ich folgte dicht dahinter. Es war eng für uns drei in der feuchten Dunkelheit.
»This is a safe place«, sagte Hasse. »Nobody comes here.«
Dann ging er wieder hinaus, und Jan und ich folgten ihm. Oben im durchsichtigen Wald brach Hasse Tannenzweige ab, und Jan und ich machten dasselbe. Wir schleppten die Zweige in den Bunker und breiteten sie auf einer der Pritschen aus. Es wurde ein grünes, piksendes Bett für Jan.
Hasse ging zur Tür. An der Innenseite hatte sie kräftige Riegel aus Vierkanteisen.
»If somobody comes ... close the door ...«
Hasse zog die Tür zu und schob mühsam den obersten Riegel zu. Jan nickte.
»They will need a bomb to get you out«, sagte Hasse. »A big bomb ...«
Dann lachte er.
»A bomb?«, fragte Jan und sah bekümmert aus.
»Yes, a big, big bomb«, sagte Hasse.
»Er kapiert es nicht«, sagte ich.
»Just close the door if somobody comes ...«
»No bomb?«, fragte Jan.
»No«, sagte ich, »no bomb.«
»We bring food tomorrow«, sagte Hasse.
»Food!« Ich wollte es verdeutlichen, riss den Mund auf, zeigte mit dem Finger hinein und klopfte mir dann auf den Bauch.
»Essen«, sagte Hasse auf Deutsch. Das eine oder andere deutsche Wort konnte er immerhin doch.

Jan nickte. Dann legte er zwei Finger gegen seine Lippen und tat so, als ob er rauchte.
»No cigarettes«, sagte Hasse. »We bring tomorrow.«
»Good night, Jan«, sagte ich und ging zur Tür.
»Sleep well«, sagte Hasse und folgte mir hinaus.
Die frische Luft fühlte sich richtig warm und trocken an im Vergleich zu der kühlen, feuchten Luft im Bunker. Wir sahen, wie Jan die Stahltür schloss, und hörten das Schaben, als er den Riegel vorschob.
Wir gingen zu unseren Fahrrädern.
»Was meinst du, wie spät es ist?«, fragte Hasse.
»Zwölf vielleicht.«
»Jetzt ist meine Großmutter bestimmt böse«, sagte Hasse.
Dann fuhren wir nach Hause.
Während wir den Schotterhügel nach Sållan hinaufstrampelten, sagte ich: »Wir erzählen Maj nichts, oder?«
Hasse dachte einen Augenblick nach.
»Nee«, sagte er. »Sie meint bestimmt, sie müsste es ihrem Papa weitersagen.«
»Jetzt haben wir ihn«, sagte ich dann.
»Mm«, machte Hasse.
»Alle suchen nach ihm, aber wir haben ihn.«
Es war ein sehr angenehmes Gefühl, einer von den beiden zu sein, der wusste, was niemand wusste, der wusste, wo sich der polnische Matrose Jan Nowak versteckt hielt.
Zu Hause angekommen, ließ ich mich auf mein Bett fallen und war gerade beim Einschlafen, da hörte ich, wie Mama ihr Fahrrad gegen die Barackenwand lehnte. Ich schlief schon, als sie die Haustür öffnete, und am nächsten Mor-

gen wurde ich nicht mal vom Weckerklingeln wach. Ich hätte bestimmt den halben Tag verschlafen, wenn Hasse nicht hereingekommen wäre und mich geweckt hätte.
»Aufstehen, du Langschläfer. Es ist zwanzig vor acht!«
Er saß auf dem Stuhl am Fenster und zog meinen Wecker auf. Ich sprang aus dem Bett und zog mich an.
Wir rannten über den Schulhof, da fing Fräulein Kejne gerade an, *Die klare Sonn' leucht uns herfür* zu spielen, und sie warf uns einen vorwurfsvollen Blick zu, als wir mitten im Morgenpsalm in die Klasse gestürzt kamen.
Maj trug ihr Haar offen, und es lag über meiner Bank. Als Fräulein Kejne gerade in der Fensterecke war, drehte Maj sich zu mir und hielt mir etwas mit geschlossener Hand hin. Ich streckte meine Hand aus, und sie drückte etwas hinein. Dann drehte sie sich schnell wieder nach vorn.
»Ihr sollt arbeiten da vorn!«, rief Fräulein Kejne. Sie hatte die Eigenart, dass sie fast alles mitkriegte, was in ihrer Klasse passierte.
Das Pendel an der Wand tickte. Tick-tock-tick machte es, und mit jedem Ticken verrann unsere Kindheit.
Ich steckte in die Hosentasche, was Maj mir gegeben hatte.
Es waren die Schleife und ein Zettel, das konnte ich fühlen.
Ohne dass sie es merkte, wickelte ich eine Strähne von ihrem Haar um meinen Zeigefinger.

Die Sehnsucht ist ein Raum in unserem Innern. Es ist nichts Ungewöhnliches, dass der Raum der Sehnsucht bei Jungen und Mädchen sich ausdehnt und neue überwältigende Aus-

maße annimmt. Je mehr er wuchs, umso stärker wurde das Gefühl der Leere. Nur kurzfristig konnte ich die Kammer der Sehnsucht füllen, wenn ich von Maj träumte.
Ich wickelte Majs Haare um meine ganze Hand. Sie hatte immer noch nichts bemerkt. Da stand plötzlich Fräulein Kejne hinter mir. Ich spürte ihre Finger in meinem Nacken. Jäh riss sie mich aus meinem Traum.
»Ich glaube, Maj hat Läuse im Haar«, sagte Fräulein Kejne, und ich ließ Majs Haare los.
Die drehte sich um und sah mich an. Dann zog sie ihr wunderbares Haar zu sich herüber und ließ es zwischen dem Stuhlrücken und ihren Schulterblättern herunterhängen.
»Wenn du Majs Haare nicht in Ruhe lässt, muss ich dich woandershin setzen«, sagte Fräulein Kejne. »Hast du das gehört?«
»Ja, Fräulein Kejne«, sagte ich, und ich trauerte jetzt schon.
Nähe. Das war es, wonach ich mich sehnte. Nach ihrer Nähe. Das Haar in meiner Hand. Ihr Duft, eine sonderbare Mischung aus Milch, Puder und Himbeerbonbons.
In der Pause blieb ich für mich allein und holte hervor, was Maj mir gegeben hatte. Es waren die hellblaue Haarschleife und ein Zettel mit Bleistiftherz. In das Herz hatte sie geschrieben: »Heute tanze ich mit dir.«
Ich schlang die Schleife wieder um mein Handgelenk. Dann nahm ich den Zettel noch einmal vor und las ihn wieder. Ich sah mich schon tanzen, so wie Hasse mit ihr getanzt hatte. Ich sah schon, wie ich sie herumwirbelte.
»Schläfst du im Stehen?«, fragte Hasse, der sich von hinten angeschlichen hatte, ohne dass ich es gemerkt hatte.

Ich stand da, die Hände an dem hohen Zaun, der den Schulhof vom Fabrikgelände trennte. Der Zaun bei der Schule war besonders hoch. Ich klammerte mich mit den Händen am Maschendraht fest.
»Wir müssen heute etwas für ihn einkaufen«, sagte Hasse. »Wir müssen zu Lindbloms fahren, damit es nicht auffällt. Ich hab ein bisschen Geld.« Und er holte einen Zehner aus der Gesäßtasche.
»Hinterher können wir ja den Plattenspieler in die Baracke bringen«, sagte ich, »und ein bisschen tanzen ...«
»Ich dachte, du magst keinen Rock«, sagte Hasse. »Ich dachte, du tanzt nur Foxtrott mit Gunsan.«
Ich packte seine Arme, umschlang seinen Nacken, trat ihm den linken Fuß weg und warf ihn um. Ich setzte mich auf seinen Brustkorb und breitete seine Arme im Gras aus. Er leistete keinen Widerstand.
»Und die Pfeifen wollten wir auch noch durchprügeln«, sagte ich.
»Ach was«, sagte Hasse. »Ist das nicht ein bisschen kindisch?«
Ich erhob mich und reichte ihm die Hand. Er zog sich hoch, nahm dann den Stahlkamm aus der Gesäßtasche und fuhr sich damit durchs Haar.
»Doch«, sagte ich, »du hast Recht. Wir scheißen auf die Pipi-Jungs.«

30

In der letzten Stunde an diesem Tag beobachtete ich, wie Tocken Maj sein Schreibheft reichte. Es hatte schon geklingelt, und wir hatten gesungen und Auf Wiedersehen gesagt. Tocken reichte Maj sein Schreibheft im Schutz der geöffneten Pultplatte. Maj steckte es zwischen ihre eigenen Hefte, stopfte alles miteinander in ihre Tasche und ging hinaus.
Auf dem Weg zum Fahrradstand holte ich sie ein. Ich streckte die Linke vor, damit sie die Haarschleife sah.
»Was hast du mit Tockens Heft vor?«
»Schreiben«, antwortete sie.
»Warum?«
»Weil Tocken die Ringelnatter nicht mit zur Schule gebracht hat.«
»Du hast zu viele Singleton-Bücher gelesen«, sagte ich, denn ich hatte gesehen, welche Bücher Maj aus der Schulbibliothek auslieh.
Sie gab keine Antwort.
»Wenn du es schön findest, dass er an deiner Stelle Ohrfeigen kriegt, dann …«, sagte sie, ohne den Satz zu beenden.
»Ich kann ja die Hälfte schreiben«, sagte ich.
»Das geht nicht. Es muss dieselbe Handschrift sein.«
»Tockens Schrift ist eine Katastrophe.«

»Ich kann gut Handschriften nachmachen«, sagte Maj.

Wir warteten auf Hasse. Die anderen waren längst verschwunden, und der Fahrradstand mit seinen hundert Stellplätzen gähnte leer.

Hasse kam, und wir fuhren los. Wir fuhren am Solberg vorbei. Von der Landstraße aus konnte man den Ritzbaum sehen. Jemand saß darin, ganz oben, und er spielte auf der Mundharmonika.

»*Oooo maj darlin … ooo maj darlin …*«, schnaufte es heiser und falsch.

Es war Tocken, der da oben saß und seine Liebe herausschmetterte, genau wie die Vögel.

»*Ooo maj darlin …*«, klang seine Sehnsucht.

»Wer ist das?«, fragte Maj und blinzelte.

»Tocken«, sagte ich.

»Er kann einem Leid tun«, sagte Maj.

Aber ich konnte nur an mich denken und meine lüsterne Sehnsucht.

»Kommst du heute Abend zum Tanzen in die Baracke?«

»Klar«, sagte Maj. »Das hab ich doch versprochen.«

»Ich weiß nicht, ob es gut ist, wenn wir dort sind«, sagte Hasse. »Ich hab Annas Mama in der Frühstückspause getroffen. ›Ach, jetzt brecht ihr schon in fremde Häuser ein‹, hat sie gesagt.«

»Wir sind nicht eingebrochen«, sagte ich.

»Das kann sie ja nicht wissen«, meinte Hasse.

»Wer kümmert sich schon um die alten Baracken«, sagte Maj. »Klar können wir dort sein.«

»Ja, ja«, sagte Hasse, »vielleicht. Also um sieben.«

Weit hinter uns hörten wir Tockens schmachtende Musik. Der Wind trug sie zu uns.
»Kann er nur ein Lied?«, sagte ich und wollte seine Sehnsucht anschwärzen, damit meine besser leuchtete.
»Und du«, sagte Maj. »kannst du überhaupt Mundharmonika spielen oder irgendwas anderes?«
Da hatte sie es mir aber gegeben. Ich schwieg den ganzen Weg bis zur Abfahrt nach Äppelbo.
»Um sieben!«, rief Maj und bog ab. Hasse und ich winkten.
Wir gingen zu mir, Hasse und ich, setzten uns eine Weile in die Küche und aßen Butterbrot mit Raketenkäse und tranken Kakao. Dabei lasen wir das *Phantom* und *Krieg bei der Grenzpolizei*. Das war der Moment des Tages, in dem wir die Schule aus unserem Körper vertrieben. Wir tauschten das Blut aus. Wir legten den Anpassungszwang – steht auf, setzt euch –, das Seid-leise-Verhalten ab.
Hasse lehnte sich über den Stuhlrücken und kippelte auf beiden hinteren Stuhlbeinen. Manchmal konnte er auf den hinteren Beinen die Balance halten. Nicht lange, aber immerhin ein paar Sekunden.
»Erinnerst du dich an die Schlangenbändigerin?«, fragte ich.
Hasse nickte.
»Wir müssen los zu Lindbloms«, sagte er dann. »Hast du Geld?«
Ich holte aus meinem Zimmer, was ich hatte. Und dann fuhren wir in den Ort zu *Lindbloms Gemischtwarenhandlung und Schiffsbedarf*.
Die Leute von Sållan kauften nicht bei Lindbloms ein. Lind-

blom war teurer, hieß es. Viel teurer, behaupteten die Hausfrauen von Sållan. Bei Lindbloms einzukaufen war dumm, wenn man Arbeiter war. Für Angestellte war es eine Selbstverständlichkeit. Bei Lindblom trafen die Ehefrauen der Angestellten die Frau vom Betriebsingenieur. Sie stammte vom Festland, und außerdem war sie Alkoholikerin. Sie soff am helllichten Tag. Jeden Tag. Ganz allein. Grünen Likör trank sie, literweise. Das wussten alle. Sie konnte man bei Lindbloms treffen. Für die Angestellten-Ehefrauen war sie genauso aufregend wie die Schlangenbändigerin vom Zirkus Scott.

Wir kauften einen Laib Brot, einen Raketenkäse, zwei Flaschen Limonade, zehn Päckchen Zigaretten und eine Schachtel Streichhölzer. Wir hatten vergessen, eine Tasche mitzunehmen, und mussten die Sachen in unseren Kleidern verstauen. Den Raketenkäse hinter dem hochgezogenen Reißverschluss der Jacke. Eine Limonadenflasche in den Hosenbund. Hasse brachte die zehn Päckchen Zigaretten in seiner Mütze unter. Dann machten wir uns auf den Weg zum Bunker.

Die Tür stand offen, als wir ankamen. Wir sahen es schon von weitem.

Wir gingen hinein. Dort war niemand.

»Er ist abgehauen«, sagte Hasse.

Keine Spur von unserem Schützling. Wir gingen wieder hinaus und sahen uns um. Da entdeckten wir ihn. Er saß gegen eine Krüppelkiefer gelehnt. Wir gingen zu ihm, und Hasse holte das Brot aus seiner Jacke. Ich zog den Raketenkäse hervor. Hasse öffnete eine Flasche Limonade, und

dann saßen wir da und beobachteten Jan Nowak, den ausgehungerten Matrosen auf der Flucht.
Er roch an dem Brot. Dann brach er ein Stück ab und stopfte es sich in den Mund, legte den Kopf schief und lächelte ein bisschen.
Hasse schnitt ein zentimeterdickes Stück Käse ab. Jan nahm es und stopfte es dem Brot hinterher in den Mund. Wir sahen zu, wie er das halbe Brot und ein Drittel vom Käse aufaß. Dann trank er eine Flasche Limonade in einem Zug leer. Hasse zündete eine Zigarette an und reichte sie Jan. Der seufzte und nahm einen tiefen Zug. Er lehnte sich gegen den Stamm. Von dem Platz, wo wir saßen, konnten wir in großer Entfernung den Hafen sehen. Aber der Abstand war zu groß, um Einzelheiten zu erkennen.
»*Weichsel?*«, fragte Jan und sah uns fragend an.
»She is there«, sagte Hasse.
Jan nickte.
Die Nachmittagssonne war heiß, und er öffnete seine Hemdknöpfe, lehnte sich zurück und sah in den Himmel, während er rauchte. Einige Kiebitze flatterten schreiend über den morastigen Strand. Ein Rotschenkel trippelte mit Tji-Geschrei um sein Nest herum. Weit entfernt auf dem Schotterweg kam jemand auf dem Fahrrad heran.
Ich zeigte in die Richtung.
»Somebody is coming.«
Wir standen auf und liefen gebückt ein Stück in den Wald. Es war Frau Gejbel. An ihrer Lenkstange hing ein Korb.
Vermutlich war sie auf dem Weg zu Gejbels Hütte.
»Stay in the house«, sagte Hasse und zeigte zum Bunker.

Jan drehte die Handflächen nach auswärts und sah ergeben drein.

Dann begleiteten wir ihn zurück zum Bunker. Wir blieben eine Weile vor der Stahltür stehen.

»Goodbye«, sagte Hasse. »We come back tomorrow.«

Er überreichte Jan den Rest vom Proviant, die Streichhölzer und vier *Boy*. Jan nahm alles an und sah von Hasse zu mir, dann wieder zu Hasse. Er nickte langsam zum Dank.

»Close your door«, sagte Hasse und zeigte mit dem Arm, wie Jan seine Tür schließen und den Riegel vorschieben sollte.

Jan ging hinein und zog die Tür hinter sich zu. Der Riegel wurde vorgeschoben. Kratz-kratz ...

Hasse holte ein Vorhängeschloss aus der Tasche. Es war ein neues Optimusschloss. An dem Stahlring um den Sperrriegel hingen zwei Schlüssel.

Hasse löste einen der Schlüssel und öffnete das Schloss. Dann bewegte er den äußeren Riegel und steckte das Schloss durch ein Loch im Riegelkolben, sodass dieser nicht zurückgeschoben werden konnte. Und dann drückte Hasse das Schloss zu.

»Das ist fies«, sagte ich, »wenn er noch mal raus muss.«

»Wenn er zu viel draußen herumläuft, wird er entdeckt«, sagte Hasse. »Es ist zu seinem Besten.«

Er sah mich an. Dann öffnete er das Schloss und schob den Riegel wieder zurück.

»Also gut«, sagte er, »freie Bahn für Jan, damit er rauskommen und sich erwischen lassen kann.«

Hasse steckte das Schloss in die Tasche.

»Woher hast du das?«, fragte ich.
Hasse antwortete nicht. Hatte er das Schloss bei Lindbloms gestohlen? Vermutlich.
»Wenn sie merken, dass das Schloss weg ist, glauben sie, ich hätte es genommen«, sagte ich.
»Na und?«, sagte Hasse. »Er ist schließlich unser Gefangener. Wir haben ihn gemeinsam.«
Ich antwortete nicht. So hatte ich die Sache noch nicht betrachtet. Dass er unser »Gefangener« war. Jan saß in unserem »Gefängnis«. Er gehörte uns.
»Wir sollten ihn doch einsperren«, sagte Hasse, als wir bei den Rädern ankamen. »Zu seinem Besten. Er dürfte eigentlich nur nachts raus. Man kann ja nicht mit ihm reden. Er kapiert doch nichts. Wir können ihm nicht klarmachen, dass er sich tagsüber drinnen aufhalten soll. Die Pfeifen können vorbeikommen, die alte Gejbel … Jeder. Der Erste, der ihn sieht, weiß sofort, wer er ist. Wir hätten ihn doch einschließen sollen …«
Wir fuhren zurück zum Ort. Langsam traten wir in die Pedale und fuhren die gerade asphaltierte Straße an Direktor Floriins Gärtnerei vorbei. Hasse hielt an und warf sein Fahrrad in den Graben. Ich folgte ihm.
Wir gingen zur Gärtnerwohnung hinauf und schlichen uns über den Hundehof, wo Karo stand. Hasse holte etwas aus der Tasche.
»Jetzt guck mal!«, sagte Hasse.
Er hob die Hände über den Kopf. Zwischen Daumen und Zeigefinger hielt er ein weißes Stück Zucker. Karo schwieg, winselte nur ein bisschen. Kein Bellen, nichts. Hasse ging zu

ihm und gab ihm das Stückchen Zucker. Dann streichelte er dem Hund über die Schnauze und kam zu mir zurück.
»Im Juli sind die Erdbeeren reif«, sagte Hasse, und dann gingen wir zu unseren Rädern und fuhren zum Hafen.

31

Vor der *Weichsel* lag ein Deutscher. Die schwarz-rot-goldene Flagge war dunkel von Ruß. Ein Matrose saß in einem Bootsmannsstuhl am Bug und klopfte Rost unter dem Namen des Schiffes. Es hieß *Marie Helene* und war aus Hamburg. Sie lag sehr hoch, denn sie war nicht beladen.
An der Pier stapelte sich Holz für die Zelluloseverarbeitung, das morgen mit einem Kran in den Lastraum versenkt werden sollte.
Hasse hielt unterhalb des klopfenden Matrosen an.
»Hast du Zigaretten?«, fragte er auf Deutsch.
»Hau ab!«, antwortete der Deutsche, ohne sich umzugucken.
»Amerikanische Zigaretten«, bat Hasse. »Ich bezahle«, fuhr er fort und zeigte sich geübt im Handelsdeutsch.
»Verschwinde«, sagte der Deutsche, und Hasse zuckte mit den Schultern.
Da sah ich, wie die *Weichsel* losmachte. Ein Seemann sprang – genau wie Jan es getan hatte – auf die Pier herun-

ter und löste achtern die Vertäuung. Dann ging er zum Vorschiff und löste auch dort die Trossen. Genau in dem Augenblick, als die Maschine der *Weichsel* zu klopfen anfing, hüpfte er gelenkig wieder an Bord. Das Schiff glitt langsam rückwärts hinaus.

Wir schoben unsere Räder auf der Pier entlang und sahen dem kleinen polnischen Schiff nach, wie es davonfuhr. Der Wind drückte den Rauch auf uns herunter. Es war dicker, ein bisschen warmer und öliger Qualm.

»Jetzt braucht er nicht mehr im Bunker zu bleiben«, sagte ich. Hasse gab keine Antwort.

»Wir können ihm sagen, dass die *Weichsel* abgelegt hat.«

»Wie denn?«, fragte Hasse.

»Das kriegen wir schon irgendwie hin.«

»Vielleicht«, sagte er.

Dann stieg er auf sein Fahrrad und fuhr den Hügel zum Ort hinauf.

Ich fuhr langsam hinter ihm her und holte ihn erst hinter der Schule, unterhalb des Solberges, ein.

»Da sitzt jemand im Ritzbaum«, sagte Hasse, als ich an seiner Seite war.

Ich spähte hinauf. Er hatte Recht. Da oben saß jemand. Ganz oben. Wie ein dunkler Klotz, ein dunkler Klumpen, dem die Haare zu Berge standen, saß dort jemand.

»Das ist Tocken«, sagte ich.

Wir warfen unsere Räder in den Graben und liefen den Hügel hinauf. Der im Baum hatte uns kommen sehen und war rasch heruntergeklettert. Als wir keuchend und mit roten Gesichtern oben ankamen, war Tocken schon auf der anderen Seite des Berges zwischen den Bäumen verschwunden. Steine kullerten unter seinen Schuhen.

Wir standen da und keuchten. Hasse griff nach einem Ast und schwang sich hinauf. Dicht hinter ihm, genau unter seinen Fußsohlen, kletterte ich hinterher.

»Dieser Scheißkerl«, hörte ich Hasse von oben.

Er war bei seinem Herzen angekommen, dem Herzen, aus dem ich vor ein paar Tagen die Schrift herausgekratzt hatte.

»Was ist los?«, fragte ich und heuchelte Interesse für etwas, was ich schon wusste.

»Dieser Scheißkerl hat die Buchstaben aus meinem Herzen rausgekratzt«, sagte Hasse.

»Welches Herz?«, fragte ich und kletterte weiter in die Krone. Der Schornsteinrauch ragte wie ein gerader Bleistiftstrich in den Himmel. Die großen gelben Trucks im Abbruch sahen aus wie Spielzeugautos. Ich konnte das Dach von dem Haus sehen, in dem Maj wohnte.

Als ich bei dem Herzen anlangte, das ich vor ein paar Tagen eingeritzt hatte, stellte ich fest, dass es weggekratzt war. Nicht mal das Herz selbst war mehr da. Alles war weg.

»Dieses Aas«, sagte ich zu Hasse hinunter. »Hier ist er auch gewesen. Hat alles weggekratzt, was ich eingeritzt hab …«

Dann entdeckte ich seine eigene Ritzarbeit. In ein großes, ungleichmäßiges Herz hatte er **MAJ + TORGNY** geschrieben.

»Er hat hier oben geritzt. Komm mal gucken …«

Und Hasse kam angeklettert.

»Dieser Scheißkerl«, knurrte Hasse. »Er hat mein Herz weggekratzt und sein eigenes hineingeritzt.«

Nachdem wir den Ritzbaum näher untersucht hatten, stell-

ten wir fest, dass Tocken an drei Stellen Herzen mit seinem und Majs Namen eingeritzt hatte.
Hasse und ich standen auf der Erde unter dem Baum. Eine Elster ließ sich über uns nieder, genau dort, wo wir vor einer Weile gesessen hatten. Sie lachte uns aus. Hasse hob einen Stein auf. Ehe er ihn werfen konnte, hob die Elster ab und tauchte glucksend in den Schutz des Laubs der Eberesche.
»Dieser listige Teufel«, sagte Hasse und warf den Stein den Abhang hinunter.
»Der hat eine Tracht Prügel verdient«, sagte ich.
»Die hat er schon gekriegt«, antwortete Hasse und hob einen neuen Stein auf.
Ich bückte mich auch nach einem Stein.
Wir warfen um die Wette. Hasse warf am weitesten.
»Wie meinst du das?«, fragte ich.
»Die Ohrfeige«, antwortete Hasse. »Die reicht.«
»Ja«, sagte ich, »jetzt sind wir wenigstens quitt.«
Hasse warf wieder. Es war ein weiter, guter Wurf, der Stein beschrieb einen eleganten Bogen, ehe er in den Staub fiel, genau neben der Straße da unten.
»Guter Wurf«, sagte ich. Ich wusste, dass ich niemals auch nur annähernd so weit werfen würde, und wenn ich noch so sehr übte.
»Vor allen Dingen, wenn Maj für ihn die Strafarbeit macht«, sagte Hasse. »Wir schulden ihm rein gar nichts mehr.«

Wir standen also da und redeten uns ein, dass *wir* unter allen Menschen ohne Schuld waren. **Doch im tiefsten Innern**

wussten wir die Wahrheit über uns selbst. Wir waren ebenso wenig schuldlos wie der Februartag vom Winter entfernt ist, wenn die Kohlmeisen wie besessen läuten und die Sonne vom klarblauen sommerlichen Himmel leuchtet. Aber bald, sehr bald ist es Abend, und es wird klirrend kalt.

An diesem Abend musste ich allein essen, und während ich Gulasch mit Kartoffeln aß, las ich die Zeitung. Da war ein Leserbrief abgedruckt.

WAS SOLLEN WIR MIT DEN ÜBERLÄUFERN MACHEN?

Die Ereignisse der letzten Zeit geben Anlass zum Nachdenken. In unserer sonst so friedlichen Gegend wurden in kurzen Abständen vier Sommerhauseinbrüche verübt. Beim letzten Einbruch wurden ein Radio, Möbel und Alkohol im Wert von fast 1000 Kronen gestohlen. Die Polizei ist ratlos. Oberwachtmeister Sven Nyman schließt nicht aus, dass es sich bei dem Einbrecher um den von dem polnischen Schiff *Weichsel* geflohenen Matrosen handeln könnte. Nahe Freunde und Verwandte von mir wagen es nicht mehr, bei offener Tür zu schlafen. Vom Eisenwarenladen wird eine gesteigerte Nachfrage nach Schlössern gemeldet.

Es hat schon vorher Flüchtlinge gegeben, aber diese haben meistens um politisches Asyl gebeten und sich nicht in unseren Wäldern versteckt, sind nicht in unsere Sommerhäuser eingebrochen und haben nicht unsere alten Leute erschreckt. Von den Schutzsuchenden kann man ja wohl erwarten, dass sie sich anständig benehmen, wenn sie um Asyl bitten, auch wenn sie aus dem vom Kommunismus beherrschten Ostblock kommen. Andernfalls sollten wir nicht zögern, den Verbrecher mit Hilfe von Staatspolizei und Militär aufzuspüren, ihn festzunehmen und seinem Ursprungsland zuzuführen!

Auch eine strengere Bewachung der vom Ostblock kommenden Schiffe scheint berechtigt zu sein, um uns in Zukunft derartige Unannehmlichkeiten zu ersparen, wie sie dieser Tage vielen, besonders älteren und allein stehenden, Menschen in unserer Gemeinde das Leben vergällen.

Herbert Sjöko
Vorsitzender der Zentrumspartei

Nach dem Essen ging ich hinaus und setzte mich vor die Baracke gegenüber. Den ganzen Tag hatte die Sonne geschienen, und ich lehnte den Rücken an die Holzwand. Die Wärme des Tages saß noch im Holz. Es war einmal grün gewesen. Jetzt blätterte die Farbe ab. Die Farbplacken blieben leicht an den Kleidern hängen.

Ich saß auf einer Planke, die zwischen einigen Ziegelsteinen lag. Die Planke war alt und grau. An verschiedenen Stellen hatten Hasse und ich unsere Namen eingeritzt. Hier gab es auch Namen von Jungen, die ich noch nie gesehen hatte. Die Planke war schon vor Ewigkeiten dorthin gelegt worden. Sie hatte allen Jungen gehört und war voller eingekratzter Zeichen, wie eine alte Schulbank.

Ich hörte Hasse mit seiner Großmutter am anderen Ende

des Hofes reden, aber ich konnte nichts verstehen. Dann kam er auf die Vortreppe heraus. Die Mütze hatte er in den Nacken geschoben, sodass der Schirm rückwärts ragte. Ich sah es sofort aus der Entfernung. Er hatte ein neues Hemd an. In der Hand trug er den Plattenspieler. Er neigte den Oberkörper nach rechts, um das Gewicht auszugleichen. Die rechte Hand ausgestreckt, wie nach etwas in der leeren Luft suchend, woran er sich festhalten konnte, so kam er die Treppe herunter. Er kam quer über den Hof auf mich zu. Das Gras reichte ihm bis zu den Knien.

Sein Hemd war senfgelb, und die Knöpfe saßen besonders dicht nebeneinander. Es waren bestimmt nicht mehr als fünf Zentimeter Abstand zwischen ihnen. Unter der Jacke waren Brusttaschen mit Klappe und schwarzen Posamenten zu sehen. Es war so ein Hemd, wie Roy Rogers sie auf den Filmbildern trug, die wir früher gesammelt hatten, VOR EINER MILLION JAHRE.

32

Wir hatten den Plattenspieler hineingeschleppt und ihn in der Ecke aufgestellt. Wir hörten sie vorm Fenster rufen, und Hasse war als Erster da und streckte die Hand aus, damit sie hineinklettern konnte. »Dass wir dein Fahrrad nicht gesehen haben«, sagte er, der nach ihr Ausschau gehalten hatte.

»Ich bin zu Fuß gekommen«, sagte Maj. »Durch den Wald.«

Es war deutlich zu sehen, dass sie sich fein gemacht hatte. Ihre Lippen waren ein bisschen angemalt. Nur ein Hauch. Vielleicht hatte sie das im Wald gemacht. Vielleicht erlaubte ihre Mama nicht, dass sie sich schminkte.

Das war eine Art der Mädchen, ihre Weiblichkeit zu unterstreichen. Sie malten sich das Gesicht an, so wie Fräulein Kejne manchmal etwas Wichtiges mit doppelten Kreidestrichen an der Tafel unterstrich. Mit dem Schminken der Mädchen war es wie mit dem heimlichen Rauchen der Jungen: eine geheime und oftmals verbotene Form, eine Art Erwachsensein hervorzuheben, die wir in uns spürten, die in uns lauerte wie eine schlafende Katze. Plötzlich würde sich die Katze mit einem Satz aufmachen über unsere inneren Wiesen, auf die Jagd nach einem ständig flatternden Schmetterling, der merkwürdig schwer einzufangen war. Diese Sehnsucht, unsere Sehnsucht, dass die innere Katze endlich erwachte, wurde von den Erwachsenen verfolgt. Sie wollten uns immer als die Kinder sehen, die wir einmal gewesen waren. So lange wie möglich versuchten die Erwachsenen so zu tun, als ob die Katze schliefe. Wir selbst zogen sie dauernd am Schwanz, damit sie bald aufwachte.

»Ja«, sagte Maj, »dann wollen wir mal anfangen.«

Sie kniete neben dem Plattenspieler nieder und hob den Tonarm über die Platte. Dann richtete sie sich auf und drehte sich zu mir um. Wir begannen zu tanzen.

Hasse hatte sich im Sessel niedergelassen. Er hatte das rechte Bein über die eine Armlehne geworfen und ließ den

Oberkörper über die gegenüberliegende Armlehne hängen. Zwischen seinen Beinen ragte die Sprungfeder aus dem Loch im Bezug. Er schnippte mit dem Zeigefinger dagegen, sodass sie vibrierte. Dann zündete er sich eine Zigarette an.
»Jetzt tanz mal, Harry«, sagte er. »Zeig mal, dass du noch etwas anderes außer Foxtrott kannst.«
Ich trat Maj auf die Zehen. Es hatte wohl wehgetan, sie zog eine Grimasse. Wir tanzten aufeinander zu – voneinander weg – wieder aufeinander zu, und nun sollte ich sie herumkreiseln lassen. So sollte es sein. Aber ich blieb mitten in diesem »aufeinander zu – voneinander weg« hängen und kam nicht von der Bewegung los. Majs Pferdeschwanz hüpfte. Sie federte in den Knien.
»Dreh mich rum, Harry!«
Sie versuchte ihre Hände so zu halten, dass ich sie herumdrehen konnte. Aber meine Hände folgten ihr nicht. Ich, der ich sonst so weich, so biegsam, so folgsam war, ich war jetzt so steif wie der Rahmen an meinem Fahrrad. Trat ihr auf die Füße.
»Dreh mich rum, Harry!«
Hasse fing an zu lachen. Sein Lachen wurde schriller, immer aufdringlicher und war nicht mehr zu überhören. Schließlich blieben wir stehen, obwohl die Musik immer noch spielte. Hasse lachte. Er lag ausgestreckt im Sessel, den Oberkörper weit über der Armlehne frei in der Luft hängend. Die Hand mit der Zigarette hielt er sich vor dem Bauch. Er lachte, dass ihm fast die Luft wegblieb. Maj und ich guckten ihn an.
»Hilfe, ich sterbe …« Er schüttelte sich vor Lachen.

»Oh Himmel …«, sagte Hasse schließlich und richtete sich mit Lachtränen in den Augen auf.
»Das ist doch nicht zum Lachen«, sagte Maj.
Sofort fing Hasse wieder an zu japsen. Er krümmte sich und ließ sich auf den Fußboden rollen.
»Was ist denn daran so komisch?«, fragte Maj, als er sich ein bisschen beruhigt hatte und gegen den Sessel gelehnt dasaß, die Mütze in den Nacken geschoben, sodass der Schirm gegen die Decke ragte.
»Nichts, gar nichts«, sagte er.
»Es ist gemein, so zu lachen, wenn jemand etwas lernen soll«, sagte Maj vorwurfsvoll.
Hasse kam wieder ein bisschen zu sich. Er zog an seiner Zigarette und reichte sie mir. Eigentlich hatte ich keine Lust, zu rauchen, aber ich nahm sie trotzdem.
Er stand auf, klopfte sich den Hosenboden ab, ging zum Plattenspieler und setzte ihn wieder in Gang. Dann forderte er Maj auf.
Er tanzte mit derselben elastischen Geschmeidigkeit in den Knien, wie Maj sie hatte. Ihr Pferdeschwanz hüpfte nicht mehr einfach auf und ab. Er hüpfte und schwang vor und zurück wie ein Pendel in der Uhr des Tanzes, anders als vorher.
Während ich mit ihr getanzt hatte, war die Zeit gestorben und stehen geblieben. Jetzt stürmte sie mit der Geschwindigkeit der Musik über den Fußboden, zum Fenster und stürzte sich hinaus. Die Zeit flog davon, Majs und Hasses Kindheit in den Klauen. Mit meiner Kindheit davonzufliegen, weigerte sich die Zeit.

Majs Pferdeschwanz schleuderte. Sie lachte. **Ich fühlte mich gedemütigt.** Ich musste erleben, dass ich nicht gut genug war, dass ich von der schlechteren Sorte war, dass ich kleiner, kindlicher war, einer, der nicht zählte. **Ich schlitterte über das glatte Eis der Eifersucht.** Stolperte und fiel in den Sessel, auf dem Hasse vor einer Weile gesessen hatte. Ich legte das Bein über die Armlehne, wie er es gemacht hatte, dann wurde mir klar, dass er so gesessen hatte, und da musste ich das Bein zurückziehen. Plötzlich wusste ich nicht, wie ich sitzen sollte. Ich konnte meine Sehnsucht nicht hervortanzen. Da versuchte ich, sie durch Sitzen zu erreichen. Es war unmöglich. Niemand kann seine Sehnsucht »herbeisitzen«.

Als die Musik verstummte, stand ich auf und drehte die Platte um. **Jetzt war ich Sklave, der Sklave ihrer Spielfreude und ihres Verlangens, Gefangener meiner Eifersucht.** Ich fühlte mich vergrämt. Sie sollte doch mit mir tanzen. Sie hatte es auf dem Zettel versprochen. Als Zeichen hatte sie mir ihre Schleife gegeben.

Es war ihr anzusehen, dass sie gern mit Hasse tanzte, es war von weitem zu sehen. Er wirbelte sie kraftvoll herum. Ich weiß nicht, was mich am meisten verletzte, dass sie sich ihm widmete oder dass er sich ihr widmete. **Aber verletzt war ich. Und vergrämt. Und eifersüchtig. Und erstarrt.**

Wieder verstummte die Musik. Wieder drehte ich die Platte um.

»Jetzt ist Harry an der Reihe«, sagte Maj. Ihr Atem ging heftig vom Tanzen.

Da hörten wir ein Geräusch an der Haustür. Jemand drehte

den Schlüssel herum, und die Tür wurde geöffnet. Wir blieben alle drei stehen und lauschten den Schritten, die sich durch die Küche näherten. Es war Sven Nymans Untergebener, der Polizist Persson.

Er war ziemlich klein und ein bisschen fett. Sein Gesicht war aufgedunsen, rot und freundlich. Persson war ein Bilderbuchpolizist. Er sah nett aus, so nett, wie Polizisten in den Liedern für Vorschulkinder sind. Er war der Polizist, der mitten auf der Straße steht und zeigt, wie man fahren soll, der zeigt, wie man gehen soll ... So einer war er und außerdem in voller Uniform mit weißen Handschuhen, mit Koppel und Säbel von der Art, wie ihn Polizisten heutzutage nicht mehr tragen.

Er guckte vom einen zum anderen.

»Aha«, sagte er, »ihr seid das also. Aha ...«

Dann schaute er sich im Zimmer um, machte ein paar Schritte zum Fenster, legte die Haken vor und sagte: »Ihr seid euch hoffentlich klar darüber, dass es eine ernste Angelegenheit ist, Fenster zu zerschlagen und in verschlossene Häuser einzudringen.«

Wir nickten alle drei. Uns war klar, dass es eine ernste Angelegenheit war.

»Aber man soll aus einer Mücke keinen Elefanten machen. Für das, was ihr da getan habt, kommt ihr noch mal davon, wenn ihr die Scheibe ersetzt, die ihr zerschlagen habt. Wenn ihr das bis zur nächsten Woche erledigt, werde ich euren Eltern kein Wort darüber erzählen.«

Und dabei sah er besonders Maj an.

»Auch deinem Papa nicht«, sagte er, nahm sich die Schirmmütze ab und fuhr mit dem Zeigefinger über das Schweißband. Dann setzte er sie sich wieder auf. Sie saß ein bisschen schief.

Maj machte einen Knicks.

»Aber ihr müsst mir versprechen, dass solche Dummheiten nicht wieder vorkommen. Wenn ich euch noch mal erwische, gibt es Strafe, darauf könnt ihr euch verlassen.«

Er rückte die Mütze ein wenig zurecht, hob den Kopf und ging zur Tür.

»Ich lass die Haustür offen, damit ihr die Scheibe ersetzen und die Haken vorlegen könnt.«

Dann ging er auf demselben Weg hinaus, den er gekommen war. Maj, Hasse und ich guckten einander an. Hasse zog den Stecker aus der Steckdose und stülpte den Deckel über den Plattenspieler.

»Wir haben die Scheibe doch gar nicht kaputtgemacht«, sagte ich.

»Wer denn?«, fragte Maj.

»Das weiß man nicht«, sagte Hasse.

»Na also«, sagte Maj, »dann können wir sie auch ersetzen. Uns bleibt jedenfalls nichts anderes übrig.«

Wir gingen zur Tür hinaus. Hasse schleppte den Plattenspieler. »Wir haben sie aber wirklich nicht kaputtgemacht«, wiederholte ich. »Es ist nicht gerecht, dass wir sie ersetzen sollen.«

»Jetzt hör schon auf«, sagte Hasse, »mach nicht so ein Theater darum. Wir *hätten* es ja sein können.«

Und wenn man die Sache so betrachten wollte, dann hatte er ganz Recht. Wir hätten es sehr wohl sein *können*.

33

Der ganze Schulsamstag verging mit den Vorbereitungen zur Abschlussfeier vor den Sommerferien. Maj hatte in einer Illustrierten den Text zu *Que sera, sera* ... gefunden, und nun übte sie das Lied zusammen mit Anna und einem sehr dünnen, bohnenstangenlangen Mädchen namens Hedvig Hult zweistimmig im Korridor ein. Wir anderen hängten unsere schönsten Zeichnungen an die Wände und sangen *Geh aus mein Herz* und andere Lieder. Fräulein Kejne war in ihrem Element, weil sie so lange Zeit mit ihren Schülern auf den Flügeln des Gesangs schweben durfte.
Bevor wir nach Hause gingen, spielten wir zum letzten Mal Schlagball. Tocken kriegte einen Ellbogen gegen seine Brille und fiel hin. Das linke Glas sprang, und es bildete sich eine Art Spinnennetz über das Glas. Er setzte sie wieder auf und spielte weiter. Nach einer Weile fing er einen Ball. Soweit ich mich erinnere, war das der einzige Ball, den Tocken jemals während der sechs Jahre Schlagballspielen gefangen hatte.
»Bravo Tocken!«, rief Maj und gab der gelben Mannschaft einen Extrapunkt. Tocken lächelte.
Nach der Schule fuhren Maj, Hasse und ich zur Glaserei, gaben einen Zettel mit den Maßen der Fensterscheibe ab,

bekamen, was wir haben wollten, und außerdem einen Spatel geliehen. Dann fuhren wir zur Baracke und setzten die Scheibe ein. Es wurde gut. Wir fegten die Glasscherben vor dem Fenster auf und warfen sie hinaus.

»Jetzt haben wir alles ordentlich aufgeräumt, was wir durcheinander gebracht haben«, sagte Maj.

»Das sind nicht wir gewesen«, sagte ich. »Es war jemand anders.«

»Vielleicht räumt dafür einmal ein anderer für uns auf«, sagte Maj.

»Na, ich weiß nicht«, sagte ich.

»Wir treffen uns doch heute Abend im Park?«, fragte Maj, als wir uns trennten.

»Klar«, sagte Hasse. Dann ging er nach Hause und legte *Heartbreak Hotel* auf. *»Well ... sins maj bejbi left mi ...«* tönte es über den Hof. Ich musste einkaufen fahren. Mama hatte eine Liste und dreißig Kronen auf den Küchentisch gelegt.

Aus Neugier und wegen des schönen Wetters machte ich einen Umweg. Ich fuhr ans Meer und näherte mich dem Bunker. Das Fahrrad ließ ich oben im Wald stehen und schlich mich zwischen den Bäumen an. Die graue Stahltür stand halb offen. Gebückt lief ich durchs Gras zu der Seite mit den Löchern, die zum Meer schauten. Darunter wuchsen Disteln. Ich kroch auf allen vieren hin und spähte vorsichtig hinein. Das Licht fiel durch die halb offene Tür und beleuchtete Jans Beine und einen Teil seines Unterkörpers. Der Oberkörper lag im Schatten, das Gesicht konnte ich nicht sehen. Er lag da und rauchte. Hin und wieder nahm er einen Zug, dann senkte er den Arm und legte ihn über seine Gürtelschnalle. Ich lag da und wartete auf etwas. Ich möchte wissen, auf was.

Vielleicht versuchte ich ihn zu verstehen. Vielleicht versuchte ich zu ergründen, wer er war und warum er gekommen war. Als er vom Schiff sprang, war er zum »Überläufer« geworden. Als er sich im Wald versteckte, wurde er ein »Flüchtling«. Als er in Gejbels Hütte oder in die unbewohnte Baracke einstieg, wurde er zum »Verbrecher«. Wenn ich um den Bunker herum zur anderen Seite ging und die schwere Stahltür schloss und den Riegel vorschob, würde er zu einem »Gefangenen« werden.

Er drückte die Zigarettenglut gegen die Betonwand aus. Die Kippe verwahrte er. Vielleicht steckte er sie sich hinter das Ohr. Ich weiß es nicht, seinen Kopf konnte ich ja nicht sehen.

Ich richtete mich auf und schlich vorsichtig zurück zu meinem Fahrrad. Austernfischer glitten wie an Seilen draußen über die Dünung. Kiebitze flatterten unruhig schreiend über dem Morast am Ende der Bucht. Möwen lauerten mit ausgebreiteten Schwingen gierig über Eiern und Jungen von anderen Vögeln. Ich fuhr zum Laden.

Dort waren wie immer viele Leute, und es wurde über Herberts Leserbrief gesprochen. Alle hatten ihn gelesen. Er drückte die Meinung der breiten Volksmasse aus. Man nickte neunmalklug und war Herberts Meinung. Ein Glück, dass wenigstens *einer* kein Blatt vor den Mund nimmt.

Doch, doch, einer muss sagen, was Sache ist. Wir wollen nicht, dass sich so ein Gesindel in unserem Wald herumtreibt. Jemandem war ein Viertelfass Dieselöl gestohlen worden. Wer weiß denn, was er damit vorhat, tönte es. Bald kann er ein Geschäft aufmachen, der Spaßvogel, und uns unsere eigenen Sachen verkaufen. Jawohl, so sind die. Das wusste man. So sind sie, die Ausländer. Scheren sich nicht wie unsereiner darum, was *mein* und was *dein* ist. Haben es als Kind nicht gelernt. Ein Glück, dass dies Gesindel von der Natur schwarze Haare mitgekriegt hat. Dann können ehrliche Leute sich wenigstens einschließen und verstecken, wenn die mit ihrem Ungeziefer und ihrer unverständlichen Sprache daherkommen.
Die mit den breiten Ärschen machten klar, wie das mit den Menschen ist. Mit den Menschen ist es wie mit Hunden. Was Hunde nicht von Anfang an lernen, lernen sie nie. Jemand hatte eine schwarze Hündin. *Schwarz* ... das war auch so ein heimtückisches und gerissenes Vieh. Stahl Eier, kriegte Prügel, aber zu spät. So geht das, wenn man nicht rechtzeitig aufpasst!
Die mit den breiten Ärschen wussten vom Mysterium des Lebens zu erzählen.
Schließlich kam ich am Tresen an und bekam meine Ware von der Siebzehnjährigen, die wie im Traum herumging. Sie sah mich nicht, hörte kaum, was ich sagte. Es hieß, sie schreibe Gedichte und dass sie versucht habe, sie in der Lokalzeitung zu veröffentlichen. Ein Gedicht über die Sehnsucht einer Siebzehnjährigen zwischen Eierpreisen und Altherrenfußball – wer will schon so was wissen. Gedruckt

worden war es nicht. Und das war richtig so, das wussten die, die das beurteilen konnten, denn was kann man schon von der pickligen Tochter eines Kaufmanns erwarten. Nichts. Schleicht da rum und träumt sich weg, sodass alle warten müssen. Es geht langsam voran im Laden!

Sie gab mir Milch, Hackfleisch und Brot und eine Flasche Johannisbeersaft und was ich sonst noch verlangte. Als ich gehen wollte, stand mir Annas Mama im Weg.

»Ach, und ihr habt die Baracke aufräumen müssen? Neue Scheiben eingesetzt, glaub ich ... Da seid ihr ja noch mal glimpflich davongekommen, also wirklich ...«

Sie nickte nachdrücklich und meinte »allzu glimpflich«. Ich drängte mich an ihr vorbei und fuhr nach Hause.

Die Katzen auf dem Hof bekamen einen Happen vom Hackfleisch auf einer Untertasse. Den Rest brachte ich in den Keller. Dann machte ich vier Butterbrote und goss Milch in eine Bierflasche und fuhr damit zum Bunker.

Er war nicht da. Die Tür war angelehnt, und ich ging mit dem Essen hinein. Eine leer getrunkene Limonadenflasche stand neben dem Lager aus Tannenreisig, einige Kippen auf dem Boden, ein Geruch nach Mensch, aber er selbst war weg.

Ich stellte die Milchflasche auf den Fußboden und legte das Butterbrotpaket daneben. Dann streckte ich mich auf dem Lager aus Tannenreisig aus. **Lag da, genau wie er gelegen hatte, ein Bein über das andere geschlagen. Ich war er. Ich war Nowak. Aber ich wusste nicht, ob ich ein Überläufer, Flüchtling, ein Verbrecher oder Gefangener war.**

34

Mama kam gegen fünf nach Hause. Über die sechs Baracken hatte sich Samstagsfrieden gelegt, mit dem Tirili der Lerchen und den spitzen Schreien niedrig dahinschießender Schwalben. Ich lag auf meinem Bett und las.

»Hallo!«, rief Mama, als sie zur Tür hereinkam.

Sie sah zu mir ins Zimmer.

»Was liest du da?«

»Sherlock Holmes.«

»Hast du eingekauft?«

»Es ist im Keller.«

»Stell dir vor, nächste Woche hast du Sommerferien, ist das nicht wunderbar? Ich erinnere mich noch an meine letzten Sommerferien.«

Sie war in ihr Zimmer gegangen, um sich umzuziehen.

»Es sind nicht meine letzten Sommerferien!«, rief ich.

»Natürlich nicht«, antwortete sie. »Aber ich erinnere mich trotzdem …«

Eine Weile später kam Gunsan. Sie machte Frikadellen, und dann aßen wir.

Gunsan erzählte von einer Freundin, die sich in einem Schrank eingeschlossen hatte, weil sie glaubte, Nowak wäre durch ihr Schlafzimmerfenster gestiegen.

»Die ganze Nacht hat sie da gesessen«, sagte Gunsan. »Wenn der wüsste, was er alles anrichtet.«
»Ich möchte mal wissen, wie er aussieht«, sagte Mama.
»Sie müssten einen Steckbrief von ihm veröffentlichen«, sagte Gunsan. »Macht man das nicht so, wenn nach einem Verbrecher gesucht wird? Weißt du das, Harry?«
»Er ist kein Verbrecher«, hörte ich mich selber sagen.
»Ach«, sagte Gunsan. »Mir hat er jedenfalls einen Schreck eingejagt, und das reicht mir. Inzwischen ist er ja auch schon in alle möglichen Häuser eingebrochen.«
»Im Laden hab ich gehört, dass er ein Fass Öl gestohlen hat«, sagte ich. »Wenn du also jemanden siehst, der ein Fass Dieselöl mit sich rumschleppt, dann ist es Nowak.«
Gunsan lachte.
»Du bist witzig, Harry. Gehst du heute Abend in den Park?«
»Ja«, sagte ich.
»Und dieses süße Mädchen, wie heißt sie noch, kommt sie auch?«
»Weiß ich nicht«, sagte ich und guckte in die braune Mehlsoße, als ob ich mich darin spiegeln wollte.
»Na, na«, piepste Gunsan, »das weißt du bestimmt.«
Sie langte in mein Haar und zerwühlte es.
»Lass das«, sagte ich. »Sonst krieg ich Schuppen ins Essen.« Und ich zeigte mit der Gabel auf das leichte Schneegeriesel, das in die sojabraune Soße niederschwebte.
Gunsan lachte, laut und schrill.
»Heute Abend musst du sie auffordern, Harry. Du musst –
bevor es ein anderer tut.«
»Na und?«, sagte ich.

Nach dem Essen lag ich lange auf meinem Bett und las. Dann hörte ich, wie Hasse bei sich zu Hause die Platte auflegte. Mama brachte mir ein weißes Hemd, das ich zur Abschlussfeier in der Schule tragen sollte.
»Zieh das heute Abend an«, sagte sie.
Dann kam Hasse. Er trug sein senfgelbes Hemd und eine graue Hose, die ich noch nie an ihm gesehen hatte. Die Haare waren so gekämmt, dass sie in der Stirn eine kleine Locke bildeten. Er duftete. Er setzte sich auf meinen Stuhl.
»Wonach riechst du?«, fragte ich.
»Haarwasser«, sagte Hasse. »Benutzt du keins?«
»Nee«, sagte ich. »Wozu soll das gut sein?«
»Für den Haarboden.«
»Was denn für einen Haarboden?«
»Von der Kopfhaut«, sagte Hasse. »Das Haarwasser ist gut für die Kopfhaut. Man kriegt keine Schuppen.«
»Ich hab Schuppen«, sagte ich, »massenhaft.«
Hasse stand auf und ging noch einmal weg. Gleich darauf kam er mit einer kobaltblauen Flasche wieder. Er reichte sie mir.
»Massier dir das in den Haarboden«, befahl er.
»Wie denn?«, fragte ich und las das Etikett.
Das Haarwasser hieß *Watzinz Keratin*. Ich schraubte den Verschluss auf und roch an der Flasche. Es roch kräftig und gut. »Komm, ich zeig's dir.«
Und Hasse gab mir ein Zeichen, dass ich mich auf den Stuhl setzen sollte. Ich setzte mich, und er schüttelte die Flasche über meinen Kopf. Ein Tropfen lief mir über die Stirn ins Auge. Es brannte. Hasse begann zu massieren.

»Nicht so fest«, stöhnte ich. »Das tut weh …« Mein Auge tränte.

»Es soll wehtun«, sagte Hasse. »Dann hilft es erst. Man massiert Leben in totes Gewebe. Die Schuppen verschwinden.«

Er massierte meinen Haarboden mit harten Fingern, und dann goss er mir noch mehr *Watzinz Keratin* übers Haar.

»So!«, sagte er und holte seinen Stahlkamm aus der Gesäßtasche. Dann kämmte er mich. Die Haare nach vorn, nach hinten, Scheitel, eine kleine Locke.

»Wenn du hinten längere Haare hättest, könnte ich dir einen Entenschwanz machen.«

»Was für einen Entenschwanz? Ich will keinen dämlichen Entenschwanz haben!«

»Dann lass es eben«, sagte Hasse und schraubte die Flasche zu.

An diesem Samstag waren viele Leute im Vergnügungspark. Man hielt das Orchester für das beste, das man kriegen konnte. Es hatte zwei Saxophone und Trompete, Bass, Schlagzeug und Gitarre. Die Musiker trugen Sakkos in der Farbe von Kuchenteig, dazu braune Schlipse und sandfarbene Hosen. Die Saxophonisten hatten beide Koteletten, sie waren fast rothaarig und hatten auch rote, raue Gesichter, und ihre Hände waren so groß und weiß wie gekochte Flundern.

Der Klops stand auf dem Sandweg, die Mütze in den Nacken geschoben. Er nickte uns zu. Die farbigen Glühlampen versuchten sich in der Dämmerung bemerkbar zu machen, ohne dass es eigentlich gelang. Es war noch fast so hell wie am Nachmittag. Von der Bude mit den Luftgewehren paffte es kurz, als ob jemand Flaschen entkorkte. Drei Jungen liefen auf der Tanzfläche vorm Orchester herum.

Wir hielten Ausschau nach Maj.

»Sie ist noch nicht da«, sagte Hasse.

Wir lümmelten uns auf dem Geländer an der Tanzfläche.

»Tanzt du mit ihr, wenn sie kommt?«, fragte ich.

»Bist du verrückt? Ich will mich doch nicht blamieren!«

Ich sann darüber nach, was er gesagt hatte. **Als Elfjähriger konnte man auf der Tanzfläche herumrennen. Fünfzehnjährige konnten tanzen, wenn sie wollten. Aber Dreizehnjährige, was konnten die anderes tun als herumstehen und gaffen, ihre Sehnsucht wiederkäuen, sie hin und her drehen, sie ein bisschen kitzeln mit »eigentlich sollte man ja ...«? Aber nein. Es ging nicht.**

Gejbel war als Erster auf der Tanzfläche. Er tanzte mit Annas großer Schwester. Das Mädchen von der letzten Woche war nicht zu sehen.

»Er probiert sie durch, eine nach der anderen«, sagte Hasse. »Er ist wie *Donchuan*.«

»Was ist ein *Donchuan*?«, fragte ich.

»Einer, der ständig neue Weiber hat. Einer, der sich nicht bindet.«

Gejbel machte schöne, abgezirkelte Schritte. In seinen schwarzen Schuhen hätte man sich spiegeln können. Ich dachte, dass ich kein *Donchuan* sein wollte. **Ich wollte nur Maj haben. Sie sollte mir gehören.** Wofür ich sie haben wollte

oder was ich mit ihr machen wollte, wusste ich nicht. Aber sie sollte mir gehören. Ich würde ihr nah sein. Ich würde dasitzen und sie anschauen.
Das würde mir genügen.
»Wollen wir schießen?«, fragte Hasse.
Ich nickte, und wir gingen zur Schießbude. Da hatte sich ein Haufen Bauernjungen versammelt, die fluchten nach jedem Schuss. Als sie fertig waren, teilten Hasse und ich uns eine Runde.
»Natürlich, ihr wieder«, sagte Nisse aus der Fahrradwerkstatt. »Heute Abend sind die großen Jungs unterwegs.«
Dann legte er uns die Damenbüchse hin.
»Ihr dürft mit der hier schießen, wenn ihr wollt. Lümmel haben es sowieso nicht leicht. Die sollen ja auch mal ihren Spaß haben.«
Er redete über unsere Köpfe hinweg mit jemandem, der hinter uns stand. Ich drehte mich um. Es war der Klops. Der nickte, legte die Hände auf den Rücken und ging weiter zur Tanzfläche.
Hasse schoss schlecht. Ich schoss mir noch einen Bären. Diesmal wollte ich einen rosafarbenen haben. Ich steckte ihn in die Brusttasche.
»Du bist ja ein richtiger Bärenfänger«, sagte Nisse. »Ich glaub, das war das letzte Mal, dass du mit der Damenbüchse schießen durftest. Sonst räumst du mir noch das Lager ab.«
Als wir dann wieder zur Tanzfläche gingen, begegneten wir Mama und Gunsan. Sie trugen die gleichen Röcke, nur in verschiedenen Farben. Mama hatte rote Schuhe an. Gunsan

umarmte mich. Ich versuchte mich zu befreien, bevor zu viele sahen, wer mich da umarmte.

»Hm, du riechst aber gut heute Abend«, sagte Gunsan. »Und du auch, Hasse!«

»Komm schon«, zischte Hasse aus dem Mundwinkel.

Wir gingen weg und bauten uns auf der anderen Seite von der Tanzfläche auf.

Als wir dort eine Weile gestanden und den Tanzenden zugeguckt hatten, entdeckte ich Majs Schwester Liselott. Sie stand mit ein paar Freundinnen zusammen. Die Mädchen glühten förmlich vor Tanzlust. Sie standen wie auf dem Sprung, als ob sie jeden Augenblick bereit wären, die Treppe zur Tanzfläche hinaufzustürmen und sofort mit Tanzen anzufangen. Sie strahlten etwas aus wie eine Feuerwehrstation. Sie standen da und warteten nur auf das Signal. Ihre Bereitschaft war auf dem Höhepunkt.

Hasse ging zu Liselott.

»Ist Maj nicht da?«

Liselott sah ihn an.

»Sie ist zu Hause. Und daran bist du schuld. Und er auch.« Liselott zeigte auf mich.

»Maj darf heute Abend nicht weg«, fuhr sie fort. »Mama mag es nicht, wenn sie sich mit Rabauken abgibt.«

Hasse kehrte zu mir zurück und holte eine Zigarette hervor. Er zündete sie an und reichte sie mir.

»Rabauken«, sagte er und verzog den Mund. »Nun ist man also ein Rabauke. Ich hab ja gesagt, dass wir nicht hingehen sollen ...«

»Wohin?«, fragte ich und kapierte gar nichts.

»In die Baracke natürlich. Der Bulle hat uns bei Nyman verpfiffen. Maj darf nicht weg, weil sie mit uns in der Baracke gewesen ist. Wir sind jetzt die Rabauken.«

35

Plötzlich war es so, als ob sich der ganze Vergnügungspark, die Musik und die Schießbude in Nichts aufgelöst hätten, als ob alles sinnlos geworden wäre. Es machte keinen Spaß mehr, am Geländer der Tanzfläche herumzuhängen. Es war nicht mehr selbstverständlich, was aus dem Bären werden würde, was sie sagen würde, wie sie ihn angucken und genauso küssen würde, wie sie den blauen Bären geküsst hatte.

Hasse lehnte über dem Geländer und blies Rauchringe vor sich her. Liselott tanzte mit einem uniformierten Küstenartilleristen. Es war dunkel geworden. Die roten und gelben Lampions über der Tanzfläche leuchteten gegen die Schwärze an. Von der Würstchenbude schwebte ein Duft nach Petroleum herüber. Ich sah Gejbel erst mit Gunsan, dann mit Mama tanzen.

Hasse und ich schlenderten zum Eingang. Dort stand ein junger Mann mit offener Jacke und offenem Hemd. Breitbeinig stand er da und hielt eine Flasche in der Hand. Er versuchte hereinzukommen. Der Klops legte ihm seine

Handfläche gegen den Brustkorb. Der Betrunkene fuchtelte mit den Armen und der Flasche. Der Klops schubste ihn langsam rückwärts. Schritt für Schritt wurde der Betrunkene hinaus auf den Schotterweg vor dem Eingang geschoben. Da schlug er mit seiner Flasche nach dem Klops. Der tippte den Betrunkenen nur mit seiner riesigen Hand an, da setzte sich der Mann jäh auf die Erde. Eine Gruppe Zuschauer lachte. Der Betrunkene stand auf und torkelte davon.

Hasse und ich bummelten die Landstraße entlang. Die Musik entfernte sich immer weiter. Wir kamen zum Solberg. Hasse zeigte hinauf.

»Da sitzt jemand im Ritzbaum.«

Wir bogen vom Weg ab und gingen durch den Tannenwald auf den Hügel zu. Als wir näher kamen, hörten wir ein Geräusch von da oben.

»Der Kerl spielt Mundharmonika«, sagte Hasse.

Und als wir angekommen waren, hörten wir es. Die Mundharmonika übertönte die leise Musik vom Vergnügungspark.

»Es ist Tocken«, sagte ich.

Wir gingen zum Baum und blieben darunter stehen. Tocken bemerkte uns nicht. Er kehrte uns den Rücken zu. Wie ein Nachtvogel schickte er seine klagende Melodie hinaus. Die Mundharmonika klang heiser und voller Spucke. Die Melodie war unverkennbar. »*Oooo maj darlin ...*«, jaulte die Mundharmonika. Hasse und ich guckten uns an. Dann fingen wir an zu singen. Wir standen unter dem Baum und sangen, während Tocken im Wipfel der Eberesche auf seiner heiseren Mundharmonika mit falschen Tönen lamentierte.

»*In a cavern in a canyon* …«, grölten wir.

Tocken versuchte, uns mit seinem Spiel zu übertönen. Wir versuchten, ihn zu übertönen. Dann fingen Hasse und ich an, auf den Baum zu klettern. Wir schafften es fast bis ganz nach oben, mussten aber unterhalb von Tocken anhalten. Er hatte selbst den obersten Ast eingenommen, auf dem man sitzen konnte.

Überall hatte Tocken Herzen eingeritzt. Er musste den ganzen Abend geschuftet haben. Seine Botschaft hatte er abgekürzt. In jedem Herz stand jetzt **M + T** anstelle von dem viel umständlicheren **MAJ + TORGNY**. Hasse zählte.

»Zwölf Herzen!«, rief er. »Warum hast du zwölf Herzen eingeritzt, Tocken?«

»Warum hast du unsere weggekratzt?«, fragte ich.

Tocken gab keine Antwort. Hasse und ich griffen nach dem Ast, auf dem er saß. Der war nicht dicker als mein Oberarm. Hasse und ich rüttelten an dem Ast, sodass Tocken über uns zu schaukeln begann. Vor und zurück schaukelte er und klammerte sich am Ast fest.

»Warum hast du unsere Herzen weggekratzt?«, brüllten Hasse und ich im Takt zu Tockens Schaukelbewegung im Baumwipfel.

Tocken klammerte sich fest, ohne einen Ton von sich zu geben. Wir grölten wieder »*O maj darlin, o maj darlin…*« Mit dem Krach hätten wir Tote zum Leben erwecken können. Tocken warf es im Baumwipfel hin und her wie das Pendel in Fräulein Kejnes Schuluhr. **Vor und zurück schwang**

er. Er wurde das Pendel in der Uhr unserer Liebe. Er tickte den Hass hervor, der aus unserer Liebe erwuchs.

Dann erlahmten unsere Kräfte. Keuchend und rot im Gesicht kletterten wir nach unten. Hasse hob einen Stein auf, der so groß war wie eine Haselnuss, schleuderte ihn nach Tocken oben im Baum. Er traf Tocken am Schenkel. Tocken schrie auf.

»Komm«, sagte Hasse. »Wir lassen ihn da oben sitzen und warten auf den Herbst. Dann fällt das Obst runter. Auch das schlechte Obst.«

»Du Blödmann!«, brüllte ich zum Abschied.

Hasse und ich steckten unsere Hemden in die Hose, und mit Hasses Stahlkamm machten wir uns wieder schön. »Ist es gut?«, fragten wir einander, während wir die Landstraße entlanggingen und uns kämmten. Es war nie gut.

Hasse drehte sich um und zeigte zum Ritzbaum. Der dunkle Klumpen da oben, der Tocken war, war noch zu sehen. Aber die Mundharmonika war nicht mehr zu hören. Die Musik vom Vergnügungspark tönte zu laut.

»Dieser bekloppte Jubelidiot«, sagte Hasse mit Nachdruck und zündete sich eine *Boy* an.

Dann gingen wir wieder in den Park.

Jetzt waren es sehr viele Leute. Gedränge vor der Schießbude, Gedränge auf der Tanzfläche. Wir sahen, wie Liselott von einem großen jungen Mann mit dickem, fast schwarzem, öligem Haar aufgefordert wurde.

»Solche Haare müsste man haben«, sagte Hasse. »Der hat einen Entenschwanz.«

Ich betrachtete den Entenschwanz und befühlte mit der

Hand meinen ausrasierten Nacken, um festzustellen, wie lange ich noch auf dergleichen warten musste.
»Gejbel ist weg«, stellte Hasse fest. »Wollen wir hin und nachgucken, wen er diesmal aufgegabelt hat?«
Wir kehrten um, nahmen unsere Fahrräder und fuhren zum Hafen hinunter, über die Freilaufstrecke und vorbei an dem Bunker, in dem Jan wohnte, hinauf in den Wald. Unsere Räder stellten wir unter einer Tanne ungefähr hundert Meter von Gejbels Hütte entfernt ab.
Hasse ging voran, und ich folgte ihm. Bald sahen wir das Licht der Petroleumlampe auf der Veranda. Hasse und ich nahmen Platz auf den Ästen unserer Kiefer. Die Veranda war leer. Die Lampe leuchtete ganz für sich allein. Auf dem kleinen Tisch mit der Glasplatte stand die Flasche. Dann kam Gejbel aus dem Innern der Hütte. Er hatte zwei Gläser in der einen Hand und eine Zigarette in der anderen. Jemand kam dicht hinter ihm her. Ehe ich sehen konnte, wer es war, legte Hasse mir eine Hand über die Augen.
»Nicht gucken«, zischte er.
Ich packte seine Hand und wollte sie wegschieben, verlor aber das Gleichgewicht und fiel rückwärts auf die Erde. Ich fiel von ziemlich hoch oben, und obwohl ich in Gras und Moos fiel, blieb mir die Luft weg. Es war ein Gefühl, als ob jemand auf meiner Brust saß. Ich bekam keine Luft. Ich weinte vor Anstrengung.
Dann konnte ich wieder atmen. Ich kniete mich hin. Hasse war vom Baum heruntergekommen. Er reichte mir eine Hand. Ich schlug ihm in den Magen, dass er sich krümmte. Aber ehe ich noch einmal zuschlagen konnte, hatte er mich

umgeworfen und sich auf mich gesetzt. Ich biss ihn in die Hand, und er schrie und rollte von mir herunter und hielt seine Hand fest.

Drinnen in der Veranda hatten sie wahrscheinlich Hasses Gebrüll gehört. Gejbel kam jetzt mit einer Taschenlampe in der einen Hand und einer Schrotflinte in der anderen heraus.

Er hob die Flinte über den Kopf, schoss einmal in die Luft. Der Lichtkegel der Lampe schwebte in unsere Richtung. Hasse und ich warfen uns hin. **Hinter Gejbel tauchte eine Frau auf.** Sie legte den Arm um ihn und drückte sich an ihn. Gejbel leuchtete ihr mit der Taschenlampe ins Gesicht. **Es war Mama.**

36

Schweigend fuhren wir nach Hause. Ich ging in mein Zimmer, zog mich aus und kroch ins Bett. Mama hatte es frisch bezogen, ehe sie in den Vergnügungspark gegangen war. Frisch gemangelte weiße Laken. Dann fiel mir der Strick ein. Ich sprang im Dunkeln auf und steckte die Hände unter das Fußende der Matratze. Der Strick war nicht da. Mama hatte den Strick von der alten Lehander gefunden und ihn weggenommen.

In der Nacht hatte ich einen Traum. Ich ging über die

Schlangenwiese unten am Bach. Überall waren Schlangen, ich wusste es, obwohl ich sie noch nicht sah. Es waren keine Ringelnattern, sondern andere, unbekannte und giftige Schlangen. Aber ich hatte keine Angst, denn ich wusste, dass ich fliegen konnte. Wenn die Schlangen auftauchten, würde ich die Arme ausbreiten und davonfliegen. Ich war voller Zuversicht, als ich über die Wiese ging. Da sah ich sie, ungewöhnlich große und dicke Schlangen mit farbenprächtigen Köpfen. Sie gingen aufgerichtet auf ihren Schwänzen durchs Gras und sahen aus wie Straußenvögel ohne Körper. Ich breitete meine Arme aus, um zu fliegen. Zu meinem furchtbaren Entsetzen ging es nicht. Ich lief schneller und schlug heftiger mit den Armen. Ich *wusste* ja, dass ich fliegen konnte. Aber in diesem Moment ging es nicht. Ich kam zum Bach und wollte hinüberspringen. Doch ich verschätzte mich im Abstand. Der Bach war plötzlich breiter als sonst. Ich landete im Wasser und wurde weggeschwemmt. An beiden Ufern des Baches tauchten Schlangen auf und warfen sich ins Wasser, und ihre riesigen Schlangenmäuler waren weit aufgerissen.

Ich wurde wach von meinem eigenen Schreien. Es war schon hell. Ich hörte, wie Mama das Fahrrad gegen die Barackenwand lehnte. Dann kam sie herein. Ich drehte mich zur Wand und schlief wieder ein.

An diesem Sonntag schlief ich lange, und als ich aufwachte, war es schon Nachmittag. Ich hörte das Radio aus der Küche. Ich roch Mamas Kaffee und ihre Zigarette. Sie brachte mir ein Tablett wie jeden Sonntag. Auf den Butterbroten war Raketenkäse. Mamas Haar war zerstrubbelt, es stand in alle Richtungen ab. Erst da fiel mir auf, dass es dieselbe Farbe hatte wie Majs Haar, haselnussbraun. Von hinten könnte man fast meinen, es sei dasselbe Haar, obwohl Mamas kürzer war.

Sie stellte das Tablett auf den Stuhl neben meinem Bett. »Hast du dich gestern Abend gut amüsiert?«

»Ja«, sagte ich. »Und du?«

Mama ging zum Fenster, verschränkte die Arme über der Brust und sah hinaus. »Ich auch«, sagte sie. »Wir sind zum Hotel gegangen, Gunsan und ich. Da war Tanz.«

»Aha«, sagte ich.

»Ich hab mit Gejbel geredet«, sagte Mama. »Er hat mir erzählt, dass Nowak ihn besucht hat, bevor er von zu Hause weggegangen ist. Aber er hat ihn mit der Schrotflinte verscheucht.«

»Ach«, sagte ich.

»Stell dir vor, dass die ihn nicht schnappen können«, sagte Mama. »Die Leute denken schon an nichts anderes mehr. Er geht ihnen nicht mehr aus dem Kopf. In der Zeitung steht, dass in den Sommerhäusern außerhalb der Stadt eingebrochen worden ist. Aber die Polizei hat Autospuren gefunden. Er kann es also nicht gewesen sein.«

»Vielleicht hat er einen Laster geklaut«, sagte ich. »Mit dem fährt er sein Fass Dieselöl und seine Radios und den Schnaps in der Gegend herum.«

Mama guckte mich an.

»Hast du gemerkt, dass ich dein Bett neu bezogen habe?«

»Ja«, sagte ich, »und was hast du mit dem Strick gemacht?«

Mama sah wieder aus dem Fenster.

»Was für einen Strick?«, fragte sie.
»Der Strick, den ich unterm Fußende hatte.«
»Davon weiß ich nichts. Ist ein Strick in deinem Bett gewesen?«
»Ich hatte vier Meter Strick unter den Füßen«, sagte ich. »Wo sind sie geblieben?«
Mama drehte sich um.
»Und warum hattest du vier Meter Strick unter den Füßen, wenn ich fragen darf?« Ihre Stimme klang jetzt hart.
Sie starrte mich an, die Hände immer noch über der Brust verschränkt. In Nachthemd und Morgenmantel und mit den zerrauften Haaren sah sie aus wie ein alter Indianerhäuptling. Ich drehte mich jäh zur Wand. Ich fühlte, dass ich anfangen würde zu weinen.
»Ich hab ihn von der alten Lehander.«
Ich hörte, wie Mama nach Luft schnappte. »Ach, *der* Strick also …«
»Welchen Strick meinst du?«, fragte ich, während mir die Tränen in den Mund liefen.
Mama setzte sich auf die Bettkante neben mich und legte mir eine Hand auf die Schulter. Sie streichelte meinen Arm. Nachdem sie eine Weile geschwiegen hatte, sagte sie: »Dein Papa war ein Bauernsohn von der anderen Seite von Viken. Er war im Krieg einberufen und auf dem Solberg einquartiert, in den Baracken, in denen jetzt die Pfadfinder sind. Er war lustig, nett und hübsch, und wir haben samstags im Park getanzt. Ich war damals siebzehn und hatte gerade als Kaltmamsell im *Strandhotel* angefangen. Gunsan und ich hatten ein Zimmer im Hotel, unterm Dach.« Mama seufzte.

»Wir waren den ganzen Sommer und den ganzen Herbst zusammen, er und ich. Eines Abends kam er mit mir ins Hotel. Gunsan war in ein Zimmer neben der Küche gezogen, unterm Dach war es zu kalt geworden. Die Betten standen noch in der Dachkammer. Die Matratzen lagen am Fußende aufgerollt. Ich nahm ihn mit nach oben, und da ist es eben passiert. An dem Wochenende hatten sie zu Hause auf dem Hof eine kranke Kuh. Sie war krank im Kopf. Wenn es ein Irrenhaus für Kühe gegeben hätte, dann hätte man sie da eingesperrt. An diesem Morgen hat sie sich losgerissen und ist ausgebrochen. Sie ging los zur Landstraße. Wie das passiert ist, weiß ich nicht. Jedenfalls war sie frei. Vielleicht war dein Papa schuld. Er sollte sich ums Melken kümmern, und er ging direkt von mir dorthin. Betrunken war er auch. Wie dem auch sei, die Kuh war frei und galoppierte die Straße hinauf. Dein Papa nahm einen Strick und lief hinterher. Schließlich holte er sie ein, und er schaffte es, ihr eine Schlinge um den Hals zu legen. Was dann passiert ist, weiß niemand, aber man kann es raten. Wahrscheinlich hat sich dein Papa den Strick um den Leib gebunden, um die Kuh zu ziehen. Ein Stück hat das wohl geklappt, aber dann ist die Kuh durchgegangen, und dein Papa fiel hin und wurde mitgeschleift. Der Strick, den er um die Taille hatte, rutschte hoch und zog sich um seinen Hals zu.«

Mama verstummte. Ich spürte, dass mir Tränen auf den Arm tropften. »Und dann?«, fragte ich.

»Dann ... als sie ihn fanden, war er tot. Erdrosselt. Und dann hat es neun Monate gedauert, wie es immer dauert, und dann wurdest du geboren.«

»Erdrosselt von einer Kuh?«, fragte ich ungläubig. »Und wie hat er geheißen?«
»Birger«, sagte Mama, »er hieß Birger, konnte singen und wurde von einer Kuh erdrosselt. So ist es gewesen. Wie die alte Lehander an den Strick gekommen ist, weiß ich nicht, aber sie passt auf die Sachen auf. Das hat sie immer getan, damit alles seine Ordnung hat. Ich wollte dir nicht davon erzählen. Ich hab ein schlechtes Gewissen gehabt, obwohl ich nicht weiß, warum. Ich hab doch nichts falsch gemacht. Ich hab deinen Papa geliebt. Und die Kuh hat ihn erdrosselt, nicht ich.«
»Und was war mit dem Seemann?«
»Den hab ich erfunden«, sagte Mama.
»Wissen das alle?«, fragte ich.
»Was?«
»Dass mein Papa von einer Kuh erdrosselt wurde?«
»Alle, ja, ich weiß nicht. Alle, die die Zeit miterlebt haben, wissen es natürlich. Aber niemand weiß, dass er dein Papa ist. Ich hab niemandem etwas erzählt. Ich hab gesagt, dein Papa ist ein Seemann.«
Mama schniefte, dann stand sie auf.
»Den Strick hab ich verbrannt.«
Dann ging sie in die Küche, und ich hörte, wie sie sich eine Zigarette anzündete und wie sie sich an den Küchentisch setzte und den Rauch ausblies, auf diese energische Art, wie sie es immer tat, wenn sie erregt war.
»Aber die alte Lehander weiß es!«, rief ich Mama zu.
»Ja«, sagte sie seufzend. »Es ist mir ein Rätsel, oder auch nicht. Zu der Zeit hat sie als Putzfrau in dem Hotel gear-

beitet. Sie muss was gesehen haben. Sie sah ja immer alles. Sie weiß es bestimmt ...«

»Aber sonst niemand?«, rief ich in die Küche.

»Niemand«, antwortete Mama.

»Nicht mal Gunsan?«, rief ich.

»Nicht mal Gunsan«, antwortete Mama.

Zu jener Zeit begriff ich an Mamas Erzählung nur die Tatsache, dass mein Vater *von einer Kuh erdrosselt* worden war, und daran biss ich mich fest. In meiner kindlichen Vorstellungswelt gab es eine ehrenvolle Art zu leben und eine ehrenvolle Art zu sterben. Detektiv zu sein wie Sherlock Holmes oder fliegender Polizist wie Biggles, das war eine ehrenvolle Art zu leben. Im Krieg zu sterben oder wenn man versuchte, einen Ganoven oder Banditen zu stellen, das war eine ehrenvolle Art zu sterben. Aber von einer Kuh erdrosselt zu werden ... Wer hatte jemals von einem gehört, der von einer Kuh erdrosselt wurde? Wenn es wenigstens ein Stier gewesen wäre! Von Stierkämpfern hatte ich gelesen. Es konnte passieren, dass ihnen ein Horn in den Körper gerammt wurde. Der Tod eines Stierkämpfers war ehrenvoll. Aber von einer Kuh erdrosselt ... Wo hatte man jemals von einem schändlicheren Tod gehört?

Als wir kleiner gewesen waren, hatten wir Kinder uns oft über die Berufe unserer Väter unterhalten. »Dein Papa ist Makkaronilochbohrer«, hieß es. »Dein Papa ist Kloakentaucher«, grölten wir. »Dein Papa ist Bananenbieger ...«

Papa und Papas Beruf waren wichtig gewesen. Man brauchte ja nur daran zu denken, wie es Tocken ergangen war. Oder Henrik ... Jeder konnte den Unterschied sehen.

Wenn der Papa nun schon tot war, kam es darauf an, dass er nicht den Tod eines Bananenbiegers, Makkaronilochbohrers oder Kloakentauchers gestorben war.
Ich stellte mir die Gesichter im Laden vor. Wenn es nun einmal alle wussten? Wenn hinter meinem Rücken geredet wurde, wie ich über viele andere hatte reden hören, wie ich über Tockens Papa hatte reden hören. Wenn man nun mal über mich grinste und sagte: »Sein Vater wurde von einer Kuh erdrosselt … Er ist also auch ein bisschen, na, man kann ja nicht wissen … wie man eben wird, wenn man einen Vater hat, der sich von einer Kuh erdrosseln lässt …«
Und dann dieses anzügliche Grinsen.
Ich war voller Scham. Ich zog mir die Decke über den Kopf und weinte. Nicht über den Tod meines Vaters – ihn hatte ich nie gesehen, und ich trauerte nicht um ihn. Nein, ich weinte über die Gemeinheit der Kuh und ihre hinterhältige Art, Männer durch Erdrosseln zu töten.

37

Da lag ich und versuchte Ordnung zu schaffen in meinem jungen Leben. Mama auf Gejbels Veranda … Gejbel war in meinen Augen eine wahrhaftig lächerliche Figur. **Gejbel und meine Mama!** Mit dem Gedanken konnte ich mich nicht versöhnen. Und Mamas freche Verlogenheit. Sie hatte Gejbel im Hotel getroffen, und er hatte erzählt, dass er Nowak mit einer Flinte …

Und dann mein jämmerlicher junger Soldat von Vater, der, kaum dass er einem Mädchen ein Kind gemacht hatte, hinging und sich von der nächstbesten Kuh erdrosseln ließ!

Ich hatte nachzudenken, wie ich da unter meiner Decke lag. Es gab so manches zu überdenken. Denn es ist nun mal so mit Kindern, auf der einen Seite sind sie Kinder mit eigenen individuellen Rechten, auf der anderen Seite sind sie von ihren Eltern abhängig. Das Tun und Lassen der Eltern entscheidet darüber, wer das Kind sowohl in seinen Augen wie auch in den Augen anderer ist. Und nun hatte ich von einem Augenblick zum anderen nicht nur eine Mutter, die sich zu Gejbels verrufener Veranda schleppen ließ, ich hatte auch noch einen Vater, der sich von einer Kuh …

Ich war nicht mehr derselbe wie am Tag vorher. Ich war eine neue Person. An diesem Tag muss es passiert sein. Meine Kindheit war zu Ende, und etwas anderes begann, und es begann, als ich mich von Mutter und Vater und der Kuh und Gejbels Veranda in die Kissen niedergedrückt fand. Als ob sie alle miteinander auf meiner Brust säßen. Als ob Gejbels Veranda auf meiner Stirn erbaut war.

Mama rief aus der Küche: »Hasse ist vor zwei Stunden hier gewesen. Er hat versucht, dich zu wecken, aber du bist einfach wieder eingeschlafen.«

»Hat er gesagt, was er wollte?«

»Nein.«

Ich trank meinen Kakao, der war abgekühlt und hatte eine Haut bekommen. Ich aß meine Butterbrote und stand auf.

»Ich fahr zum Meer«, sagte ich.

Mama nickte. Sie hatte sich immer noch nicht angezogen. Sie strickte an meinem Pullover und hörte Radio.

»Lass mich noch mal eben Maß nehmen«, sagte sie.

Dann hielt sie mir das Vorderteil an, und ich musste still stehen, während sie den Pullover zu den Achselhöhlen hochzog. Ich sah auf ihr Haar hinunter.

»Gut«, sagte sie und umarmte mich. »Tschüss!«

Ich ging in das schöne Wetter hinaus, stieg auf mein Fahrrad und fuhr hinauf zur Landstraße. Ich hatte keine Ahnung, wohin ich wollte. Ich fuhr los, um »ein Stück zu fahren«. Das war eine Art Meditation, der sich alle im Ort widmeten: Man »fuhr ein Stück«.

Eigentlich wollte ich ans Meer, aber oben auf der Landstraße beschloss ich, zur Hütte zu fahren. Vielleicht spukte der Traum noch in meinem Kopf. Ich wollte zum Bach, in dem ich zwischen wirbelnden Traumschlangen geschwommen war. Was weiß ich. Ich fuhr jedenfalls durch den Wald, und es war ein schöner, wolkenloser Tag, und die Bachstelzen trippelten vor meinem Fahrrad auf dem Weg her und pickten, und dicht neben mir flogen drei Fasane auf, knarzend und kreischend. Und dann kam ich beim Dynamithaus an.

Gegen die Wand gelehnt standen Hasses und Majs Fahrräder. Ich stellte meins daneben und ging zum Bach hinunter. Aus irgendeinem Grund hielt ich mich nah am Waldrand, sodass ich sie sehen konnte, bevor sie mich sahen. Ich schlich mich schon an, bevor ich überhaupt beschlossen hatte, es zu tun. Hier konnte ich etwas erfahren, wenn ich mich gut versteckte. Dann näherte ich mich dem Bach vom Waldrand, und ich achtete darauf, dass ich nicht auf Zweige trat, die mit einem Knacken zerbrechen würden.

Als ich mich der Baumhütte näherte, sah ich Majs nackte Beine. Ich sah ihre Turnschuhe und weißen Söckchen und grünen Hosenbeine und wie sie auf dem Stamm aufwärts balancierte und wie sie über die Schlange stieg, die wir dort hingelegt hatten.

»Unheimlich«, sagte sie.

Ich begriff, dass Hasse vor ihr war. Ich sah Majs Fuß in der Hütte verschwinden, und ich hörte ihre helle Stimme: »Toll habt ihr das hier.«

Dann wurde es still.

In dem Augenblick beschloss ich, Nowak auszuliefern. Ich würde zur Polizei gehen. Ich würde Nowak verpfeifen. Ich würde derjenige werden, der Nowak gefangen hatte. Ich wollte der Kalle Blomquist des Ortes werden, Held aller, die im Laden von Sållan einkauften. Ich wollte es auf der Stelle werden. Ich wollte werden. Denn ich spürte, dass ich ein Niemand war, als ich Maj in der Hütte verschwinden sah.

Ich drehte auf dem Absatz um und lief zum Dynamithaus. Bevor ich wegfuhr, ließ ich die Luft aus Hasses und Majs Reifen. Dann strampelte ich zur Landstraße hinauf, so schnell ich konnte, und weiter Sållans Schotterwege hinunter. Sie zupften Unkraut. In den Fenstern standen Radios und dröhnten in voller Lautstärke. Zwischen den Häusern herrschte Sonntagsfriede. Ich fuhr in Richtung Bunker, um wer zu werden.

Als ich am Strand ankam, lehnte ich mein Fahrrad gegen einen verwachsenen wilden Apfelbaum und schlich mich an. Ich näherte mich dem Bunker von der Meeresseite. Langsam kroch ich auf Knien zu einer der Schießscharten und spähte hinein.

Er hatte ein Bein über das andere geschlagen. Die Hände waren über der Gürtelschnalle gefaltet. Ich sah ein kleines Stück von seinem Hemd. Die Tür war halb offen. Am anderen Ende der Bucht schrien die Austernfischer.

Eine Weile lag ich dort und starrte auf seine Beine. Dann erhob ich mich und ging um den Bunker herum, knallte die Stahltür zu, dass es widerhallte, schob den Riegel vor und stürzte zu meinem Fahrrad zurück, so schnell ich konnte, strampelte den Hügel nach Sållan hinauf, als gelte es mein Leben, an den Arbeiterhäuschen vorbei, und dann erreichte ich Äppelbo. Ich warf mein Fahrrad in den Graben und ging durch die Gartenpforte. An beiden Seiten des Schotterweges standen Treibhäuser. Der Weg war frisch gejätet, und hier und da lagen Häufchen von halb getrockneter, schlapper Quecke.

Ich fühlte, wie mein Herz zu arbeiten begann. Ich stieg die Treppe hinauf und klopfte an die Tür. Niemand öffnete. Ich klopfte noch einmal, aber niemand kam. Ich ging die Treppe hinunter und zur Rückseite des Hauses.

Die Küchentür stand offen. Auf der Treppe saß eine Frau in langen Hosen und Büstenhalter. Majs Mama. Ein Mann in blauem Overall ging mit einem Spaten in der Hand an einem Gemüsebeet entlang. Majs Mama legte sich eine Bluse über den Rücken, beugte sich vor und zog die Knie

unters Kinn. Sie war sehr schön. Ihre Haare hatten dieselbe Farbe wie Majs.
Oberwachtmeister Nyman drehte sich um und stützte sich auf den Spaten. Ich ging auf ihn zu.
»Ich weiß, wo Nowak ist«, sagte ich.

38

Oberwachtmeister Nyman rammte den Spaten mit aller Kraft in die Erde. Er war groß und dünn und hatte Majs braune Augen. »Ach«, sagte er, »und wo?«
»Man fährt die Uferstraße entlang in Richtung von Gejbels Sommerhütte. Dort ist ein Bunker …«
»Und da ist Nowak?«
Oberwachtmeister Nyman holte ein Paket Zigaretten aus der Tasche und zündete sich eine mit einem Feuerzeug an. Er blies den Rauch gerade in die Luft, als ob er wünschte, dass er sofort wieder verschwand.
»Ja«, sagte ich.
Und jetzt geschah es: **Ich bereute es.** Ich wollte nicht hier sein. Ich wollte es nicht gesagt haben. Ich wollte den Film rückwärts laufen lassen und alles noch mal von vorn machen. Ich wollte nicht hier sein. Es stimmte zwar, dass ich *werden* wollte. Ich wollte *jemand* werden. Aber jetzt merkte ich, dass ich nicht der werden wollte, der hier vor Ober-

wachtmeister Nyman stand. Ich wollte nicht der sein, der Nowak der Polizei auslieferte. Ich war, wie Fräulein Kejne die Sache umrissen hätte, auf dem Holzweg. Und jetzt war es nicht leicht, alles zurückzunehmen, denn Oberwachtmeister Nyman sah mich an.

»Ist es sicher, dass Nowak dort ist?«

»Jaaa«, sagte ich. »Er trägt ein rotes Hemd.«

»Rotes Hemd«, das war das Stichwort. Jetzt ging Oberwachtmeister Nyman mit schnellen Schritten auf die Küchentür zu und verschwand im Haus. Von dort, wo ich stand, konnte ich sehen, wie er in seinem Arbeitszimmer das Telefon abnahm, während er sich aus dem Overall quälte.

Ich ging zurück zum Haus und an Majs Mama vorbei. Sie musterte mich.

»Bist du nicht Harry Eriksson?«

»Ja«, sagte ich.

Sie nickte andeutungsweise, erhob sich und verschwand auch im Haus.

Ich ging um das Haus herum zurück und zwischen den Treibhäusern entlang. Oben auf der Landstraße stieg ich auf mein Fahrrad, und als ich erst mal angefangen hatte zu treten, wurde ich von ganz allein schneller, immer schneller. Ich wollte vor der Polizei bei den Bunkern ankommen.

Und das schaffte ich. Ich warf mein Fahrrad ein Stück vom Bunker entfernt ins hohe Gras, lief zur Stahltür und riss den Riegel zurück. Nowak saß auf dem Tannenreisig da drinnen. Er war bärtig und dunkel und sah aus wie ein Schurke aus einem Märchenbuch.

»Die Polizei kommt!«, rief ich.

Nowak erhob sich. Er kam auf mich zu, und dann drückte er mich an sich, küsste mich auf die Wangen, sagte kurz etwas Unverständliches und verschwand durch die Tür.

Ich lief hinter ihm her und sah ihn zwischen den Bäumen verschwinden. Ich setzte mich in das trockene Gras vor dem Bunker und kaute an einem Grashalm. Nach einer Weile kam oben auf der Straße ein Auto heran. Es wurde langsamer und bog dann in den Weg ein, der nach Viken und zu Gejbels Sommerhütte führte, eigentlich waren das nur zwei Reifenspuren.

Es war ein hellblauer Volkswagen. Er hoppelte und rumpelte dahin. Als er anhielt, wurden beide Türen geöffnet, und Nyman und Persson stiegen aus. Es war Perssons Auto. Beide waren in Uniform. Den Säbel hatten sie zu Hause gelassen, trugen aber an der linken Seite Pistolen in schwarzen Pistolentaschen. Ich schauderte vor erschrockenem Entzücken.

Persson ging sofort auf den Bunker zu. Nyman blieb bei mir stehen. »Und – hier ist er also?«

Ich schüttelte den Kopf. »Er ist abgehauen.«

Nyman verschwand im Bunker, und ich hörte, wie sie da drinnen redeten.

»Aha«, sagte Persson, als sie wieder herauskamen.

In der Hand hielt er eine kleine Papphülse von der Art, wie Hasse sie in der Baracke gefunden hatte. Er sah mich an.

»Er könnte es gewesen sein, aber es könnte auch sonstwer gewesen sein. Wie hat er ausgesehen?«

»Schwarze Haare, Bart.«

»Er hatte einen Bart?«
»Ja, er war unrasiert.«
Nyman nickte.
»Rotes Hemd, hellgraue Hose mit Ölflecken.«
»Wie alt ungefähr?«, fragte Persson.
»Ich hab in der Zeitung gelesen, dass er dreiundzwanzig ist.«
»Was für Schuhe hatte er an?«
Nyman sah mich an. Aus irgendeinem Grund konnte ich mich nicht an die Schuhe erinnern. Ich sah sie nicht vor mir. Stattdessen sah ich Gejbels schwarze, blank polierte Tanzschuhe.
»Ich glaube schwarze Lederschuhe, aber ich weiß es nicht genau.«
»Wie groß war er?«
»Nicht größer als der Wachtmeister«, sagte ich.
»Wie hast du ihn entdeckt?«
»Ich hab hier gespielt, und da hab ich jemanden in den Bunker gehen sehen. Ich hab mich angeschlichen und reingeguckt. Da drinnen hat er gelegen und schien zu schlafen.«
»Zeig uns, wo du gestanden hast, als du ihn gesehen hast«, sagte Nyman.
Ich führte sie auf die Bunkerseite mit den Öffnungen.
»Hier«, sagte ich und hockte mich hin.
Nyman und Persson kauerten sich neben mich. Wir spähten alle drei durch die Öffnung.
»Aua«, sagte Persson. Er hatte sich auf eine Distel gekniet.
»In welche Richtung lagen seine Beine?«, fragte Nyman.
»Zur Tür.«

»Geh rein und leg dich hin«, sagte Nyman zu Persson.

Persson ging, und ich sah ihn gleich darauf drinnen zur Tür hereinkommen und sich auf das Lager von Tannenreisig setzen. Dann streckte er sich aus. Man konnte die Beine, die Taille und seine Hände sehen.

»Hat er so gelegen?«, fragte Nyman.

»Ja.«

»Wie weißt du dann, dass er unrasiert war?«

»Er hat sich aufgerichtet«, sagte ich.

»Richte dich auf!«, rief Nyman durch die Öffnung. Und Persson richtete sich auf und stützte den Kopf in die Hände.

»Hat er so gesessen?«, fragte Nyman.

»Ja«, sagte ich, »genauso hat er gesessen.«

Nyman erhob sich und ging in den Bunker. Ich blieb bei der Öffnung sitzen. Mein Mund war trocken. Ich beobachtete, wie Nyman die Limonadenflasche und die Bierflasche, in der ich Nowak Milch gebracht hatte, an sich nahm. Persson zeigte Nyman das Papier, in das ich die Butterbrote gewickelt hatte. Es waren zwei Blätter aus einer alten Nummer der Lokalzeitung.

»Du hast keine Butterbrote bei dir gehabt?«, fragte Persson und drehte den Kopf zu der Öffnung, wo ich saß.

»Nein«, sagte ich.

Dann kamen sie heraus, Persson schlug die Tür mit einem Knall zu und schob den Riegel vor. Ich ging um den Bunker herum und folgte ihnen zum Auto. Persson stieg auf der Fahrerseite ein.

»Es könnte der Pole gewesen sein«, sagte Nyman. »Aber sicher ist es nicht.«

Er setzte sich auf den Beifahrersitz, und der Motor startete mit einem Brummen. Das kleine Auto wendete und wackelte davon. Ich ging zu meinem Fahrrad. Mir war schwach in den Beinen, und mein Mund war sehr trocken.

39

Es war einmal ein Ziehharmonikaspieler. Er wohnte tief drinnen im schwedischen Wald. Als Fünfzehnjähriger war er schon berühmt für sein Spiel. Dort, wo er wohnte, lebte auch ein Mädchen, das hieß Elin. Sie war in sieben Kirchspielen wegen ihrer Schönheit berühmt. Es kam vor, dass Bauernsöhne ihretwegen zum Messer griffen. Der Ziehharmonikaspieler bewunderte sie und sehnte sich nach ihr wie alle anderen. Die männliche Bevölkerung der Gegend schmachtete nach Elin. Wenn sie sich auf einem Tanzplatz zeigte, kam es zu Prügeleien. Mit der Zeit wurde Elin blass, bekam dunkle Ringe unter den Augen, begann zu husten. Mit neunzehn Jahren starb sie an Tuberkulose. Da komponierte der Ziehharmonikaspieler einen Walzer. Es ist gar nicht so ungewöhnlich, dass ältere Leute ihn noch singen können.

Gerade an diesem Nachmittag hatte Hasses Großvater seine Ziehharmonika hervorgeholt. Im Sommer setzte er sich damit manchmal am Sonntagnachmittag in den Schatten der überdachten Vortreppe. Dann trug er frisch gewaschene blaue Arbeitskleider und die grau karierte Mütze, die er Sommer wie Winter aufhatte. Sein Gesicht war groß und lang wie bei einem Pferd. Er hatte blaue Augen und riesige weiße Hände.

Jetzt saß er auf der Vortreppe und tastete an seiner Ziehharmonika herum. Ein Lied nach dem anderen fingerte er hervor. Seine Hauptnummer kam, wenn seine steifen Finger sich gelockert hatten. Dann spielte er den *Traum von Elin*. Wenn er so weit war, kam seine Frau, Hasses Großmutter, auf die Vortreppe heraus. Sie trug ein verwaschenes geblümtes Kleid und hatte immer eine Schürze umgebunden. Sie gehörte zu den Frauen, die im Alter zunahmen und fast viereckig wurden. In ihrer Jugend soll sie eine Schönheit gewesen sein, das hatte ich Gunsan sagen hören. Jetzt hatte sie dunklen Flaum auf der Oberlippe. Für sie spielte Hasses Großvater auf seiner roten Ziehharmonika.

Ich saß auf der Planke an der Barackenwand, wo ich immer mein Fahrrad abstellte, und schnitzte mit meinem Fahrtenmesser meinen Namen ins Brett. Es war später Nachmittag, fast Abend, und Hasse und Maj hatten sich noch nicht blicken lassen. Ich hatte schon eine ganze Weile dort gesessen, und ein Name war fertig. Ein Eichhörnchen hatte sich auf die Erde verirrt. Es kam in langen Sätzen den Pfad herangehüpft. Auf unserer Treppe saß eine Katze. Sie entdeckte das Eichhörnchen. Ihr Schwanz wurde dick wie eine

Tassenbürste, und dann schoss sie durch das hohe Gras. Das Eichhörnchen witterte die Gefahr und sprang schneller und weiter. Die Katze stürmte hinterher. Das Eichhörnchen schaffte es gerade in die erste Kiefer an der Landstraße. Mit schief gelegtem Kopf setzte sich die Katze darunter und starrte hinauf. Sie hatte Erfahrung im Eichhörnchenjagen und wusste, dass sie das Eichhörnchen oben im Baum unmöglich erwischen konnte.

Auf Hasses Vortreppe saß der Großvater mit seiner Ziehharmonika. Er hatte sich gerade aufgewärmt und einen Schluck aus der Kaffeetasse genommen. Wahrscheinlich war Schnaps drin.

Da kamen Hasse und Maj von der Landstraße heran. Die Katze sprang zur Seite, und sie fuhren direkt auf mich zu und lehnten ihre Fahrräder mitten auf dem Pfad gegeneinander. Hasse neigte den Kopf zu meinem herunter und flüsterte etwas. Maj reckte ihr schönes Gesicht vor, das vom schnellen Fahren flammte.

»Wir wollen Jan in die Hütte bringen«, flüsterte Hasse. »In die Baumhütte. Ich hab sie Maj gezeigt. Da kann er ewig wohnen, ohne dass sie ihn finden.«

»Ich hab heute früh gehört, wie mein Papa gesagt hat, dass morgen die Staatspolizei kommt und alle Bunker entlang der Küste durchkämmen will«, ergänzte Maj. »Ich hab's Hasse erzählt, einfach so – eigentlich aus keinem besonderen Grund. Da hat er gesagt, dass ihr Nowak im Bunker versteckt habt. Wir sind zu eurer Hütte gefahren und haben sie uns angeguckt.«

»Vor einer Weile waren wir unten beim Bunker. Wir haben Decken und einen Spirituskocher in die Hütte gebracht ... Ja, wir waren also beim Bunker, aber Nowak war nicht da«, sagte Hasse.

»Wir müssen Wache beim Bunker halten, damit wir ihn abfangen, bevor sie anfangen zu suchen«, sagte Maj.
Mir war richtig schlecht. Ich sah sie an. Ihre Gesichter leuchteten vor Erregung.
Wie in einem Albtraum hörte ich mich selbst sagen: **»Ich war heute Morgen bei Majs Papa und hab ihm gesagt, wo Nowak ist.** Dann hat es mir aber Leid getan, und ich bin hingefahren und hab ihn gewarnt, bevor sie kamen …«
Es war, als ob man in ihren Augen ein Licht ausgeknipst hätte. Beide schwiegen.
»Darum war er also nicht da?«, fragte Maj. Ich nickte.
»Du verdammter Idiot«, sagte Hasse und schlug mich gegen den Schenkel. »Warum hast du das getan?«
»Ich hab euch in der Hütte gesehen«, sagte ich.
»Du hast uns in der Hütte gesehen?« Hasse starrte mich an und schien nicht zu kapieren, wovon ich redete.
»Ich hab gesehen, wie Maj in die Baumhütte ging«, erklärte ich.
»Ja, und was ist dabei?«, fauchte Hasse. »Verdammter Idiot!«
Er schlug mich wieder auf den Schenkel. Es tat weh, aber ich sagte nichts.
Maj legte den Kopf schief wie die Katze, die nach dem Eichhörnchen im Baum schaute.
»Du bist eifersüchtig gewesen«, sagte sie, »stimmt's?«
»Ja«, sagte ich.

»Verdammter Idiot!«, wiederholte Hasse. »Was zum Teufel wird besser, wenn du zur Polizei rennst?«
»Nichts«, sagte ich.

»Es tut ihm doch Leid«, sagte Maj.

»Blödmann«, sagte Hasse und nahm die Mütze ab, um sich eine Zigarette anzuzünden. Er nahm einen tiefen Zug. Ich zog nur kurz daran, aber ich kriegte den Rauch in die falsche Kehle und musste husten, dass mir die Tränen in die Augen sprangen.

»Wo ist er jetzt?«, fragte Hasse.

»Ich weiß nicht.«

Auf Hasses Vortreppe saß immer noch der Großvater und spielte.

Hasse drehte sich um und hob grüßend die Hand. Der Alte neigte ein wenig den Kopf zum Zeichen, dass er ihn gesehen hatte.

»Wir wollten ihn in die Hütte bringen und ihm dann helfen, sich der Polizei zu stellen«, sagte Maj. »Es ist besser, er geht selbst hin, als dass die Polizei ihn erst schnappt, nachdem er in Millionen Sommerhäuser eingebrochen ist.«

»Da kannst du mal sehen, was du angerichtet hast«, fauchte Hasse. »Jetzt rennt er da draußen rum und weiß nicht, wo er schlafen soll, und zu essen hat er auch nichts. Ist schon klar, dass er irgendwo einbrechen muss. Du bist schuld, wenn sie ihn nach Polen zurückschicken.«

Hasse zog wütend an seiner Zigarette. »Weißt du, was die mit ihm machen, wenn er dahin zurückkommt?«, fragte er. »Weißt du das?«

»Nee«, sagte ich.

»Sie stecken ihn in eine Kohlengrube, und da muss er zehn Jahre schuften. Wenn er rauskommt, ist er ein alter Mann. Das ganze Leben vergeht in zehn Jahren. In zehn Jahren ist er älter als mein Großvater. Verstehst du, du bist schuld, wenn sie ihn in die Gruben schicken …«

Jetzt fing ich an zu weinen. Ich saß da und weinte. Hasse trat in die Erde, dass es spritzte. Hin und wieder kam ein Stein zum Vorschein und flog gegen die Barackenwand. Mit einem Knall traf er auf das Holz.

»Es ist nicht seine Schuld«, sagte Maj. »Wenn man eifersüchtig ist, kann man nichts dafür, was man dann macht. Es ist wie eine Krankheit. Man wird ganz schwarz innen drin. Da kann alles passieren. Als ich klein war, bin ich auf Liselott eifersüchtig gewesen.«

»Man entscheidet selbst«, sagte Hasse. »Man ist für alles verantwortlich, was man tut.«

Seine Stimme klang sehr erwachsen, sehr entschieden, fast wie Fräulein Kejnes Stimme, wenn sie keinen Widerspruch duldete. Er trat die Erde, und ein Stein knallte gegen die Barackenwand.

Maj schwieg.

Ich wischte meine Tränen ab. Maj lächelte mich an. Sie war ein Engel. Hasses Großvater rückte die Ziehharmonika zurecht und begann wieder zu spielen.

»Wie heißt das?«, fragte Maj.

»Was?«, fragte Hasse.

»Die Melodie, die er spielt.«

»Der *Traum von Elin*«, sagte Hasse.

Maj summte mit. Sie hatte Grashalme abgerissen und flocht sie zu einem Band. Drei Halme, ein Band.

Auf der Landstraße hielt ein Auto, und eine Tür schlug. Ein junger Mann tauchte zwischen den Baracken auf. Er trug

einen Anzug, wie man ihn eigentlich nur im Winter trägt. Es sah warm aus. Der junge Mann kam direkt auf uns zu.
»Kennt ihr Harry Eriksson?«, fragte er.
»Das bin ich«, sagte ich.
»Oh«, sagte der Mann. »Ich komm vom Tageblatt und wollte ein Interview mit dir machen.«

40

Der Journalist setzte sich ins Gras und holte Schreibblock und Bleistift hervor.
Er schlug den Block auf und guckte mich an.
»Harry Eriksson, wie alt bist du?«
»Bald dreizehn.«
»Kannst du mir erzählen, was heute Vormittag passiert ist?«
»Was?«, fragte ich.
»Du bist zur Polizei gegangen, oder?«
»Doch, ja.«
»Warum?«
Fast hätte ich gesagt: Weil ich eifersüchtig war. Weil ich es nicht ertragen konnte, Maj in der Hütte verschwinden zu sehen. Weil ich es nicht ertrage, Mama und Gejbel auf seiner Veranda zu sehen. Weil Mama mich wegen Gejbel belogen hat.

Weil mein Papa von einer Kuh erdrosselt wurde ... Weil ich zu viel Biggles, Sherlock Holmes und Kalle Blomquist gelesen habe.

Nein, das hätte ich nicht beinahe gesagt. Ich schwieg einfach. Alles schien so unwirklich. Der Journalist im Gras. Die Katze, die den Pfad entlanggetappt kam. Die Schwalben, die mit unaufhörlichem Schreien dicht über dem Boden dahinflogen. Majs Gesicht mit den weit geöffneten Augen. Hasse, der immer noch in die Erde trat.

»Warum bist du zur Polizei gegangen?«, hörte ich den Journalisten wieder fragen.

»Kommt das in die Zeitung?«, fragte ich.

»Klar, morgen. Wir wollen auch ein Bild von dir haben. Nun erzähl mal.«

Da riss ich mich zusammen, seufzte und sagte: »Ich war heute in der Nähe von Viken und hab da gespielt. Ich sah jemanden in einem Bunker, und da bin ich neugierig geworden und hingegangen und hab durch eine Öffnung geguckt. Er lag da drin und schlief.«

»Wie hat er ausgesehen?«, fragte der Journalist, ohne von seinem Block aufzuschauen.

»Rotes Hemd, graue Hose, dünn, schwarze Schuhe, unrasiert, dunkle Haare.« Der Journalist schrieb.

»Ich hab mir gedacht, es muss der Pole sein, vor dem alle solche Angst haben«, sagte ich. »Da bin ich zu Oberwachtmeister Nyman gefahren und hab ihm erzählt, was ich gesehen habe. Das war alles.«

Der Journalist schrieb.
»Prima«, sagte er und erhob sich. »Warte hier. Ich hol mal eben die Kamera.«
Hasses Großvater hatte aufgehört zu spielen. Die Großmutter war auf die Vortreppe herausgekommen. Die beiden, Maj und Hasse, alle sahen mich an. Niemand sagte etwas. Hasse setzte sich neben mich auf die Planke. Er nahm mein Messer und begann, in dem Holz herumzuschnitzen. Der Journalist kam mit seiner Kamera zurück. Ich musste aufstehen. Er machte drei Bilder.
»Guck nicht so ernst«, sagte er. »Es ist doch schön, wenn man in die Zeitung kommt.«
Ich versuchte ein Lächeln, aber es gelang nicht besonders gut. Dann hängte er sich die Kamera über die Schulter und ging. In einiger Entfernung blieb er auf dem Pfad stehen und drehte sich um.
»Wir bringen es morgen«, rief er, »vielen Dank!«
Hasse schnitzte im Holz. Maj flocht ein Band aus Gras. Hasses Großvater fing wieder an zu spielen.
»Wenn sie ihn nun mal in die Gruben schicken«, sagte Maj.
»Dann wissen wir, wer daran schuld ist«, sagte Hasse.
»Hör auf damit«, sagte Maj.
Sie musterte ihr Band aus Gras und suchte nach einem weiteren langen grünen Halm.
»Was hättet ihr denn mit ihm machen wollen?«, fragte sie nach einer Weile.
»Was machen?«, fragte Hasse.
»Na ja, warum habt ihr ihn eigentlich im Bunker versteckt?«

»Wer weiß, wozu das gut gewesen wäre«, sagte Hasse.
»Wolltet ihr ihm wirklich helfen?«, fragte Maj.
»Nee«, sagte Hasse. »Wir wollten ihn nur haben.«
Maj schwieg eine Weile und flocht an ihrem Band.
Dann erzählte sie vom Leben der Familie Nyman: Jeden Morgen versammelte sich die ganze Familie zum Streiten und Teetrinken. Ich hatte noch nie von jemandem gehört, der Tee trank. Das taten die Leute in englischen Büchern. Ich wusste gar nicht, dass so was auch in Wirklichkeit vorkam.
»Esst ihr auch was dazu?«, fragte Hasse.
»Toastbrot«, antwortete Maj. »Jedenfalls«, fuhr sie fort, »zankt sich Liselott mit Mama darüber, was man mit dem Polen machen soll. Es gibt drei Parteien. Mama meckert mit Papa herum, dass man ihn fangen und dafür sorgen muss, dass er wieder nach Polen zurückkommt. Liselott sagt, dann landet er in den Gruben. Mama sagt, daran hätte er denken sollen, bevor er von Bord gesprungen und in die Häuser von Leuten eingebrochen ist. Papa sagt, dass er keineswegs an Polen ausgeliefert wird, und Liselott sagt, das wird er doch ... Die ganze Zeit streiten sie sich. Papa sagt, dass er nur seine Pflicht tut. Seine Aufgabe ist es, Kontakt zu Nowak aufzunehmen. So drückt er sich aus. Kontakt aufnehmen ... Liselott beschimpft ihn, und dann wird Mama auf beide wütend, auf Papa und Liselott. Erst schimpft sie mit Liselott und nennt sie unverschämt. Dann schimpft sie mit Papa und sagt, dass er es nicht durchgehen lassen darf, dass seine Tochter ihren Vater wer weiß wie nennt. So geht das ständig ... Es ist ein ewiger Streit.«

»Und was findest du?«, fragte Hasse. »Was soll man mit ihm machen?«
Maj schwieg.
»Wusstet ihr denn nicht, dass dieses polnische Schiff weg ist?«, fragte sie schließlich.
Hasse und ich sagten nichts.
»Seitdem das Schiff abgelegt hat, besteht doch keine Gefahr mehr für ihn. Vielleicht bestand nie Gefahr, auch als es noch dalag«, sagte Maj.
Sie flocht sich ihr Band aus Gras ins Haar.
»Kannst du Ziehharmonika spielen?«, fragte sie Hasse plötzlich.
»Nee«, sagte Hasse.
»Hast du's schon mal versucht?«
»Nee«, sagte Hasse.
»Die Melodie ist schön«, sagte sie.
Hasse schnitzte mit dem Messer im Holz. Dann sah er auf.
»Ich könnte es ja lernen«, sagte er.
»Tu das«, sagte Maj. »dann spielst du zur Abschlussfeier.«
Hasse schüttelte den Kopf. »Bis dahin sind es ja nur noch fünf Tage.«
»Tu es«, sagte Maj. »Tu es!«
Hasse guckte zu der Baracke, wo sein Großvater saß, als ob er seine Chance abschätzen wollte, Ziehharmonika spielen zu lernen.
»Wenn ich am Tag drei Stunden übe, sind es fünfzehn Stunden bis Freitag. In fünfzehn Stunden kann man nicht Ziehharmonika spielen lernen.«
Und er schnitzte weiter an dem Holz herum.

Dann rief seine Großmutter: »Hasse, wir wollen jetzt essen!«
Er richtete sich auf und betrachtete sein Werk. Schnitt einen letzten Splitter weg, steckte mein Messer zurück in die Scheide und erhob sich.
»Was hast du da geschrieben?«, wollte Maj wissen und beugte sich über die Planke.
»Tschüss, bis dann!«, sagte Hasse und ging auf die Baracke zu, die Hände in den Gesäßtaschen.
Er hatte ein Wort mit acht Buchstaben ins Brett geritzt. **VERRÄTER** stand da. Maj guckte mich an und legte den Kopf ein bisschen schief. **Sie sagte nichts, fummelte nur an ihrem Zopf herum. Dann wandte sie sich ab und ging zu ihrem Fahrrad, stieg auf und fuhr zur Landstraße hinauf.** Sie drehte sich noch einmal um.
»Tschüss, wir sehen uns dann!«, rief sie.

41

Vielleicht stimmt meine Erinnerung nicht ganz. Vielleicht hat Hasses Großvater an einem anderen Tag dort gesessen und den *Traum von Elin* gespielt. Es kann sein, dass ich etwas durcheinander bringe. Was dann geschah, legte eine fast undurchdringliche Wolke über alles – es verdrängte alles, nicht nur, was in diesem Sommer passierte, sondern auch das, was vorher gewesen war und danach kam. Als ob alles in eine Wolke aus Kalkstaub gehüllt würde, die donnerstags nach dem großen Schuss aus dem Steinbruch aufstieg. Eine weiße Wolke aus pulverisierten Steinen, die verbrannt roch.

Am nächsten Tag kam die Zeitung. Wir hielten das *Tageblatt* nicht, also musste ich zum Kiosk fahren und eins kaufen. Mein Bild war auf der ersten Seite. Ich lächle und sehe froh aus. Man kann fast behaupten, ich lache. Aber im tiefsten Innern weine ich über mich. Das ist auf dem Bild nicht zu sehen. Darunter steht:

Harry Eriksson, 13 Jahre alt, munterer Kalle Blomquist, der dem »Sommerhaus-Plünderer« auf der Spur ist.

In einer kurzen Notiz war zu lesen:

Als Harry Eriksson am Sonntag beschloss, der Polizei bei ihrer Fahndung nach dem Sommerhaus-Plünderer zu helfen, begab er sich an den Strand von Viken. Dortselbst spürte er alsbald den von dem polnischen Schiff *Weichsel* abgesprungenen Matrosen auf, der sich in einem der Bunker versteckt hielt. Harry unterrichtete sofort die Polizei, und beinah wäre der Gesuchte gefasst worden. Am Montag wird die Staatspolizei zur Fahndung nach dem geflüchteten Polen eingesetzt.

Dienstag brachte Fräulein Kejne, die das *Tageblatt* abonniert hatte, ihre Zeitung mit in die Schule. Nachdem wir *Die helle Sonn' leucht' jetzt herfür* gesungen hatten, hielt sie die Zeitung vor der Klasse hoch, damit alle sie sehen konnten.

Dann sagte sie: »Es ist ein schönes Gefühl, wenn man Schüler hat, die beweisen, dass sie etwas gelernt, etwas begriffen haben, die gereift und eine Spur klüger geworden sind ...«

Sie guckte mich an.

»Du, Harry, hast eine Geistesgegenwart bewiesen, die ein schwedischer Junge stets haben sollte. Das ehrt dich.«

Sie machte mir ein Zeichen, dass ich mich erheben sollte. Ich stellte mich neben meinen Platz.

»Jetzt wollen wir für dich singen. Du darfst dir etwas wünschen.«

Und Fräulein Kejne ging zum Harmonium.

Ich fühlte, wie ich rot wurde. Es gehörte zu den Bräuchen der Klasse, dass man sich »ein Lied wünschen« durfte, wenn man Geburtstag hatte. Dann wurde für den, der Geburtstag hatte, gesungen. Der auf diese Weise Gefeierte musste aufstehen. In der vierten Klasse hatte das Spaß gemacht. In der fünften war es auszuhalten gewesen, und jetzt, in der sechsten, war es fast unerträglich. Und ich hatte nicht mal Geburtstag. Ich hatte meinen besten Freund im Stich gelassen und hatte außerdem das Leben eines armen unbekannten Menschen aus Polen fast zerstört. Und ich sollte gefeiert werden!

Ich sank auf meinem Platz zusammen und begrub mein Gesicht in den Händen.

»Nein, danke«, sagte ich.
Ich legte mich vornübergebeugt über meinen Tisch.
»Wenn du dir selbst kein Lied aussuchst, dann tu ich es …«
Und dann fing dieses teuflische Weib an, ihre Pieps- und Jaulmaschine zu treten, dass der Staub wirbelte.
Ich lag wie tot über dem Tisch. Sie begannen zu singen. *»In a cavern in a canyon …«* Ich steckte mir die Finger in die Ohren. Als sie zu *»Ooo maj darlin, ooo maj darlin …«* kamen, sangen alle Jungen in der Klasse so laut, dass ich sie unmöglich überhören konnte. Vollkommen unmöglich. Ich schielte zu Maj, die sich umgedreht hatte. Sie hatte den kleinen blauen Bären aus ihrer Schultasche hervorgeholt. Jetzt hielt sie ihn mir hin, ohne dass Fräulein Kejne es sah. Hasse beugte sich über mich und grölte *»dreadful sorry klementajn …«*
Es war, als ob sie das Leben aus mir heraushämmern wollten. Hinterher fühlte ich mich wie zerschlagen, als hätten sie mit Stöcken auf mich eingeprügelt. Ich hatte Kopfschmerzen und saß wie betäubt da.
Bevor ich an dem Tag nach Hause ging, lieferte Tocken sein Schreibheft ab. Fräulein Kejne blätterte es durch.
»Das sieht ja recht ordentlich aus«, sagte sie.
»Das Heft hat nicht für hundert Sätze gereicht«, sagte Tocken, und ich sah, wie seine Augen glitzerten.
Fräulein Kejne seufzte.
»Dann lassen wir es für dieses Mal durchgehen«, sagte sie.
Sie machte einen Strich mit ihrem Rotstift und steckte das voll geschriebene Heft in eine Schublade. Über ihrem Kopf sah ich, wie Maj und Tocken sich anschauten. Sie lächelten

einander zu. Es war wirklich erstaunlich, wie Maj es schaffte, die Menschen zum Lächeln zu bringen. Man lächelte Maj an. Alle taten das. Sogar Fräulein Kejne.

Dann kam die Abschlussfeier am Freitag. Fast alle Jungen trugen weiße Hemden und graue lange Hosen. Die Mädchen trugen Glockenröcke, die ihnen bis zu den Knien reichten und um sie herum wippten, wenn sie sich bewegten. An den Wänden entlang saßen etwa zwanzig Mütter. Wir sangen unsere Lieder, und Anna und Maj sangen *Que sera* zweistimmig, denn das dritte Mädchen hatte eine Halsentzündung bekommen. Der Klassenraum duftete nach Flieder. Es war weißer und violetter Flieder, und er begann schon zu welken, ehe alles vorbei war. Das ist nun mal so, Flieder welkt schnell, wenn er gepflückt ist. Fräulein Kejne prämierte besondere Leistungen in verschiedenen Fächern. Ich bekam eine Auszeichnung für meine Leistungen in Schwedisch, ein Buch über Sherlock Holmes von Conan Doyle. Ich musste nach vorn kommen und das Buch aus der Hand von Fräulein Kejne entgegennehmen.

Als ich mich verbeugte und bedankte, hielt sie meine Hand fest und sagte: »Und dieses Buch, Harry, handelt von einem berühmten Detektiv. Ich finde, das passt gut zu dir, denn du bist ja der berühmteste kleine Privatdetektiv unseres Ortes.« Mehrere Mütter lachten, und alle klatschten Beifall. Ich errötete. Einige Tage später, als ich das Buch beim Baden mithatte, verlor ich es. Es ist eins der wenigen Bücher, die ich jemals verloren habe.

Dann verabschiedeten wir uns von Fräulein Kejne und gingen hinaus in den Sommer. Als wir draußen auf der Treppe standen, Hasse, Maj und ich, kam Mama angeradelt. Sie hatte eine Rose in der Hand, und es war ihr anzusehen, dass sie in aller Eile versucht hatte, sich schön zu machen.
»Ich bin einfach nicht eher weggekommen«, sagte sie.
Ich bekam die Rose und eine Umarmung, und dann stürmte sie zurück zu ihrem Fahrrad, das sie gegen die Schulhofmauer geworfen hatte. Majs Mama kam auf uns zu und sagte zu Maj, dass sie jetzt nach Hause fahren wollten. Maj sagte, sie wolle lieber mit uns fahren. Majs Mama verzog den Mund und ging zur Landstraße hinauf.
Aus irgendeinem Grund trödelten wir auf dem Schulhof herum. Erst als alle anderen verschwunden waren, gingen wir zum Fahrradständer. Dort standen nur noch drei Räder. Der Schulhof war leerer und stiller denn je.
»Das letzte Mal, dass man seinen Drahtesel in diesem Ständer hat«, sagte Hasse.
Wir dachten alle drei an den Herbst. Dann würden wir in die Realschule auf der anderen Straßenseite gehen. Wir nahmen unsere Räder und fuhren nach Hause.
»Was macht ihr im Sommer?«, fragte Maj.
»Nichts Besonderes«, antwortete Hasse. »Ich hätte meine Mama besuchen sollen, aber das ist verschoben worden.«
Ich sagte nichts.
»Ich fahr nach Mittsommer mit meiner Mama zum Festland«, sagte Maj. »Drei Tage muss ich im Krankenhaus in Stockholm bleiben. Da wird mein Herz untersucht, und ich muss einiges über mich ergehen lassen. Dann bin ich einen

Monat mit meiner Mama bei ihrer Schwester. Die hat ein Sommerhaus in den Schären.«

»Im August bist du also wieder zu Hause?«, fragte Hasse.

Maj nickte.

»Ich möchte mal wissen, wann man endlich baden kann«, sagte sie. »Ihr wolltet mir doch schwimmen beibringen. Wie kalt ist das Wasser?«

»Es gibt Stellen, da ist es wärmer als anderswo«, sagte ich.

»Prima«, sagte Maj. »Dann können wir ja morgen anfangen.«

42

Am nächsten Tag fuhren wir nach Larjes. Maj hatte einen ziemlichen Krach mit ihrer Mama gehabt. Anschließend hatte sie einen Proviantkorb mit zwei Flaschen Johannisbeersaft und einem Päckchen Kekse gepackt und war losgefahren. Sie hatte immer noch rote Backen und ganz schwarze Augen vom Wortwechsel mit ihrer Mama.

Die Larjesbucht liegt nördlich vom Ort und ist eine Fahrradstunde entfernt. In einem tiefen Einschnitt mit Sandstrand gibt es ein verlassenes Fischerdorf mit einigen verfallenen Bootsschuppen.

Der Sand des Meeresbodens ist in den letzten sechzig Jahren gewandert, und dadurch ist einige hundert Meter weiter draußen in der Bucht eine Schwelle entstanden. In dem Becken, das sich auf diese Weise gebildet hat, ist das Wasser bei Süd- und Ostwind besonders warm. Dann schwappt eine warme Strömung vom offenen Meer in das Larjesbecken. Während das Wasser woanders nur vierzehn Grad hatte, konnte es hier mehrere Grade wärmer sein.

Hasse hatte seinen Autoschlauch geflickt und eine Pumpe mitgenommen. Das Wetter war das allerbeste. Wir radelten einige hundert Meter vom Ufer entfernt über die Waldwege, und die ganze Zeit hatten wir rechts von uns schreiende Möwen, Enten, Schwäne und hin und wieder Wattvögel. Links, zwischen den Krüppelkiefern und Wacholderbüschen, flatterten Finken, Meisen und Spatzen herum. Da war noch der eine oder andere Grauschnäpper, da waren Lerchen über den Wiesen, da waren das Rotkehlchen und die Bachstelze. Im Wald hämmerte ein Schwarzspecht gegen einen Telefonmast. Fasane liefen vor unseren Fahrrädern herum. Kaninchen stürzten in Scharen davon, wenn wir an gesaust kamen.

Wir stellten die Fahrräder bei den alten Schuppen ab und schleppten unsere Sachen zur Bucht. Hasse ging voran mit dem Autoschlauch über der Schulter. Maj hatte ihre Schuhe ausgezogen und sie in die Fahrradtasche gesteckt, die sie über dem Arm trug. Ich hatte die Pumpe geschultert, und an die Pumpe hatte ich meine tarzangefleckte Badehose gehängt.

Wir gingen zu der Stelle, wo der Sand weiß war und wo
man den meisten Tang abgefahren hatte. Hasse und ich verschwanden zwischen Teichbinsen und Schilf. Dort zogen

wir uns um. Als wir mit unseren Kleidern über dem Arm an den Strand zurückkehrten, zog Maj sich gerade um. Wie Mädchen und Frauen das machen – sie zog sich ihren Badeanzug an, als ob sie die Haut wechselte. Das eine Kleidungsstück wurde übergestreift, das andere abgestreift. Plötzlich stand sie in einem dunkelblauen Badeanzug da und hob ihre Haarmassen über den Kopf, im Mund hatte sie ein halbes Dutzend Haarnadeln, und mit aufwärts gewandten Augen drehte sie die Haare zusammen und formte ein sehr schönes, turmartiges Gebilde daraus.

Hasse pumpte den Autoschlauch auf, der als Schwimmring dienen sollte. Er musste zunächst ganz aufgepumpt sein.

»Zuerst lernst du die Beinbewegungen«, sagte Hasse.

Dann gingen wir alle drei in das klare, kühle Wasser.

Wir tauchten uns unter und fingen an.

Hasse legte sich hin, die Hände auf dem Schlauch.

»Guck auf meine Beine«, sagte er.

Dann machte er Schwimmbewegungen mit den Beinen, während er den Schlauch vor sich herschob.

»Jetzt probier du mal«, sagte er.

Maj legte sich ins Wasser, die Hände auf dem Schlauch.

»Eins-zwei-drei-vier ...«, zählten Hasse und ich im Chor.

Maj knuffte den Reifen vor sich her und machte ihre Beinbewegungen. Von Zeit zu Zeit bekam sie Wasser in den Mund und hustete, ohne aufzugeben.

»Gut«, lobte Hasse sie.

»Sehr gut«, lobte ich.

Als Maj schließlich jammerte, ihre Beine seien müde, gingen wir zu den Armen über. Hasse ließ etwas Luft aus dem

Schlauch. Maj musste ihre Füße auf den Schlauch legen und übte dann die Armbewegungen. Hasse und ich gingen im Wasser, das uns bis zum Bauch reichte, neben ihr her.
»Eins-zwei-drei-vier ...«, zählten wir im Chor. »Eins-zwei-drei-vier ...«
Schließlich war die Kälte durch die kläglichen dünnen Fettschichten unserer Haut gekrochen. Wir hatten blaue Lippen, und ich muss zugeben, dass ich mit den Zähnen klapperte. Wir gingen an Land. Hasse trug den Schwimmring.
»Eine Woche«, meinte Hasse. »Eine Woche lang üben wir jeden Tag, dann kannst du schwimmen.«
Und er behielt Recht. Schon am dritten Tag ließ Maj den Autoschlauch los und schwamm zwischen Hasse und mir. Wir standen zehn Meter voneinander entfernt, und das Wasser reichte uns bis zum Kinn. Maj war bei Hasse.
Ich lockte sie.
»Komm, komm, Maj, komm, eins-zwei-drei-vier ...«
Sie schwamm zu mir, schluckte Wasser, stellte sich eine Weile hin, dann drehte sie wieder um. Am fünften Tag schwamm Maj fünfundzwanzig Meter. Das feierten wir, indem wir zu dem Laden in Larjes fuhren und uns jeder ein Eis für fünfunddreißig Öre kauften.
An einem der Abende, als wir Maj das Schwimmen beibrachten, schenkte ich Hasse den rosafarbenen Bären. Wir waren den ganzen Tag in Larjes gewesen, und unsere Rücken waren rot verbrannt. Hasses Nase fing an, sich zu schälen. Wir saßen auf der Planke draußen bei der Baracke. Hasse hatte die Ziehharmonika von seinem Großvater mitgebracht und versuchte, ein Bellman-Lied zu spielen. Ich

lehnte an der Wand und rauchte. In den letzten Tagen waren Fliegen und Mücken gekommen, und die ganze Zeit musste ich nach den Insekten schlagen. Die Schwalben jagten unter ständigem Schreien dicht über den Boden. Sie hatten ihre Nester unter den Dachtraufen der unbewohnten Baracken gebaut.

Ich ging in mein Zimmer und holte den rosafarbenen Bären. Dann kehrte ich zu Hasse zurück und hielt ihm den Bären hin.

»Der ist für dich«, sagte ich.

»Warum?«, fragte er und ließ die Luft mit einem disharmonischen Geräusch aus dem Blasebalg.

»Weil ich ihr schon einen geschenkt hab«, sagte ich. »Du kannst diesen hier haben und ihn ihr schenken, dann hat sie von uns beiden einen.«

Hasse nahm den Bär entgegen, hob seine Mütze und steckte ihn zwischen Streichhölzer und Zigaretten.

»Danke«, sagte er. Dann fingerte er weiter an dem Manual herum, und ich ging hinein, um vorm Einschlafen noch ein bisschen zu lesen.

Am letzten Abend vor Majs Abreise schenkte er ihr den Bären. Maj musste nach Hause und packen. Sie war nur gekommen, um sich zu verabschieden. Hasse saß auf der Planke und spielte das Bellman-Lied. Ich schnitzte an einem Stück Rinde, das das größte und schönste Rindenboot werden sollte, das ich jemals geschnitzt hatte.

Sie kam in kurzen Hosen und kurzärmliger Bluse, und die langen Haare trug sie offen. Sie kam mit dem Fahrrad dicht bis zu uns herangefahren.

»Wir nehmen das Morgenschiff«, sagte sie. »Hier ist die Adresse, falls ihr mir mal schreiben wollt.«
Sie reichte uns einen Zettel mit der Adresse, ich nahm ihn und steckte ihn in die Hemdentasche. Hasse gab ihr den Bären. Ohne ein Wort nahm sie ihn entgegen.
»Hast du zu Hause erzählt, dass du schwimmen kannst?«, fragte Hasse.
Maj schüttelte den Kopf, sodass ihr Haar wie Seegras in der Dünung wogte.
»Nein«, sagte sie. »Mama ist so wütend, dass ich immer mit euch zusammen bin. Ich zeige es ihr, wenn wir auf Runmarö sind. Sie wird schon sehen. Dann erzähl ich ihr, dass ihr es mir beigebracht habt. Ich wette, dann tut es ihr Leid, dass sie so viele Gemeinheiten über euch gesagt hat.«
»Was für Gemeinheiten?«, fragte ich.
»Och, keine besonderen, nur so normale Gemeinheiten«, sagte Maj. »Aber es wird ihr auf jeden Fall Leid tun.«
»Wenn du mal nach Midsommarkransen kommst, kannst du ja meine Mutter besuchen«, sagte Hasse.
»Klar«, sagte Maj. »Wo wohnt sie?«
»Quatsch«, sagte Hasse, »ich hab doch bloß Spaß gemacht.«
Er nahm die Ziehharmonika und legte sich die Riemen über die Schultern. Er füllte den Blasebalg mit Luft, und dann spielte er die ersten drei Takte von *Traum von Elin*.
»Bravo!«, rief Maj und klatschte in die Hände. »Wenn ich wiederkomme, kannst du es ganz.«
»Vielleicht«, sagte Hasse.
»Ich schreibe«, sagte sie später.

Und dann stieg sie auf ihr Fahrrad und strampelte den Pfad zur Landstraße hinauf. Oben drehte sie sich noch einmal um und winkte.

43

Als Maj abgereist war, gab es keinen Grund mehr, in Larjes zu baden. Stattdessen pendelten wir zwischen Hafen und dem Strandbad. Wo wir badeten, hing vom Wind ab. Gewisse Winde sorgten dafür, dass das Wasser im Hafen warm war, andere, dass es im Strandbad warm war. Meistens badeten wir dort.

Es war eine breite, schöne Bucht mit etwa einem halben Kilometer weißem Sandstrand, wie man ihn nur an der östlichen Gotlandküste findet. Der Strand war in zwei Teile geteilt: den öffentlichen und den von der Fabrik verwalteten. Am öffentlichen Strand gab es einen blau gestrichenen Umkleideschuppen. Auf der einen Seite zogen sich die Männer um, auf der anderen die Frauen. Durch ein Astloch konnten die Jungen die Frauenseite ausspionieren. Selbstverständlich konnten die Frauen durch dasselbe Astloch zur Männerseite rübergucken. Ob das vorkam, weiß ich nicht.

Außer den Umkleidekabinen gab es hier ein Klettergerüst für Kinder, vier Schaukeln sowie ein Gerät zur künstlichen Beatmung. Diese Geräte werden – soweit ich weiß – heutzutage nicht mehr verwendet. Es war eine Art Bock, über dem eine hölzerne Trage mit Riemen lag, mit denen man einen Verunglückten festschnallen konnte. Der Ertrunkene oder Halbtote sollte auf der Trage, die über dem Bock lag, auf und ab geschaukelt werden. Ich hab nie gesehen, dass das Gerät benutzt wurde.

Die Benutzung des öffentlichen Strandes kostete nichts. Er wurde von dem durch die Fabrik verwalteten Strand durch einen Zaun getrennt, der ganz oben mit vier Lagen Stacheldraht versehen war. Der Zaun zog sich zehn Meter hinaus ins Wasser. Wer sich unerlaubterweise auf den Strand der Fabrik begeben wollte, musste also erst bis zu den Knien durchs Wasser waten.

Am Strand der Fabrik gab es außer Umkleidekabinen mit Astlöchern auch ein Badehaus. Es lag ein Stück draußen im Wasser, und man erreichte es über eine Steinpier. Im Badehaus waren acht Badekabinen. Jede Badekabine bestand aus fünfundzwanzig Quadratmeter eingezäuntem Wasser. Durch eine Öffnung in der blau gestrichenen Bretterwand konnte man hinaus ins Meer schwimmen. Am Strand der Fabrik gab es auch vier ausgezeichnete Tennisplätze und einen Park mit einer Allee großer, Schatten werfender Kastanien und Linden. In einer Bude am Eingang zum Strand wurden Eis und Schokolade verkauft. Hier kaufte man auch die hellblauen Eintrittskarten zum Strand. Erwachsene mussten zehn Öre zahlen, Kinder hatten freien Zutritt.

Mitten in der Badebucht lag ein Ponton. Es war nicht klar, ob er der Kommune oder der Fabrik gehörte, aber er lag da, ein fünfzehn Quadratmeter großes Ding aus Blech, rechteckig geformt, mit einem Zwei-Meter-Sprungbrett. Der Ponton lag ziemlich hoch, und zwei Treppen führten hinunter ins Wasser. Er war hundert Meter vom Strand entfernt, und wer dorthin wollte, musste erst einmal fünfzig Meter durchs Wasser waten, dann wurde es tief, und man musste noch einmal genauso weit schwimmen.

Am öffentlichen Strand badeten Fabrikarbeiter und alle nicht bei der Fabrik angestellten, die von niedriger gesellschaftlicher Stellung waren. Am Strand der Fabrik badeten niedrigere und höhere Fabrikangestellte sowie der Tierarzt, der Doktor und der Bürovorsteher der Gemeindeverwaltung. Dort badeten auch die Gäste des »Strandhotels«, die morgens und abends in weißer Kleidung auf den roten Tennisplätzen zu sehen waren.

Hasse und ich zogen uns auf der einen oder anderen Strandseite um und schwammen zum Ponton. Da draußen konnten wir stundenlang liegen. Das Pontondeck roch nach Malerfarbe, und vom Meer wehte eine angenehme Brise. Wir sprangen vom Sprungbrett und versuchten bis zum Grund zu tauchen. Hasse tauchte immer mit den Händen voller Sand wieder auf. Mir taten die Ohren weh, wenn ich tief tauchte. Unsere Körper nahmen allmählich eine Bronzefarbe an, das Haar wurde hell, und mittlerweile war es Juli geworden.

Nach Majs Abreise kamen Hasse und ich uns wieder näher. Die Spannung zwischen uns gab sich, und das Gefühl, dass wir um Maj konkurrierten und sie nicht zusammen haben konnten, verschwand. Wir zogen wieder als das Paar durch den Ort, das wir immer gewesen waren.

Eines Tages, als wir da draußen auf dem Ponton lagen, die Gesichter dem Land zugewandt, und uns die Sonne auf den Rücken brennen ließen, sagte Hasse: »Hast du mitgekriegt, dass sie Nowak geschnappt haben?«
»Nee.«
»Am Wochenende haben sie ihn erwischt. Vor der Stadt. Sie hatten Hunde dabei.«
»Wird er jetzt zurückgeschickt?«
»In der Zeitung hat gestanden, dass es einen Prozess geben wird.«
Zwei Männer kamen auf den Ponton zugeschwommen. Der eine kraulte.
»Schwimmt gut«, sagte Hasse und zeigte auf ihn.
Keiner von uns beiden konnte kraulen. Wir hatten es versucht, aber es war schwer. Nach drei, vier Zügen begann der Körper zu trudeln, und man hatte keine Kraft mehr, sich auf die Beine zu konzentrieren und richtig zu schlagen.
Ohne zu wissen, warum ich es tat, fragte ich: »Weißt du, was die alte Lehander mir geben wollte?«
»Nee«, sagte Hasse.
»Einen Strick.«
»Was für einen Strick?«
»Den Strick, an dem mein Papa gestorben ist. Er ist von einer Kuh erdrosselt worden.«
»Also«, sagte Hasse, »ich glaub, du spinnst.«
»Doch«, sagte ich, »er ist wirklich von einer Kuh erdrosselt worden.«
»Von einer Kuh!« Hasses Augen leuchteten ungläubig. »Warum hat sie den Strick denn aufbewahrt?«, fragte er.

»Warum wollte sie ihn dir geben? Woher hat sie ihn … Das kann doch nicht wahr sein!«

»Es stimmt aber«, sagte ich. »Er wurde von einer Kuh erdrosselt. Mama hat mir erzählt, wie es passiert ist.«

»Aber dann war dein Papa ja gar kein Seemann!«

»Das hat Mama früher gesagt. Jetzt hat sie die Wahrheit erzählt. Mein Papa ist von einer Kuh erdrosselt worden.«

»Von einer Kuh erdrosselt …« Hasse biss auf seinem Handknöchel herum. Dort hatte er eine Warze. »Das klingt ja … ich weiß nicht. Das klingt wie ein Witz.«

»Er ist tot«, sagte ich, »die Kuh hat ihn umgebracht.«

Hasse biss an seiner Warze. Der kraulende Mann war beim Ponton angekommen und kletterte an Deck. Das Wasser tropfte an ihm herab. Er warf sein Haar zurück, sodass Tropfen auf meinen Rücken spritzten. Dann stieg er auf das Sprungbrett. Er hüpfte eine Weile auf der Stelle, um Schwung zu kriegen. Auf der Schulter hatte er eine Tätowierung, einen Adler mit einem Schild in den Krallen.

»Mein Papa ist aber wirklich Seemann«, sagte Hasse.

»Wie willst du das wissen?«

»Mama hat es gesagt.«

»Das hat meine auch gesagt.«

»Aber mit meiner Mama ist es anders«, sagte Hasse. »Sie lügt nicht.«

»Meine lügt auch nicht«, sagte ich.

»Das tut sie doch. Sie hat behauptet, dass dein Papa ein Seemann war, und dann ist er in Wirklichkeit von einer Kuh erdrosselt worden! Seemänner werden nicht von Kühen erdrosselt. Außerdem ist sie hinter Gejbel her.«

»Sie ist nicht hinter Gejbel her!«

»Ach?« Hasse sah mich mit viel sagend großen Augen an.

»Sie ist nur so mit ihm gegangen«, sagte ich.

»Tss«, machte Hasse. »Das möchtest du wohl gern. Ich hab sie aber seitdem zusammen gesehen.«

»Wo?«

»Vor dem Hotel. Gejbel hat sie mit seiner Vespa abgeholt.«

»Ist das wahr?«

»Klar, warum sollte ich dir was vorlügen?«

Der Mann auf dem Sprungbrett hüpfte, dass der ganze Ponton schwankte. Dann federte er ab, im Flug streckte er Beine und Arme, die Hände spitz zusammengelegt, und krümmte den Rücken. In einem rechten Winkel brach er den Flug ab und verschwand im Wasser. Zu hören war nichts, an der Eintauchstelle waren keine Wellen zu sehen. Als ob das Meer sich um ihn geöffnet und sofort wieder geschlossen hätte. Zwanzig Meter vom Ponton entfernt kam er wieder an die Wasseroberfläche.

Hasse biss in seine Warze.

»Vielleicht heiraten sie ja«, sagte er. »Dann kriegst du einen Stiefvater.«

Ich versuchte mir das vorzustellen. Mama und Gejbel. Eine ekelhafte Vorstellung.

»Deine Mama hat einen komischen Geschmack«, fuhr Hasse fort. »Erst nimmt sie einen, der von einer Kuh umgebracht wird ...«

»Erdrosselt«, sagte ich.

»... und dann einen mit Schnurrbärtchen und getalkten Schuhen.«

»Pöh«, machte ich. Ich hatte genug von Hasses Kommentaren. Ich stand auf und sprang mit einem Köpfer ins Wasser. Ich versuchte, so elegant wie möglich zu tauchen. Die Füße zusammen, gestreckter Körper. Ich fühlte, wie die Schenkel auf der Wasseroberfläche aufschlugen. Fast ein Bauchklatscher. Ich schwamm nach unten. Die Ohren schmerzten. Ich näherte mich dem Grund. Dort stand eine Staude Seegras und bewegte sich. Ich wickelte es um meine Hand. Dann wandte ich das Gesicht nach oben, dem Licht entgegen. Ich sah die Beine der beiden Männer, die in zwanzig Meter Entfernung Wasser traten. Gerade als ich auftauchte, sah ich Hasse springen. Er stand still, wie festgefroren in der Luft. Ich strich mir die Haare aus den Augen und schnappte nach Luft. Dann verschwand er unter Wasser.

44

Der Abend war warm und trocken nach dem langen, heißen Julitag. Hasse saß auf der Planke bei der Baracke und übte den *Traum von Elin*. Ich lag im Bett und las. Ich hatte mir einen riesigen Stapel Bücher aus der Schulbibliothek geholt, die den Sommer über geschlossen war. Und ich las ein Buch am Tag, meistens, wenn der Nachmittag in den Abend überging, manchmal auch nachts. Dann lag ich bisweilen bis zum Morgendämmern wach.

Die Musik draußen verstummte, und ich stand auf und ging zum Fenster. Hasse hatte die Ziehharmonika neben sich gegen die Wand gelehnt. Die rote, ausgebleichte Mütze mit dem Pappschirm saß zurückgeschoben auf seiner Stirn. Er zündete sich eine *Boy* an und schlug ein Bein über das andere. Ich legte mich wieder aufs Bett und las weiter. Eine Stunde später sah ich wieder aus dem Fenster. Die Ziehharmonika hatte er reingebracht, aber sonst saß er noch genauso da wie vorher, unbeweglich, die Hände überm Bauch gefaltet, wie manchmal alte Leute dasitzen.
Ich nahm meine Jacke und ging zu ihm hinaus. Er guckte nicht auf und drehte auch nicht den Kopf, als ich mich neben ihn setzte.
»Heute Abend sollten wir vielleicht mal nach den Erdbeeren sehen«, sagte er, ohne die Lippen zu bewegen.
»In Ordnung«, sagte ich und stand auf. Ich wollte zu meinem Fahrrad gehen.
»Es muss erst dunkel werden«, sagte er.
Und ich setzte mich wieder auf die Planke.
Hasse zog eine Ansichtskarte aus der Gesäßtasche. Er reichte sie mir. Auf der Karte waren weiße Dampfer, die an einem Kai vor einem großen, beflaggten Haus lagen. Ich drehte die Karte um.

Hej,
jetzt bin ich aus dem Krankenhaus entlassen. Ich war drei Tage dort. In einer halben Stunde fahren wir nach Runmarö. Wir fahren mit dem Schiff ganz links auf dem Bild.
Grüße von MAJ

Die Karte war an Hasse adressiert. Ich drehte sie um und betrachtete das Bild. Ich versuchte, mir Maj darauf vorzustellen. Ich versuchte mir vorzustellen, sie sei eine von den Menschen, die am Kai standen. Die Karte war zerknittert, weil Hasse sie in der Gesäßtasche gehabt hatte. Ich guckte auf den Poststempel.

»Wann hast du sie gekriegt?«, fragte ich.

»Vorgestern.«

»Vorgestern! Warum hast du mir nichts davon erzählt?«

»Hab ich vergessen.«

Er starrte vor sich hin, riss einen Grashalm ab und kaute darauf herum. Dann streckte er die Hand aus, als ob er die Karte zurückhaben wollte.

»Kann ich sie nicht ein bisschen behalten?«, fragte ich.

»Sie ist an mich gerichtet«, sagte er und hielt noch immer die Hand ausgestreckt.

»Sie ist an uns beide.«

»Das steht da aber nicht«, sagte Hasse. Er nahm die Karte und zeigte auf die Adresse. »Hans Klasson, das bin ich.«

Er steckte sie in die Gesäßtasche und setzte sich wieder hin. Plötzlich beugte er sich vor und zog die Karte wieder hervor. Er reichte sie mir.

»Na ja, dann nimm sie, wenn du sie unbedingt haben willst«, sagte er und stand auf. Eine Weile verschwand er um die Hausecke. Als er zurückkam, ging er zu seinem Fahrrad.

»Wollen wir?«

Ich steckte die Karte in die Innentasche meiner Jacke, und dann fuhren wir los.

Wir stellten unsere Fahrräder in dem kleinen Wald am Straßenrand ab und sprangen über die Mauer. Geduckt liefen wir auf das Erdbeerbeet von Direktor Floriin zu. Wie Schatten bewegten wir uns zwischen den Johannisbeerbüschen und Himbeersträuchern. Der Mond stand rot und schön über den gezackten Tannenwipfeln. Die Erde duftete nach der Wärme des Sommertages. Die Wege waren geharkt, und von unserer sicheren Position in den schützenden Johannisbeerbüschen konnten wir das Erdbeerbeet überblicken.

»Das müssen mindestens fünfhundert Pflanzen sein«, sagte Hasse.

Die Pflanzen waren in Holzwolle gebettet. An jedem Beetende stand eine Vogelscheuche. Die Hälfte der Erdbeerplantage war mit alten Heringsnetzen überspannt. Durch die Apfelbäume schimmerte gelbes Licht aus dem Küchenfenster von Gärtner Blom.

Hasse zog eine Papiertüte aus der Tasche, gab sie mir und holte eine weitere für sich selbst hervor. Dann stürmten wir los. Wir warfen uns auf die Erdbeerpflanzen und pflückten mit schnellen, gierigen Fingern. Hasse hielt eine Erdbeere hoch, die war so groß wie eine Kinderfaust.

Da hörten wir Karo. Er schlug kurz an, und dann kam er schon angeschossen. Er war an einer langen Leine angekettet, die sich vom Hundehof bis zu den Erdbeerbeeten spannte. Ich nahm die Beine in die Hand. Das Herz schlug mir bis zum Hals. So tauchte ich in die Johannisbeerbüsche.
Hasse blieb jedoch ruhig stehen. In seiner linken Hand leuchtete die weiße Papiertüte. Mit der rechten holte er

etwas aus der Tasche. Dieses Etwas hielt er sich über den Kopf. Karo kam an seiner Leine angerast, die langen Hundebeine trommelten über den Boden. Hasse hielt seine Rechte in die Luft, und der Hund blieb jäh vor ihm stehen, setzte sich hin und gab hübsch die Pfote. Hasse reichte dem Köter ein Stück Zucker. Oben in der Gärtnerwohnung wurde eine Tür geöffnet.

»Karo!«, rief Gärtner Blom.

Karo bekam noch ein Stück Zucker, und Hasse streichelte ihm über den Kopf.

»Karo, hierher!«, rief Blom.

Und Karo trottete davon, den Schwanz zwischen den Beinen.

»Sei still!«, hörte ich Gärtner Blom von oben rufen. Dann wurde die Tür geschlossen, und ich kehrte zu den Erdbeerbeeten zurück. Hasse hatte sich schon wieder hingehockt und pflückte weiter.

»Mensch, du bist ein Ass!«

Das war das Einzige, was mir einfiel. Meine Bewunderung kannte keine Grenzen.

»Du bist ein Ass«, wiederholte ich.

»Hunde sind nette Tierchen«, sagte Hasse.

Als unsere Tüten voll waren, gingen wir zu unseren Fahrrädern zurück und fuhren nach Hause. Bei uns in der Küche aßen wir die Erdbeeren mit Milch und Zucker, bis unsere Bäuche sich wie Trommeln anfühlten, schwer und prall.

Wir konnten uns kaum noch bewegen. Beim Essen lasen wir in alten *Phantom*-Heften und Comics. Wir lasen bis Mitternacht, dann wuschen wir gemeinsam das Geschirr

ab. Da lehnte Mama ihr Fahrrad gegen die Barackenwand, und gleich darauf kam sie zur Tür herein.
»Wie schön, dass ihr noch auf seid, Jungs«, sagte sie. »Guckt mal, was ich euch mitgebracht hab!«
Sie holte eine Schale mit mindestens einem Kilo Erdbeeren aus ihrem Einkaufsnetz. Außerdem hatte sie ein Paket Vanilleeis mitgebracht, das in Kohlensäureeis verpackt war. Es rauchte und zischte, als sie es in die Spüle legte.
»Na, freut ihr euch?«, fragte Mama und sah uns an.
»Und wie!«, sagten wir und leckten uns die Lippen.
»Wir freuen uns ganz wahnsinnig«, sagte Hasse. Dabei guckte er richtig überzeugend drein.
»Das kommt vom Direktor«, sagte Mama. »Er hat die besten Erdbeeren auf der Insel. Blom ist wirklich ein tüchtiger Gärtner.« Sie stellte Hasse und mir Teller hin.
»Willst du denn nichts essen?«, fragte ich in der Hoffnung, dass Mama wenigstens die Hälfte nehmen würde.
»Nein«, sagte sie. »Ich hab den ganzen Tag schon Erdbeeren gegessen. Von denen da möchte ich nicht eine einzige haben. Die anderen wollten auch keine mehr. Da hat der Chef sie mir mitgegeben. Morgen kriegen wir frische.«
»Wirklich sehr lecker«, sagte Hasse und sah mich an.
»Furchtbar lecker«, sagte ich. Und sehr, sehr langsam begann ich, mein Eis und die Erdbeeren zu essen.
Mama war schon zu Bett gegangen, als wir fertig waren. Hasse stand auf und rief Mama zu: »Danke für die Erdbeeren und das Eis!«
»Gute Nacht, Hasse!«, rief Mama zurück.
Den Rest von meinem Eis schüttete ich weg und spülte es in

den Abfluss. Ich hatte ein Gefühl, als ob mein Magen voller Sand wäre.

»Tschüss!«, sagte Hasse und ging zur Küchentür. »Bis morgen.«

»Tschüss!«, sagte ich und nahm meine Jacke, die über dem Stuhlrücken hing, ging in mein Zimmer und warf mich angezogen aufs Bett. Es erschien mir unmöglich, an meine Schuhe heranzukommen, mich vorzubeugen und mir die Turnschuhe aufzuschnüren – ein vollkommen unmögliches Manöver.

Ich machte die Lampe über dem Bett an. Dann streckte ich die Hand nach meiner Jacke aus und suchte in der Innentasche nach Majs Ansichtskarte. **Eine ganze Weile tastete ich herum, ehe ich kapierte, dass sie weg war. Ich hatte sie verloren.** Vor meinem inneren Auge sah ich mich vornübergebeugt in Direktor Floriins Erdbeerbeet.

»Scheiße«, sagte ich laut zu mir selbst.

Mit größter Wahrscheinlichkeit lag die Ansichtskarte in Direktor Floriins Erdbeerbeet. In einigen Stunden würde Gärtner Blom sie finden. Der Adressat war Hans Klasson. Maj Nyman war die Absenderin. Über mich stand nichts auf der Karte. Irgendwie war mir genau diese Tatsache unangenehm.

45

Ich musste warten, bis Mama eingeschlafen war, und versuchte zu lesen. Aber es ging nicht. Nach einer halben Stunde Warten öffnete ich das Fenster und stieg hinaus. Die Haustür hätte sie gehört. Die hatte sich in der Feuchtigkeit im Winter verzogen, sodass man sie mit Gewalt aufstoßen musste.

Jetzt war es draußen richtig dunkel, und der Himmel war klar ausgesternt. Ich ging zu Hasses Fenster und klopfte. Er wurde nicht wach.

»Hasse!«, rief ich so laut, wie ich mich traute.

Er war nicht zum Leben zu erwecken. Also nahm ich das Fahrrad und fuhr zum Garten vom Direktor. Alles war ruhig. Das Meer lag glatt und unbeweglich da. Die Mücken sirrten um meinen Kopf.

Im Garten angekommen, hockte ich mich hinter die Johannisbeerbüsche, wo ich vorher auch gesessen hatte. Hier könnte ich die Karte verloren haben. Ich bückte mich und suchte die Erde ab. Aber dort lag nichts. Ich musste hinaus in die Erdbeerbeete.

Da lag die Karte mit dem Bild nach oben. Ich war nur ein paar Meter von ihr entfernt. Im selben Augenblick, als ich sie sah, hörte ich, wie ein Beben durch Karos Leine ging, schnelle Pfoten raschelten durch das feuchte Gras. Ich sah Karo zwischen den Apfelbäumen auf der anderen Seite der Erdbeerbeete hervorgeschossen kommen und warf mich in die Johannisbeerbüsche. Hinter mir hörte ich ein Knurren und fühlte, wie mich etwas am Bein packte. Dann ertönte das Geräusch von reißendem Stoff. Ich rappelte mich auf, und da stand Karo. Nur ein paar Meter entfernt. Den Kopf vorgeschoben. Die Augen glitzerten. Ich untersuchte meine Hose. Sie war von der Wade an abwärts zerrissen. Ein zwanzig Zentimeter langer Riss. Ich betrachtete das Bein. Keine Spuren. Nur die Hose war kaputt.

Jetzt spürte ich mein Herz, meine Lungen, meinen Körper. Die Angst kam wie eine Welle und überspülte mich. Der Hals schnürte sich mir zu, und ich bekam einen trockenen Mund, die Beine wollten nachgeben unter mir. Das Herz schlug, als ob es mir aus der Brust springen wollte. Aus der halb geöffneten Hundeschnauze kam ein dumpfes Knurren. Wenn ich mich anstrengte, konnte ich die Ansichtskarte neben einer besonders großen und schönen Erdbeerpflanze liegen sehen. Ich begriff, dass meine Lage hoffnungslos war. Ich kehrte um zur Straße, stieg auf mein Fahrrad und strampelte nach Hause. Als ich meine Hände auf die Lenkstange legte, sah ich, wie sie zitterten.

Zu Hause versuchte ich nochmals, Hasse zu wecken, indem ich an sein Fenster klopfte. Es war sinnlos. Ich ging zur Vorderseite der Baracke und stieg die Vortreppe hinauf. Ich

drückte die Türklinke herunter und hob die Tür gleichzeitig an. Vorsichtig zog ich sie zu mir heran. Ein schwaches, fast unhörbares Quietschen, dann war sie offen. Ich betrat Klassons Küche. Aus dem Zimmer der Großeltern waren die Alten zu hören, das schwere, rasselnde Schnarchen vom Großvater, die Großmutter unregelmäßig und fast wimmernd. Ich ging auf Hasses Zimmer zu. Die Tür war zu. Natürlich. Wenn die Großeltern schnarchten, machte er seine Tür zu. Ich drückte die Türklinke herunter und schob die Tür auf. Aus den Scharnieren stieg ein abgrundtiefes Geheul. Als ob ich einer Katze auf den Schwanz getreten hätte. Hastig drückte ich die Tür ganz auf und schob sie wieder hinter mir zu, dann stand ich regungslos in Hasses Zimmer. Er hatte nichts gemerkt. Von seinem Bett war ein ruhiges Röcheln zu hören. Er lachte im Schlaf und sagte etwas Unverständliches. Ich ging zu ihm und machte die Nachttischlampe an.

»Hasse«, sagte ich, »wach auf ...«

Er richtete sich auf.

»Ich hab die Ansichtskarte verloren. Im Erdbeerbeet. Karo sitzt drauf. Wir müssen sie holen.«

Hasse stand auf, zog sich an und setzte sich die Mütze auf den Kopf. In der Küche tappte er zum Vorratsschrank und füllte sich eine Tasche mit Zuckerstückchen. Und ehe ich mich's versah, waren wir wieder auf dem Weg zu den Erdbeerbeeten von Direktor Floriin.

Wir warfen unsere Räder in den Graben und tauchten in die Johannisbeerbüsche. Als wir zu den Erdbeerbeeten kamen, stand Karo noch an derselben Stelle wie vorher. Die Ohren waren aufgerichtet und nach vorn gewandt, die Schnauze halb geöffnet, und aus seiner Kehle kam ein drohendes, dumpfes Knurren.

»Zeig dich nicht«, sagte Hasse zu mir. Er stellte sich außer der Reichweite des Hundes vor die Johannisbeerbüsche, nahm ein Stück Zucker aus der Tasche und warf es Karo zu, der es in der Luft auffing.

»Braver Hund«, sagte Hasse und warf noch ein Stück.

Karo fing auch das. Dreimal warf Hasse ihm Zucker zu, dann ging er zu dem Köter und hielt sich ein Stück Zucker über den Kopf.

»Gib die Pfote«, hörte ich ihn sagen.

Und Karo setzte sich, immer noch knurrend, und nahm das Stück Zucker entgegen.

Hasse verzog sich auf die andere Seite vom Hund. Vermutlich sucht er mit den Augen das Erdbeerbeet ab. Noch hatte er die Ansichtskarte nicht entdeckt. Karo knurrte immer intensiver. Hasse zog sich rückwärts zurück. Da bückte er sich und riss die Karte an sich. Er hatte sich zu schnell bewegt. Das gefiel Karo nicht. Er bellte laut. Hasse warf ein Stück Zucker hoch. Karo bellte wieder, und Hasse warf das letzte Stück Zucker in die Luft, und während Karo den Zucker fixierte, stürzte Hasse davon. Wir hörten, wie oben in Bloms Haus eine Tür klappte. Blom war draußen.

»Jetzt rennen wir«, sagte Hasse.

Und das taten wir. Wir stürmten durch das hohe Gras zur Mauer, sprangen hinüber, rissen unsere Räder aus dem Graben und fuhren los. Wir traten in die Pedale, was das Zeug hielt, und fuhren zum Hafen hinunter, um Blom so schnell wie möglich zu entkommen. Aber wir waren nicht schnell genug, denn bevor wir in der Kurve verschwanden, hörten wir ihn hinter uns rufen.

»Ihr Rotzbengel! Ich will wissen, wer ihr seid. Nehmt euch bloß in Acht, nehmt euch in Acht …«

Wir hatten die Kurve hinter uns, und Blom konnte uns nicht mehr sehen. Linker Hand lagen Meer und Hafen.

»Was für ein Morgen«, sagte Hasse und gab mir die Karte.

Noch nie hatte ich ihn so bewundert wie in diesem Augenblick an diesem Morgen, kurz vor der Dämmerung, als das Meer wie Magermilch in einem Napf dalag, und alles war feucht, ein bisschen kühl und sehr still.

Hasse ließ die Lenkstange los und holte eine Kippe aus der Mütze. Er zündete sie an und reichte sie mir.

»Barsche«, sagte er, »heute werden Barsche geangelt.«

Dann fuhren wir um den Ort herum zum Solberg hinauf, damit wir nicht an Blom vorbeimussten. Zu Hause gruben wir nach Würmern, holten unsere Angeln, und als die Sonne aufging, saßen wir am äußersten Ende der Hafenpier mit unseren roten und weißen Schwimmern, die auf dem öligen Wasser trieben.

»Ein Bumsgummi«, sagte Hasse und zeigte auf ein ballonartiges Ding, das in der Brandung schwappte.

Im selben Augenblick biss einer bei mir an. Ich kriegte den ersten Fisch. Dann brauchten wir nur noch die Leinen auszuwerfen und einzuholen. An diesem Morgen angelte ich acht Barsche. Zwei davon waren die größten, die ich jemals geangelt habe, und ich fing sie alle mit demselben Wurm. Es dauerte zwanzig Minuten, dann war es vorbei. Hasse kriegte fünf, und keiner von seinen Fischen war groß. Ich gab ihm meinen größten. Der muss nahezu ein halbes Kilo gewogen haben.

»Nimm den«, sagte ich.

Hasse zögerte. Schließlich streckte er die Hand aus und nahm ihn entgegen.

Als die Leute auf dem kleinen dänischen Frachter wach wurden, an dessen Heck wir saßen, fuhren wir nach Hause. Ich war müde und legte mich angezogen aufs Bett. Nur die Fische hatte ich vorher noch in den Keller gebracht. Das waren richtige Fische fürs Mittagessen, keine Katzenfische wie so oft. Ich hatte die Augen nur ein Weilchen zumachen wollen. Aber natürlich schlief ich ein und wurde erst wach, als Mama zur Arbeit ging. Es war zwölf, und Mama war im Keller gewesen und hatte die Fische gefunden. Sie gab mir einen Kuss auf die Wange und lobte mich. Ich fragte, ob sie Stecknadeln hätte, und sie sagte, ich solle im Nähkorb nachgucken.

Mama verschwand, und ich suchte ihre Stecknadeln. Dann pinnte ich Majs Karte über meinem Bett fest. Jetzt war es ein Gefühl, als ob die Karte mir gehörte, obwohl sie an Hasse adressiert war und obwohl er es gewesen war, der sie Karo wieder entrissen hatte. **Ich hatte sie ihm abgekauft. Dafür hatte er meinen größten Barsch gekriegt.**

46

Ich glaube, in der Woche lief *Der Gefangene von Zenda* im Kino. Der Film war für Jugendliche zugelassen, aber Hasse und ich saßen trotzdem oben auf der Galerie. Auf die Weise mussten wir nicht bezahlen.

»Genau wie Nowak«, sagte Hasse mitten im Film, obwohl ich nicht verstand, was er meinte.

Am nächsten Tag lieh ich mir das Buch in der Bibliothek. Zum ersten Mal erlebte ich, was allzu selten vorkommt, dass der Film besser war als das Buch.

In diesen Tagen kam auch ein Brief von Maj. Sie hatte ihn an Hasse adressiert. Er zeigte mir den Brief, ehe er ihn geöffnet hatte. Der Brief war in Majs weicher, runder Mädchenhandschrift auf liniertem Papier geschrieben, das am Rand ein wenig geriffelt war.

Runmarö im Juli

Hej,

jetzt bin ich schon eine Woche auf Runmarö, aber zuerst will ich erzählen, wie es im Krankenhaus war. Es liegt außerhalb der Stadt und besteht aus einer Ansammlung von Backsteingebäuden. Mein Zimmer war im sechsten Stock. Die Ärzte und

Schwestern machten EKG-Untersuchungen und nahmen mir dauernd Blutproben ab. Der Chef heißt Dozent Mannheimer. Als ich entlassen wurde, hab ich ihm einen Pfirsich geschenkt.
Es war ziemlich langweilig im Krankenhaus, aber da waren einige in meinem Alter, und wir konnten uns nachts unterhalten, obwohl wir das nicht durften.
Bevor wir mit dem Schärendampfer nach Runmarö gefahren sind, waren wir im Freilichtmuseum in Skansen.
Mama war sehr erstaunt, dass ich schwimmen kann. Ich bin jeden Tag geschwommen, seitdem wir hier angekommen sind. Die haben hier ein Segelboot, und ich bin auch schon gesegelt mit meinem Cousin. Er heißt Fredrik. Gestern ist beim Segeln etwas Trauriges passiert. Ich hab meinen einen Bären verloren. Es war der blaue. Jetzt hab ich nur noch den rosafarbenen. Ich nenn ihn Putte. Er schläft abends bei mir.
Ich hab kein Heimweh, falls Ihr das glaubt, denn hier ist es sehr schön, und ich bin ziemlich braun geworden.
Am 1. August komme ich nach Hause. Aber Ihr werdet mich nicht wieder erkennen, denn ich habe etwas getan, darüber hat sich meine Mama furchtbar aufgeregt.
Grüße von MAJ
PS: Der Herzfehler hat sich verwachsen, sagt Mannheimer.

»Lies es noch mal«, sagte Hasse, als ich den Brief einmal vorgelesen hatte. Ich las ihn also noch mal vor, und wir versuchten zu erraten, was sie getan hatte, worüber sich ihre Mama so aufgeregt hatte und das es uns schwer machen würde, sie wieder zu erkennen. Aber wir kamen nicht drauf. Ich fragte Hasse, ob er den Brief haben wollte, aber er sagte, dass es ihm egal sei. Wenn ich wollte, könnte ich ihn haben. Ich steckte den Brief also wieder in den Umschlag und pinnte ihn mit Stecknadeln an die Wand neben die Ansichtskarte. Doch dann wollte ich ihn noch einmal lesen. Also nahm ich ihn wieder ab und legte ihn anschließend in meine Kommodenschublade.

Ich dachte an den blauen Bären. Der rosafarbene hieß Putte, hatte sie geschrieben. Ich überlegte, wie der blaue geheißen haben mag. Dann holte ich Mamas Briefpapier und versuchte, Maj einen Brief zu schreiben. Doch obwohl mir das Schreiben sonst so leicht fiel, wusste ich jetzt nicht, was ich ihr schreiben sollte. Ich zerriss mehrere vergebliche Versuche und beschloss, es zu lassen.

Aber Hasse kaufte am nächsten Tag eine Ansichtskarte, auf der die Zementfabrik abgebildet war. Darauf schrieb er, dass wir viele Erdbeeren gegessen und uns sehr über ihre Ansichtskarte gefreut hatten und dass ich (Harry) den größten Barsch geangelt hatte, der jemals im Hafen geangelt worden war. Er grüßte von uns beiden und ließ mich die Karte lesen, bevor er sie in den Briefkasten warf.

Um diese Zeit hatten Mama und Gunsan zwölf Richtige im Lotto. Eines Sonntagabends kam Gunsan mit rotem Gesicht angeradelt, und in der Handtasche hatte sie die Lottoscheine, und die warf sie Mama, die gerade *Sommerabend auf Skansen* oder irgendein anderes Radioprogramm mit gemeinsamem Singen hörte, auf den Tisch. Mama sang immer mit, während sie strickte.

Aber jetzt kam also Gunsan hereingestürmt und zerrte die gelben Scheine aus der Handtasche.
»Zwölf Richtige!«, rief sie.
»Nein«, sagte Mama, »das kann doch nicht angehen!«
»Elftausend!«, rief Gunsan. »Zwölf Richtige bringen elftausend!«
Mama klappte den Mund auf.
»Elftausendsechshundertdreißig Kronen«, sagte Gunsan und ließ sich mit einem Plumps auf den Stuhl Mama gegenüber fallen.
Sie fingen beide an zu lachen.
»Fünftausendachthundertfünfzehn Kronen!«, rief Gunsan. Das mag einem heute vielleicht wenig vorkommen. Aber damals war es das keineswegs. Fünftausendachthundertfünfzehn Kronen waren ziemlich genau die Hälfte vom Jahreslohn meiner Mama. Sie biss sich in die Unterlippe und sah mich an.
»Jetzt darfst du dir wünschen, was du willst«, sagte sie.
»Eine Lederjacke«, sagte ich.
Mama nickte.
»Übrigens«, sagte ich, »zwei Lederjacken, auch eine für Hasse.«
Mama nickte. »Zwei Lederjacken, natürlich, klar sollt ihr jeder eine Lederjacke haben. Wo ihr doch jetzt zur Realschule kommt.« Sie stand auf und umarmte mich.
Gunsan stand auch auf und umarmte mich, und so standen wir alle drei in unserer Küche und umarmten einander, und aus dem Radio tönte ein Walzer. Dann setzten wir uns an den Tisch und untersuchten die Lottoscheine.

»Ist es auch wirklich wahr?«, fragte Mama. »Haben wir nicht irgendwas falsch gemacht?«
»Nein, nein«, sagte Gunsan. Sie war ihrer Sache ganz sicher. »Das hier sind zwölf Richtige, zwölf mitten ins Schwarze.« Und sie und Mama lachten und begannen darüber zu reden, was sie mit so viel Geld machen wollten. Mama hatte keinen Urlaub gehabt und meinte, sie wollte eine Reise aufs Festland unternehmen. Gunsan wollte sich ein Sofa für ihr Wohnzimmer anschaffen.
»Kriegen wir ganz bestimmt jeder eine Jacke?«, fragte ich.
»Klar«, sagte Mama. »Dienstag hab ich frei. Dann können wir in die Stadt fahren.«
Ich ging zu Hasse hinüber und klopfte an die Tür. Sein Großvater kam öffnen.
»Kann Hasse mal rauskommen?«
Der Alte nickte und rief Hasse zu: »Harry ist hier!« Und Hasse tauchte in der Tür auf.
»Komm, ich muss dir was erzählen«, sagte ich, und dann erzählte ich ihm von den Lederjacken.
Zuerst sah Hasse froh aus, aber dann verdüsterte sich sein Gesicht.
»Mama hat mir eine Jacke für den Herbst versprochen«, sagte er. »Ich krieg eine von ihr.«
»Ach«, sagte ich, »es macht doch nichts, wenn du zwei hast.«
»Vielleicht nicht ... Ich werd Mama mal anrufen und sie fragen.«
Und das tat er. **Es war ein kurzes Telefongespräch mit seiner Mama in Midsommarkransen.**

»Sie hat jetzt kein Geld für eine Lederjacke«, sagte er. »Und ich hab ja schon den Plattenspieler gekriegt.«
Also fuhren Hasse, Mama, Gunsan und ich an einem der letzten Julitage mit dem Bus in die Stadt und kauften unsere Lederjacken. Sie sahen beide gleich aus: innen dunkelblau und seidig schimmernd gefüttert, das Leder war weich und schwarz, und man konnte den Kragen so hochschlagen, dass er auch stehen blieb. Wir kauften die Jacken etwas zu groß, damit wir hineinwachsen konnten, und ich kaufte mir auch einen Stahlkamm. Dann aßen wir im Stadthotel. Drei Tage später kam Maj.

47

An dem Abend, als Maj nach Hause kommen sollte, kurvten wir auf unseren Fahrrädern vor Äppelbo herum. Wir trugen unsere Lederjacken, die an diesem lauen Sommerabend viel zu warm waren. Oberwachtmeister Nyman hatte sich Perssons hellblauen Volkswagen geliehen. Der fuhr jetzt vor bis zur Treppe, und im Vorbeifahren sahen wir jemanden auf dem Rücksitz. Da saß jemand und winkte. Aber Maj sah die Person nicht ähnlich.

»Was zum Teufel hat sie getan?«, sagte Hasse verdutzt.
»Weiß der Geier«, sagte ich. »Vielleicht war das eine Cusine.«

»Wie das denn?«, sagte Hasse. »Meinst du, das war gar nicht Maj?«
»Sah ihr jedenfalls nicht ähnlich«, sagte ich.
Wir fuhren weiter im Kreis, während das Auto unten auf dem Hof anhielt, und dann sahen wir, wie Maj ausstieg. Das war auf jeden Fall Maj, wenn sie auch nicht aussah wie sonst.
»Das Haar ist ab«, sagte Hasse.
»Sie hat sich die Haare abschneiden lassen!«, sagte ich.
Und wir stießen einen Seufzer der Verzweiflung aus. Ihre Haarmassen hatten wir beide geliebt. Jetzt waren sie weg. Sie kam den Gartenweg zur Pforte hochgelaufen. Ihr Gesicht war auf eine neue Art und Weise schmal und braun gebrannt, und von ihrem taillenlangen Haar war noch gerade so viel übrig, dass es zu einem kurzen Pferdeschwanz reichte.
Sie tanzte um uns herum.
»Merkt ihr was?«, rief sie.
»Nee«, sagte Hasse.
»Du auch nicht?«, fragte sie mich.
Ich schüttelte den Kopf.
»Ich hab mir doch die Haare abschneiden lassen!«, rief sie. »Merkt ihr das wirklich nicht?«
»Jetzt merken wir es«, sagte Hasse.
»Man merkt es, jetzt, wo du es sagst«, sagte ich.
»Ihr seid ja albern«, sagte sie. »Es ist jedenfalls ein schönes Gefühl. Ich bin froh, dass ich die langen Haare los bin. Die hab ich gehabt, seit ich so klein war.«
Sie markierte mit der Hand ein Zeichen in Hüfthöhe. »Jetzt

fühl ich mich wie ein neuer Mensch«, sagte sie und warf den kleinen Pferdeschwanz zurück. »Jetzt muss ich auspacken«, fuhr sie fort und wollte zurücklaufen.

»Hast du unsere Jacken gesehen?«, fragte Hasse. Er holte seinen Stahlkamm aus der Gesäßtasche und fuhr sich einige Male damit durchs Haar.

»Du müsstest dir auch mal die Haare schneiden lassen«, sagte Maj. Dann musterte sie unsere Jacken. »Die sehen ziemlich warm aus. Tschüss ...!«

Sie lief davon und verschwand mit einem kleinen blauen Koffer in der Hand im Haus.

Hasse und ich fuhren in den Ort. Als wir am Solberg vorbeikamen, sahen wir jemanden im Ritzbaum klettern. Wir hielten an, legten die Räder in den Graben und gingen den Abhang hinauf.

»Der eine ist Tocken«, sagte Hasse. »Aber wer ist der andere?«

»Könnte sein großer Bruder sein«, sagte ich.

Aber es war nicht sein großer Bruder. Als wir unterm Baum ankamen, sahen wir, wer dort saß. Es waren Tocken und sein Papa. Beide waren hoch in den Baum hinaufgeklettert, und beide waren mit Ritzen beschäftigt.

»Was macht ihr da?«, rief Hasse.

Tockens Papa, der einen Bart und ein sehr schmales, blasses Gesicht hatte, guckte zwischen den Zweigen hervor. Es sah aus, als ob sein Gesicht eine Frucht am Baum wäre.

»Wir gestehen unsere Liebe«, sagte er.

»Papa ist nach Hause gekommen!«, rief Tocken, der am allerhöchsten saß.

»Kommt rauf, Jungs«, sagte Tockens Papa. »Wir leihen euch ein Messer, dann könnt ihr auch eure Liebe gestehen.« Sein Gesicht strahlte und leuchtete wie ein vom Himmel gefallener Mond, der sich in den Blättern verfangen hatte.
»Heute nicht«, sagte Hasse.
Wir gingen zu unseren Fahrrädern zurück und fuhren zum Hafen.
»Sie haben ihn freigelassen«, sagte ich.
»Lange wird der sicher nicht frei herumlaufen«, sagte Hasse. »Klettert auf Bäume und gesteht seine Liebe. Den sperren sie bestimmt bald wieder ein.«
Wir wussten beide, dass ein Erwachsener, der sich wie ein Kind benimmt, genauso eine schlechte Figur macht wie ein Kind, das sich erwachsen zu benehmen versucht. Ja, bedeutend schlechter, denn das Kind würde ja einmal erwachsen werden und hatte eine Entschuldigung, wenn es die Spiele der Erwachsenen spielen wollte – Zigarettenrauchen, im Park tanzen, mit Dynamit hantieren ... Aber ein Erwachsener, der auf Bäume klettert, der geht rückwärts. Er geht im Krebsgang und bewegt sich in die verkehrte Richtung. So etwas war nicht mehr zu verstehen, noch weniger zu entschuldigen. So etwas wurde Torheit genannt.
Am nächsten Tag kam Maj uns besuchen, ehe wir aufgestanden waren. Sie stand draußen auf dem Hof und rief.
»Hallo!«, rief sie. »Seid ihr zu Hause?«
Ich stand auf und guckte aus dem Fenster. Es war strahlendes Wetter – wie es fast den ganzen Sommer über gewesen war –, und Maj stand mit ihrem Fahrrad auf dem Hof. Im Korb an der Lenkstange hatte sie ein Handtuch und eine

Flasche Saft. Ich öffnete das Fenster und rief ihr zu, dass ich gleich käme. Maj stellte das Rad auf der Stütze ab und setzte sich auf die Planke an der Barackenwand.

Dann hörte ich die Ziehharmonika. Es war Hasse. Man merkte sofort, dass er es war, denn er spielte ständig falsch und kam aus dem Takt. Er war auf die Vortreppe gekommen, und er spielte den *Traum von Elin*. Ich beugte mich aus dem Fenster und sah ihn auf dem Schemel sitzen, auf dem sein Großvater immer saß. Er hatte den Kopf nach links gedreht, und mit den Augen verfolgte er die Bewegungen der rechten Hand auf den Perlmuttertasten der Ziehharmonika.

Maj stand auf und begann, mit sich selbst durchs Gras zu tanzen. Der verwaschene Baumwollrock rutschte über ihre braunen Knie. Sie hielt die Hände, als ob sie jemanden umarmte, und sie wurde in den Wirbeln des Tanzes durchs Gras geführt. **In dem Augenblick sah ich, dass sie eine rosa Haarschleife hatte. Und an ihrem Fahrrad, befestigt am Korb, saß der rosafarbene Bär mit Namen Putte.** Maj tanzte immer näher zu Hasse heran, der immer öfter aus dem Takt kam. Schließlich brach er mitten in einem Takt ab. Maj blieb stehen.

»Du spielst schon prima!«, rief sie. »Kannst du noch mehr?«

»Nur das«, antwortete Hasse, und dann ging er mit seiner Ziehharmonika hinein.

Ich zog mich an und aß im Stehen ein Butterbrot. Dann ging ich hinaus, und wir fuhren ans Meer.

»Heute ist es bestimmt ganz warm«, sagte Hasse und

spähte zu dem Wimpel, der schlapp und fast unbeweglich an seiner Stange hing.

Wir machten den Umweg in Richtung Viken, und dabei kamen wir an Direktor Floriins Haus vorbei.

»Stimmt es, dass ihr Erdbeeren geklaut habt?«, fragte Maj, als wir an dem Garten vorbeikamen.

Wir sahen einander an, Hasse und ich.

»Mama hat so was gehört, von Frau Blom«, sagte Maj.

Hasse und ich gestanden, dass wir Erdbeeren geklaut hatten.

»Schade«, sagte Maj.

»Warum«, sagte Hasse, »sie haben gut geschmeckt.«

Maj seufzte.

»Mama hat inzwischen so viel von euch gehört. Und ihr gefällt nicht, was sie hört. Ihr gefällt nicht mal, dass ihr mir das Schwimmen beigebracht habt, obwohl, das ginge ja noch. Aber dass ihr in die Baracke eingebrochen seid und Obst klaut, das ist zu viel für sie. Außerdem mag sie nicht, dass du rauchst ...«

Maj sah Hasse vorwurfsvoll an.

»Ich hab nächste Woche Geburtstag. Zur Feier darf ich alle meine Freunde einladen, nur euch nicht. Das erlaubt Mama nicht. Versteht ihr ...«

48

Vielleicht war es der heißeste Tag in jenem Sommer. Das Meer lag blank und ölig da. Hasse sagte, es sei Gewitter in der Luft, aber es war nicht zu verstehen, wie er das meinte. Der Himmel war klarblau und wolkenlos, und die Tennisplätze lagen leer und still, weil niemand Kraft hatte, in der Nachmittagshitze zu spielen.

Wir lagen am Strand der Fabrik auf unseren Handtüchern dicht am Wasserrand. Maj stand auf.

»Ich muss jetzt baden.«

Sie ging ins Wasser, und Hasse und ich folgten ihr. Sie ging geradewegs hinaus, bis ihr das Wasser zum Kinn reichte. Es waren fünfzig Meter zum Ufer und fünfzig Meter zum Ponton.

»Ob ich es wohl bis dahin schaffe?«, fragte Maj.

»Klar«, sagte Hasse.

»Wir schwimmen neben dir her«, sagte ich.

Und Hasse und ich begleiteten sie wie Pilotfische den Tigerhai. Oder wie kleine Hunde ihrem Frauchen folgen – je nachdem wie man es sieht.

Sie schwamm geradeaus, ohne nach rechts oder links zu gucken, und sie erreichte den Ponton, kletterte die Treppe hinauf, zog ihren Badeanzug zurecht und legte sich hin.

»Bravo!«, rief Hasse. Er kletterte hinter Maj her.

»Gratuliere!«, rief ich. »Zum ersten Mal auf dem Ponton!«

Maj sah sich um.

»Hu«, sagte sie, »es sieht weit aus bis an Land.«

»Ist es aber nicht«, tröstete Hasse sie. »Auf der Hälfte der Strecke hast du Boden unter den Füßen.«

»Es ist ganz ungefährlich«, sagte ich. »Wir haben beide den Rettungsschwimmer.«

Und ich sprang ins Wasser und tat so, als ob ich nicht schwimmen könnte, und Hasse warf sich hinterher, packte mich am Kopf und transportierte mich, auf dem Rücken liegend, um den Ponton herum.

Wir kletterten wieder hinauf.

»Verstehst du«, sagte ich, »wir können dich retten. Es gibt keine Probleme.«

»Klar«, sagte Hasse, »wir haben gute Gene. Unsere beiden Väter sind Seemänner.«

»Wirklich?«, fragte Maj.

Hasse nickte.

»Meiner ist in New Orleans gewesen«, sagte er, »und in Port Said ...«

Und das stimmte. Über Hasses Bett hingen zwei Ansichtskarten. Die eine war aus New Orleans, die andere aus Port Said.

Maj guckte mich an.

»Die alte Frau Lehander«, sagte sie, »ist das deine Großmutter?«

Mir wurde ganz kalt.

»Was hast du gesagt?«, fragte ich.

»Die Frau, die in diesem kleinen Haus wohnt, ist das die Mutter von deinem Vater?«, fragte Maj.
»Nee«, sagte ich. Plötzlich hatte ich einen ganz trockenen Mund.
»Mama sagt aber, das ist so.«
»Ach«, sagte ich und stand auf. Mit dem Kopf voran stürzte ich mich ins Meer.
»Das glaub ich nicht«, hörte ich Hasse sagen, als ich wieder auftauchte.
Ich hatte einen furchtbaren Bauchklatscher gemacht. Oberschenkel, Bauch und Gesicht taten mir weh, der ganze Körper brannte. Ich schwamm, so weit ich konnte, unter Wasser. Erst als ich ein Gefühl hatte, als ob ich platzen würde, tauchte ich wieder an die Oberfläche.
»Kommt rein!«, rief ich Hasse und Maj zu.
Hasse stieg auf das Sprungbrett, und Maj richtete sich auf und sah zu, wie Hasse einen Salto von da oben machte. Ich schwamm zurück zum Ponton und stieg auch aufs Sprungbrett. Einen Salto hatte ich noch nie versucht. Jetzt ging ich geradewegs hinaus aufs Brett, holte Luft, machte die Augen zu und wirbelte herum. Ich kam auf dem Rücken unten an. Platt auf dem Rücken. Mir blieb die Luft weg, kaum schaffte ich es bis zum Ponton, schnappte nach Luft. Hasse streckte die Hand aus.
»Scheiße, was für eine Landung«, sagte er.
Maj verzog das Gesicht und berührte mein Schulterblatt.

»Oje«, sagte sie, »das muss wehgetan haben.«
»Sie ist nicht meine Großmutter«, sagte ich und stieg wieder auf das Sprungbrett. Dann machte ich einen Hecht-

sprung und tauchte bis zum Grund. Da unten hielt ich mich am Seegras fest, das in der Dünung schwankte, bis mein ganzer Körper nach Luft schrie. Da stieg ich wieder an die Oberfläche.

»Du bist aber lange unten geblieben!«, rief Maj.

Ich schwamm zum Ponton und kletterte hinauf.

»Könnt ihr mir nicht auch das Tauchen beibringen?«, fragte Maj.

»Na klar«, sagte Hasse. »Du fängst damit an, dass du dich auf die Treppe stellst.«

Dann stieg er die Treppe hinunter und zeigte Maj, was sie tun sollte. Ich lag an Deck und guckte zu. Maj machte ein halbes Dutzend Bauchklatscher, dann klappte es besser.

»Jetzt will ich es mal vom Rand aus versuchen«, sagte Maj. Der Ponton lag ja ziemlich hoch, und es war sicher ein Meter vom Rand bis zur Wasseroberfläche.

»Du hast Mut«, sagte Hasse.

Maj stellte sich am Rand hin, und Hasse modellierte sozusagen die richtige Haltung aus ihrem Körper; er beugte ihre Knie, indem er ihr die Hände in die Kniekehlen drückte; er brachte sie dazu, in den Beinen zu federn und zu schaukeln, indem er sie um die Mitte fasste und sie zusammendrückte; er richtete ihre Arme über dem Kopf aus, und als sie perfekt dastand, sagte er: »Spring!«

Und Maj machte einen perfekten Hechtsprung. Hasse klatschte Beifall und ich auch. Es war wirklich perfekt gewesen.

»Du solltest Schwimmlehrer werden«, sagte Maj, als sie wieder auf der Treppe stand.

Mich sah sie nicht mehr. Ich spürte, wie Eifersucht und das Gefühl von Ausgeschlossensein in mir aufstiegen, von den Füßen an aufwärts durch den Körper. Ich drehte mich auf den Bauch, rutschte bis an den Rand des Pontons und guckte hinunter in das ölige Wasser. Ich hörte nicht, wie Hasse und Maj sich unterhielten. **Vor meinem inneren Auge sah ich die alte Lehander. Die alte Lehander – meine Großmutter ...**

Ich hörte den Plumps, als Hasse ins Wasser tauchte, dann hörte ich, wie Maj hinterhersprang. Hasse rief ihr etwas zu, aber ich verstand nicht, was. Ihre Stimmen entfernten sich. Sie schwammen an Land.

Ich blieb liegen wie weggeworfen. Mein Rücken tat weh von dem Platsch vom Sprungbrett. Die Eifersucht lähmte meine Muskeln, und ich hatte ein Gefühl, als könnte ich mich nie mehr bewegen. In mir mahlte wie Zahnschmerz die Frage nach der alten Lehander. In meinem Kopf war alles wie ein öliger Brei. Die Gedanken waren glitschig und schwer festzuhalten. Ich sah Maj und Hasse am Ufer an Land waten. Maj hob ihr weißes Handtuch auf und schwenkte es über dem Kopf. Hasse nahm Majs Saftflasche und fragte offenbar, ob er davon trinken dürfe. Dann setzte er die Flasche an den Mund und trank.

Ich hörte ein Grollen weit draußen über dem Meer. Am Horizont zog es sich schwarz zusammen. Ich kletterte aufs Sprungbrett, tauchte ins Wasser und schwamm an Land.

Als ich herankam, saßen Hasse und Maj auf ihren Badelaken. Hasse hatte seine rechte Hand ausgestreckt. Maj war damit beschäftigt, ihre rosa Haarschleife darumzuwickeln. Sie machte einen Knoten und zog ihn fest.

»Jetzt hat jeder eine«, sagte sie. »Jetzt hab ich keine Schleifen mehr.« Sie warf ihr kurzes Haar zurück. »Am besten, wir fahren nach Hause«, sagte sie. »Seht ihr das da draußen …?«
Sie zeigte zum Horizont. Es wurde rasch dunkler.
»Guckt mal«, sagte Hasse. »Was für ein Blitz!«
Maj stand auf, und wieder schaffte sie es auf diese rätselhafte Frauenart, Rock und Bluse anzuziehen, während sie sich gleichzeitig den nassen Badeanzug auszog. Ich zog meine Hose gar nicht erst an, nur das Hemd. Die Hose rollte ich mit dem Badehandtuch zusammen.
Dann gingen wir zum Ausgang. Alle am Strand hatten sich erhoben. Badelaken wurden ausgeschlagen, ein erster kühler Windstoß kam angefegt, das Wasser kräuselte sich, Mütter riefen nach ihren Kindern, die am Ufer planschten.
Als wir auf dem Weg durch den Ort waren, kam der Regen, erst leicht und weich, dann schwer und hart in großen Tropfen, die aussahen wie Weintrauben. Im Handumdrehen waren wir durchnässt.
»Ich muss hier rein«, sagte ich, als wir zum *Strandhotel* kamen.
Maj und Hasse fuhren weiter. Ich stellte mein Rad im Fahrradständer des Hotels ab, zog meine Hose an und legte mir das Handtuch um die Schultern. Ich benutzte den Kücheneingang.

49

Ich gelangte in die Hotelküche. Dort herrschte gerade Hochbetrieb, weil Lunchzeit war. Auf dem Parkplatz vor dem Hotel stand ein Touristenbus, und der Esssaal war voll besetzt. Ununterbrochen schlug die Tür auf und zu, und Maj-Britt, Lena und Mama rannten mit vollen Tabletts hin und her, und in den schwingenden Türen kamen sie sich gefährlich nah. Die Köche standen an ihrem großen Herd, und ihre Schürzen waren schmutzig und die Mützen fettig.

»Viermal Schweinekotelett!«, rief Mama, als sie zur Tür hereinkam. Dann entdeckte sie mich. Sie stellte ein Tablett mit Tellern voller Soßenreste und Kaffeetassen und Untertassen ab. Auf den Untertassen hatten die Leute Zigaretten ausgedrückt.

»Harry, was willst du denn?«

»Können wir mal eben nach draußen gehen?«

»Nicht jetzt, Harry, wir haben viel zu tun!«

»Nur mal kurz nach draußen ...«

Ich zeigte auf die Tür zur Küche, und Mama seufzte und stieß die Tür auf und folgte mir hinaus.

»Sechsmal Lachs!«, hörte ich Maj-Britt aus der Küche rufen und dann das Geklirr, mit dem sie ein Tablett mit Geschirr auf einer Spüle absetzte.

»Was ist los?«, fragte Mama. »Du bist ja ganz nass!«
»Ist ... ist Tante Lehander meine Großmutter?«
Ich wusste nicht, wie ich sie nennen sollte. Da wurde es eben eine Tante. Ich konnte einen Menschen, der vielleicht meine Großmutter war, nicht Alte nennen. Ich hörte, wie Mama die Luft ausstieß. Sie setzte sich auf die Treppe, die zum Obergeschoss führte.
»Viermal Erdbeeren mit Schlagsahne!«, war Lena aus der Küche zu hören. Der Luftzug von schwingenden Türen drang bis zu uns in die Vorhalle heraus.
»**Ja**«, sagte Mama.
Ich stürzte hinaus. Das Gewitter war genau über uns. Der Himmel wurde zerrissen, und der Knall kam im selben Moment, wie die Blitze durch den schwarzen Himmel zuckten. Mama rief, aber ich blieb nicht stehen. Ich lief zum Fahrradständer, warf mich auf mein Rad und strampelte, was ich konnte. Der Regen hämmerte in meinen Nacken. Ich strampelte an der Fabrik vorbei in Richtung Viken. Ich hatte kein Ziel. Ich strampelte den Weg entlang.
Da sah ich Hasses und Majs Räder beim Bunker. Sie lehnten gegen einen der wilden Apfelbäume. Ich lenkte mein Rad in den Graben und lief durch das hohe, nasse Gras. Ich näherte mich von der Meerseite. Vorsichtig spähte ich durch eine der Schießöffnungen. Die ganze Zeit regnete es mir in den Nacken. Sie saßen auf der Pritsche aus Tannenreisig, die wir für Nowak gemacht hatten. Die Tannennadeln waren rot geworden. Sie saßen nebeneinander. Maj trug Hasses Mütze. Hasse lehnte an der Wand und rauchte. Da begegnete ich Majs Blick. Sie sagte nichts. Sah mich nur

an. Hasse merkte, dass sie guckte, und drehte sich um. Ich sprang auf und lief zur Straße.

Die beiden kamen aus dem Bunker und riefen mir nach: »Harry«, riefen sie, »Harry!«

Aber ich blieb nicht stehen, sondern schwang mich auf mein Rad und jagte nach Hause. Dort zog ich mich aus und wickelte mich in die Decke auf meinem Bett. Es hatte aufgehört zu regnen, aber es tropfte noch von den Dachrinnen. Die Vögel fingen wieder an zu singen. Ich versuchte zu lesen, aber es ging nicht. Nach einer Weile hörte ich Hasse und Maj auf dem Hof. Sie stellten ihre Räder ab. Sie kamen über die Vortreppe zur Tür herein. Hasse setzte sich auf meinen Stuhl, Maj auf das Fußende von meinem Bett.

»Was ist los mit dir?«, fragte Hasse.

Ich gab keine Antwort.

»Sag schon, was ist«, bat Maj.

»Lehander ist meine Großmutter«, sagte ich und begrub meinen Kopf in der Decke, denn sie sollten nicht sehen, dass ich weinte. Lange Zeit sagte niemand etwas.

»Das macht doch nichts«, sagte Maj schließlich.

»Was macht nichts?«, fragte Hasse.

»Dass Frau Lehander seine Großmutter ist.«

»Nee«, sagte Hasse, »das macht überhaupt nichts.«

»Sie ist so komisch«, sagte ich unter der Decke.

»Och«, sagte Hasse.

»Wer ist nicht irgendwie ein bisschen komisch«, sagte Maj.

»Du solltest wissen, was ich manchmal so denke ... Jedenfalls stiehlt sie keine Erdbeeren und bricht nicht in Häuser ein wie gewisse andere Leute.«

»Die Alte ist wunderlich ... aber Scheiße ... Ich hab noch nie die Mutter von meinem Vater getroffen«, sagte Hasse.
»Sie riecht nach Pisse«, sagte ich, »genau wie Tocken.«
»Alte Leute riechen eben manchmal so«, sagte Maj.
»Warum hat Mama mir das nie erzählt!«
Das wussten sie auch nicht, meine Kameraden, meine Freunde, die dasaßen und mich zu trösten versuchten. Davon konnten sie nichts wissen.
»Warum hat sie mir nichts gesagt?« Ich nahm die Decke von meinem Gesicht. Ich sah Maj an. Ihr Blick hing an der Ansichtskarte, die sie Hasse geschrieben hatte. Die Karte hing über meinem Bett. Ich sah ihren Blick und wie er zwischen Hasse und mir hin und her wanderte.
»Willst du deine Karte wiederhaben?«, fragte ich.
»Nein, warum fragst du das?« Sie sah erstaunt aus.
Ich nahm die Karte von der Wand. »Nimm sie ruhig, sie war ja doch an Hasse gerichtet.« Ich reichte ihr die Karte. An allen vier Ecken ragten die Stecknadeln heraus.
»Sei doch nicht albern«, sagte Maj. »Die war für euch beide.«
»Wollen wir Schummeln spielen?«, fragte Hasse, und bevor ich antworten konnte, war er in die Küche gegangen und hatte die Spielkarten aus der Tischschublade geholt.
Eine Weile spielten wir. Maj gewann die ganze Zeit. Das machte nichts. Es war egal, ob man schummelte oder ehrlich spielte. Sie gewann auf jeden Fall, im Schummeln war sie ein Naturtalent.
»Heute Abend angeln wir Barsche im Hafen«, sagte Hasse.
»Weil es geregnet hat?«, fragte Maj.

»Weil es geregnet hat«, sagte Hasse.

»Ich hab aber keine Angel.«

»Ich mach dir eine«, sagte Hasse.

Dann stand er auf und ging zum Fenster. »Es ist wieder schön geworden«, sagte er und beugte sich hinaus.

Maj sammelte die Karten ein, die auf meinem Bettlaken lagen. Sie zeigte uns ein Kartenkunststück. Hasse und ich versuchten dahinter zu kommen, wie sie es machte, aber wir schafften es nicht.

»Jetzt gibt's Würmer«, sagte Hasse, »jetzt, wo es geregnet hat.« Er boxte mich gegen die nackte Schulter.

»Komm schon«, sagte er. »Wir machen eine Angel für Maj.«

»Ich bleib lieber zu Hause«, antwortete ich.

»Na, komm schon«, sagte Hasse und boxte mich noch einmal.

»Ja, komm«, sagte Maj und zog an meiner Hand.

Hasse nahm meine andere Hand und zog auch. Ich schrie, immer lauter und wilder, und schließlich schrie ich in Panik.

»Hört auf, zum Teufel, hört auf ...«

Sie zogen mich aus dem Bett. Die Decke fiel auf den Boden. Ich stand nackt da.

Meine Wut war maßlos, ich war voll entsetzlicher Raserei. Ich warf Maj das Kartenspiel ins Gesicht, während ich mich gleichzeitig nach der Decke bückte.

»Haut ab«, schrie ich, »verschwindet!«

Und das taten sie. Ich sah sie durchs Fenster zu ihren Rädern gehen und davonfahren. Hasse war noch schnell nach

Hause gegangen und hatte sein Messer geholt. Er wollte Maj eine Angelrute schneiden. Ich stand am Fenster, in meine Decke eingewickelt. Auf dem Fußboden lagen die Karten verstreut. Ich zog eine Hose an und hob die Karten auf. Eine fehlte. Eine Piksieben. Als wir gespielt hatten, war sie noch da gewesen. Jetzt war sie spurlos verschwunden.
Draußen war es dunkel, als Hasse nach Hause kam. Er klopfte an mein Fenster und hielt ein Bündel prima Barsche hoch.
»Maj hat drei Stück gefangen«, sagte er.
Ich gab keine Antwort.

50

Spät in der Nacht kam Mama nach Hause und ich wurde wach. Ich stand auf und zog meinen Trainingsanzug an und ging zu ihr in die Küche.
»Du bist ja noch wach, Harry. Guck mal hier, Eis und Erdbeeren …« Sie stellte mir eine Portion hin und setzte sich auf die andere Seite vom Küchentisch.
»Wie hast du es erfahren?«, fragte sie.
Ich fing an zu weinen.
»Was ist, Harry, warum bist du traurig?«
Ich konnte ihr nicht antworten. Ich weinte einfach in das Eis. Die Erdbeeren schmeckten salzig.

»Sie haben in Larjes gewohnt«, sagte Mama, »auf dem Hof kurz vor der Abzweigung nach Viken. Birger war ein Nachkömmling. Seine Geschwister auf dem Festland sind viel älter. Als ich merkte, dass ich schwanger war, bin ich mit dem Rad zu ihnen gefahren. Ich war im fünften Monat. Sie sollten wissen, dass sie einen Enkel kriegen. Sie haben mich nicht rausgeschmissen. Sie haben nicht den Hund auf mich gehetzt. Aber fast. Sie haben behauptet, dass ich lüge. Dass ich ihren Sohn verleumde. Dass ich hinter ihrem Geld her bin. Dass ich keine Beweise hätte ... Als du drei warst, ist dein Großvater an Krebs gestorben. Gullhild ist in das Haus an der Straße gezogen. Sie war schon immer ein wenig eigen gewesen, jetzt wurde es noch schlimmer. Sie ist deine Großmutter, aber sie hat nie etwas von dir oder mir wissen wollen. Ich hätte natürlich etwas sagen können, aber ... Na ja, das war nicht leicht. Sie wollte dich ja nicht anerkennen. Mich auch nicht ...«

Mama verstummte und zündete sich eine Zigarette an. Ich sah, wie müde sie war. Sie hatte Tintenflecke unter den Augen und ein Pflaster am rechten Zeigefinger. Sie streckte ihre Hand aus und berührte Majs Haarschleife an meinem Handgelenk.

»Was ist das?«, fragte sie.

»Nichts«, sagte ich.

»Etwas muss es doch sein«, sagte sie und zupfte mit ihren gerissenen Fingernägeln an der Schleife.

»Nein«, sagte ich, »es ist nichts.«

Ich wurde wach, weil Maj draußen stand und an meine Scheibe klopfte. Ich stieg aus dem Bett und ging zum Fenster. Sie hielt eine Piksieben hoch.

»Die war in meiner Rocktasche, als ich gestern nach Hause kam«, sagte sie. »Muss da irgendwie reingerutscht sein, als du mit den Karten nach mir geworfen hast.«

Ich streckte die Hand durch das halb geöffnete Fenster und nahm die Karte entgegen. Dann gab sie mir mein Agatha-Christie-Buch.

»Das war gut«, sagte sie. »Danke, dass du es mir geliehen hast.«

Ich fing an, die Schleife an meinem Handgelenk zu lösen.

»Sei nicht albern«, sagte sie und guckte mich an.

Ich löste die Schleife und hielt sie ihr durchs Fenster hin. Sie ging einen Schritt zurück, kniff die Lippen zusammen und schüttelte den Kopf.

Ich ließ die Schleife vor ihrem Gesicht baumeln. Sie weigerte sich, sie anzunehmen. Stattdessen fragte sie, ob ich nicht rauskommen wollte.

»Vielleicht«, sagte ich.

Sie zuckte mit den Schultern und ging zu ihrem Rad. Im Fahrradkorb an der Lenkstange hatte sie eine schwarze Lederjacke. Die legte sie sich über die Schultern und setzte sich auf die Planke an der Barackenwand. Es war Hasses Jacke.

Ich stand eine Weile da und sah sie an. Dann ging ich wieder ins Bett und schlief weiter.

Die Haarschleife lag auf dem Kissen neben meinem Gesicht. Hasse stand hinter mir. Er zerrte an meiner Hand. Er band mir Majs Haarschleife ums Handgelenk.

»Jetzt steh auf«, sagte er. »Maj hat Geburtstag. Wir müssen ihr etwas schenken.«

Ich richtete mich auf.

Er setzte sich auf meinen Rohrstuhl und legte die Füße auf die Fensterbank.

»Ich weiß, was wir ihr schenken«, sagte er nach einer Weile.

»Was?«, fragte ich. Ich war immer noch nicht richtig wach.

»Ein Feuerwerk!«

Ich frühstückte, und er redete.

Wir waren uns einig, dass es eine gute Idee war, eine prachtvolle Idee, Maj ein Feuerwerk zum dreizehnten Geburtstag zu schenken.

Sie war den ganzen Tag zu Hause und bereitete ihr Fest vor. Hasse und ich badeten und lagen auf dem Ponton und sonnten uns. Wir lagen da, das Kinn auf die Unterarme gelegt, und spähten zum Ufer.

»Guck mal da«, sagte Hasse und zeigte zum Land hinüber. Tocken und sein Papa gingen am Wassersaum entlang. Ständig bückten sie sich und hoben etwas auf, das sie in eine Tüte steckten.

»Muscheln«, sagte Hasse, »die sammeln bestimmt Muscheln. Was meinst du?«

»Keine Ahnung«, antwortete ich.

Tockens Papa trug eine Badehose, die ihm fast bis zu den Knien reichte. Er war ganz weiß. Alle anderen am Strand waren bronzefarben von der Urlaubssonne. Tocken war

auch weiß. Ihre knochigen weißen Körper verschmolzen fast mit dem Sand.
»Die kriegen ja einen Sonnenbrand«, sagte Hasse. Nach einer Weile verschwanden sie in der Ferne.
Henrik kam herangeschwommen, zusammen mit Mikael, dem Sohn vom Tierarzt. Sie kletterten auf den Ponton und gingen zum Sprungbrett. Mikael, der ein Jahr älter war als wir, machte einen formidablen Bauchklatscher und brüllte, als er wieder an die Wasseroberfläche kam. Wir lachten.
»Was habt ihr den ganzen Sommer über gemacht?«, fragte Henrik.
»Nichts Besonderes«, antwortete Hasse.
»Ich bin auf Smögen gewesen. Kommt ihr heute Abend auch zu Majs Geburtstag?«
»Nee«, sagte ich.
»Ach, seid ihr gar nicht eingeladen?«
»Scheiß drauf«, sagte Hasse.
»Na ja, das mach ich dann wohl.«
Henrik kletterte aufs Sprungbrett und sprang ins Wasser, die Beine angezogen, sodass eine Kaskade um ihn herum aufspritzte. Eine Bombe machen nannte man das. Hasse und ich bekamen Wasserspritzer ab.
Henrik und Mikael schwammen davon.
Wir blieben auf dem Ponton, bis die Leute anfingen, nach Hause zu gehen. Schweigend lagen wir nebeneinander, die Gesichter dem Ufer zugewandt. Der Wind wehte vom Land, und gegen vier begann man auf den Tennisplätzen zu spielen.
Klick-klock ... Klick-klock, tönte es herüber.

»Bald fängt die Schule an«, sagte Hasse. »Gestern hab ich Fräulein Kejne gesehen. Und weißt du, wen ich noch gesehen habe? Diesen Kerl mit den Staubsaugern. Er stand vorm Hotel und unterhielt sich mit deiner Mama.«

51

Gegen Abend fuhren wir zum Bach. Um die Schlange auf dem Stamm hatten sich die Ameisen gekümmert. Der Windschutz war demoliert. Die Pfeifen waren mal wieder unterwegs gewesen. Vom Bach war nicht mehr übrig geblieben als eine Wasserrinne, zehn Zentimeter tief und einen halben Meter breit, die sich kraftlos dahinschlängelte.

Hasse holte das Dynamit und alles Zubehör. Mit einem Bleistift machte er ein Loch in die Dynamitstange, dann knipste er die Zündkapsel an der Zündschnur fest und steckte sich das Ganze in den Hosenbund. Wir fuhren nach Hause und ließen unsere Räder an der Barackenwand stehen. Dann gingen wir los durch den Wald. Hinter Äppelbo kamen wir heraus. Jetzt war es richtig dunkel, und es bestand keine Gefahr, dass man uns vom Haus aus sah. Auf der Rückseite standen Apfelbäume in Viererreihen. Sie brachen fast unter der Last ihrer Früchte zusammen. Aber die meisten Äpfel waren noch unreif. Zwischen zwei Bäumen war eine Wäscheleine gespannt. Daran hingen zwei weiße

Schlüpfer und ein Paar dunkelblaue Socken. Hasse steckte die Nase in einen Schlüpfer und schnupperte.
»Majs«, sagte er. Dann schob er die Dynamitstange in eine der dunkelblauen Socken von Oberwachtmeister Nyman.
Wir konnten sehen, wie sich drinnen im Haus Menschen bewegten. Alle Fenster waren erleuchtet. Da war auch eine kleine Terrasse mit französischen Fenstern, die offen standen. Hasse holte Streichhölzer hervor und steckte die Zündschnur an.
»Wir legen uns unter den Baum da.« Er zeigte auf einen besonders großen Apfelbaum, an dem die Wäscheleine befestigt war.
»Ist das nicht zu nah?«
»Ach was«, sagte Hasse.
Ich riss Majs Schlüpfer von der Leine, und wir liefen zu dem Apfelbaum, und zwar so, dass der Stamm zwischen uns und dem Dynamit im Strumpf war. Drinnen im Haus konnten wir sie lachen hören. Ich sah Henrik mit einem Glas Saft in der Hand. Er trug einen roten Schlips.
Die Zündschnur glühte. Der Geruch trieb durch den Garten. Das Feuer kroch von der Zündschnur in den Strumpf und verschwand.
»Jetzt könnt ihr was erleben«, sagte Hasse.
Ich drückte Majs Unterhosen gegen meine Ohren.
»Mach den Mund auf«, sagte Hasse.
Ich konnte ihn kaum hören. Er sah vermutlich meinem Gesicht an, dass ich ihn nicht verstand.
»Mach den Mund auf!«, wiederholte er und drückte sich die Hände gegen die Ohren. Er verzog das Gesicht.

Da knallte es. Es war ein Gefühl, wie wenn man mit einem Rückenklatscher von einem hohen Sprungbrett fällt. **Mir blieb die Luft weg, und mir war, als ob mein Kopf in Stücke gerissen würde. Ich rang nach Atem. Irgendetwas fiel auf meinen Körper wie riesige Hagelkörner, wie die Steine im Abbruch nach dem großen Schuss. Etwas traf mich am Kopf. Hasse lag unbeweglich da.**

Wir waren mit Äpfeln bedeckt. Der ganze riesige gepflegte Apfelbaum hatte seine Früchte über uns abgeworfen. Wir lagen in einer Wehe von Äpfeln.

Im Nachhinein kann man versuchen, sich zu erinnern, welche Apfelsorte heruntergefallen sein mag. Waren es Astrachan, oder waren es Bergiusäpfel, waren es Transparente Blanche oder Signe Tillisch, Cox Pomona oder Gravensteiner? Ich weiß es nicht, aber eins ist gewiss: Es war der Sommer, in dem ich unter einem Berg jener Früchte begraben wurde, die auch die Früchte des Wissens genannt werden.

Ich merkte, dass ich immer noch Majs Schlüpfer gegen die Ohren presste. Hasse drehte mir den Kopf zu und sagte etwas. Ich konnte nichts hören. Ich sah, wie er den Mund bewegte, aber ich war *taub*.

Oben im Haus hatte man das Licht im großen Zimmer ausgemacht. In meinem Kopf sauste es. Hasse nahm mich am Arm, vorsichtig standen wir auf, und während die Äpfel von unseren Körpern herunterfielen, zogen wir uns rückwärts in das große Dunkel des hinteren Gartens zurück. Die meisten Apfelbäume schienen den größten Teil ihrer Früchte verloren zu haben. Überall lagen Äpfel zu Bergen aufgehäuft. Ehe wir im Wald untertauchten, sahen wir, wie Oberwachtmeister Nyman mit einer starken Taschenlampe in der Hand aus dem Haus kam. Der Lichtkegel schwebte auf uns im Wald zu. Wir verschwanden zwischen den Tannen und begannen zu laufen.

Hasse sagte etwas zu mir. Wieder sah ich, wie er die Lippen bewegte. Ich sagte auch etwas. Wir blieben beide stehen. Hasse zeigte auf seine Ohren. Ich sah, dass er das Wort *taub* mit den Lippen formte. Ich nickte.

Wir gingen zu mir nach Hause, und ich holte einen alten Schreibblock hervor. Ich merkte, dass ich immer noch Majs Schlüpfer in der Hand hatte.

Ich stopfte ihn in die Tasche, und dann schrieb ich mit dem Bleistiftstummel: »Ich hör kein bisschen.«

Hasse nahm den Schreibblock, las es und schrieb. »Das geht vorbei, aber es dauert ein paar Tage.«

Ich las und schrieb. »Wenn jemand merkt, dass wir nichts hören, sind wir geliefert.«

Hasse las es und schrieb. »Wir sagen, dass wir zelten fahren.«

Ich nickte und sagte: »Larjes.« Ich buchstabierte es, und Hasse konnte es mir von den Lippen ablesen. Im letzten Sommer hatten wir eine Nacht in der Larjesbucht gezeltet. Das konnten wir in diesem Jahr auch tun. Hasse besaß ein Zweimannzelt.

Ich schrieb einen Zettel für Mama und legte ihn auf den Küchentisch.

Mama, wir sind in die Larjesbucht gefahren.
Wir zelten am Strand.
PS: Ich nehm das Brot mit.

Ich zeigte Hasse, was ich geschrieben hatte, und er ging nach Hause und schaffte es, seinen Großeltern klarzumachen, was wir vorhatten, ohne dass sie Unheil witterten. Dann fuhren wir los, mitten in der Nacht, und in der Morgendämmerung schlugen wir unser Zelt am Strand von Larjes auf.

52

Aber wir blieben nicht länger als vierundzwanzig Stunden. Der Hunger trieb uns wieder nach Hause, und nach vierundzwanzig Stunden konnten wir auch wieder so viel hören, dass wir meinten, uns unter Leute trauen zu können. Es dauerte allerdings Wochen, ehe das Hörvermögen wieder ganz hergestellt war, und Hasse meint heute noch – dreiunddreißig Jahre später –, dass sein Hörvermögen von dem Feuerwerk zu Majs dreizehntem Geburtstag beeinträchtigt ist. An meinem Gehör dagegen ist nichts auszusetzen. Aber ich hab bei dem Knall ja auch Majs Schlüpfer gegen die Ohren gedrückt.

Als wir nach Hause kamen, saß Maj auf der Planke bei der Baracke und wartete auf uns. Wir stellten unsere Räder an der Barackenwand ab. Maj bewegte den Mund.
»Wie?«, sagte Hasse und ging zu ihr und setzte sich neben sie.
»Wo seid ihr gewesen?«, fragte sie. Ich konnte es nicht hören, denn ich war noch bei den Fahrrädern. Ich sah ihre Mundbewegungen und erriet es. Ich setzte mich vor sie ins Gras.
»In Larjes«, hörte ich Hasse sagen. Seine Stimme klang fern und dünn.
»Was habt ihr da gemacht?«
»Gezeltet«, antwortete ich.
»Dann wisst ihr ja gar nichts von dem Knall«, sagte Maj.
»Nee«, sagten wir im Chor.
»Vier Fensterscheiben sind gesprungen«, sagte Maj. »Irgendein Verrückter hat an meinem Geburtstag in unserem Garten eine Dynamitladung in die Luft gejagt. Die Äpfel von unseren besten Bäumen sind runtergefallen. Nur ein uralter Baum unten in der Ecke trägt noch. Aber das sind ganz saure Äpfel.«
In meinem Schädel brauste es. Ich konnte nur schwer verstehen, was sie sagte.
»Papa ist sicher, dass es Tockens Vater war«, sagte Maj.
Ich hatte ein Gefühl, als sollte mir das Herz stehen bleiben. Nein, lieber Gott, das nicht ... konnte ich noch denken, ehe Maj fortfuhr: »Aber es hat sich herausgestellt, dass er und Tocken an dem Abend in der Stadt waren. Sie haben im Bus gesessen, als es knallte, und mindestens zehn Leute haben

sie gesehen. Er war's also nicht. Mama glaubt, es war Nowak …«

»Nowak«, sagte Hasse, »wieso?«

»Er hat einen Monat Gefängnis für die Einbrüche gekriegt, und Papa war hinter ihm her. Mama glaubt, es war Rache.«

»Haben sie Spuren im Garten gefunden?«, fragte ich. Ich hörte meine eigene Stimme, als käme sie von weit her.

»Nein«, sagte Maj, »überhaupt keine Spuren. Der Schuft hat das Dynamit an unserer Wäscheleine aufgehängt. Da haben ein Paar Strümpfe von Papa und zwei Unterhosen von mir gehangen. Von den Strümpfen sind nur noch Krümel übrig geblieben. Papa hat ein kleines Stück gefunden. Aber meine Unterhosen haben sich in Staub aufgelöst.«

»Was?«, fragte Hasse, der nicht richtig folgen konnte.

»Staub«, wiederholte Maj. »Hörst du schlecht?«

Sie sah Hasse an, und ich steckte meine Hand in die Hosentasche – da waren sie, Majs Schlüpfer.

»Wir müssen jetzt rein und essen«, sagte Hasse.

»Unser Proviant war nämlich alle«, sagte ich.

»Wir haben Hunger«, sagte Hasse.

»Treffen wir uns morgen?«, fragte Maj.

»Klar«, sagte Hasse, »morgen früh.«

Hasse und ich gingen zu mir und setzten uns an den Küchentisch. Auf der Wachstuchdecke lag ein Zettel. »Ruf mich an, wenn du nach Hause kommst. Mama.«

Ich reckte mich nach dem Telefon, aber Hasse legte seine Hand auf meine.

»Das geht nicht, kapierst du nicht?«

»Wieso nicht?«

»Du wirst nichts hören ...«

Er hatte wohl Recht, also wischte ich Mamas Zettel vom Tisch und sorgte dafür, dass er darunter landete. So konnte ich sagen, dass er wahrscheinlich heruntergeweht war und ich ihn deshalb nicht gesehen hatte.

»Braust es in deinem Kopf auch so?«, rief Hasse.

Ich nickte. »Was sollen wir machen, wenn sie Nowak beschuldigen?«, schrie ich.

Hasse schwieg.

Dann sagte er: »Mal abwarten, was wird.«

»Aber wenn sie sagen, dass er es war. Wenn er nun mal kein Alibi hat«, sagte ich. Allmählich erschien mir das Ganze wie ein Kriminaldrama aus einem von meinen Sherlock-Holmes-Büchern.

»Wenn wir zugeben, dass wir es waren, dann geht es uns schlecht«, sagte Hasse. »Vielleicht dürfen wir dann nicht mal auf die Realschule.«

Das stimmte. So was war schon vorgekommen. Man wurde der Schule verwiesen, wie es so schön hieß. Wo ich doch Kampfflieger werden wollte.

»Wenn sie ihn beschuldigen, müssen wir es sagen!«, rief ich.

»Ja«, antwortete Hasse, »das müssen wir wohl. Aber lass uns noch ein bisschen warten.«

Dann aßen wir uns an Pfannkuchen satt, die ich uns briet, und dann aßen wir Rhabarbercreme mit Milch, und danach lagen wir zwischen den Baracken im Gras und lasen Comics, während wir darauf warteten, dass es aufhörte, in unseren Köpfen zu sausen. Hin und wieder sagten wir etwas zueinander. Wir mussten laut und deutlich sprechen. Wir

waren wie alte Leute im Altersheim, denen man die Hörapparate gestohlen hatte.
Wenn jemand merkte, wie schlecht wir hörten, würde man das ganz schnell mit dem Knall in Äppelbo in Verbindung bringen. Keiner von uns beiden wagte sich auszudenken, was dann passieren würde. Und wir wagten erst recht nicht, daran zu denken, wie es sein würde, wenn wir zu Oberwachtmeister Nyman gehen und sagen müssten: »Ja, guten Tag, wir haben Ihre Strümpfe und Ihre Wäscheleine in die Luft gesprengt, und wir haben Ihre ganze Apfelernte verdorben und vier von Ihren Fensterscheiben ... Aber Majs Schlüpfer haben wir gerettet – bitte sehr.« Dann würde er seinen Polizeisäbel holen und uns in Scheiben schneiden, wie man eine Wurst zerschneidet. Dann würde die Hölle losbrechen, das war mal sicher.
Aber das Ganze hatte auch etwas fast Angenehmes, auch wenn ich damals nicht daran dachte, tatsächlich überhaupt nicht daran dachte: **Hasse und ich hatten ein Geheimnis vor Maj. Sie war ausgeschlossen. Wir hatten etwas gemeinsam.** Wenn es auch eine Freveltat gewesen war, so war es doch *unsere*, und sie vereinte uns und führte uns auf eine Weise zusammen, die mir gefiel, denn ich weiß nicht, ob ich bereit war, meinen Freund Hasse aufzugeben, um Majs Liebe zu gewinnen.

53

Mama weckte mich. Das tat sie sonst nicht, aber an diesem Tag tat sie es. Es war gegen elf Uhr. Sie hielt meine Hose in der Hand und setzte sich ans Fußende vom Bett. Sie sagte etwas.

»Wie bitte?«

»Ich hab deine Hose geflickt.«

Sie hielt mir das Hosenbein hin. Die Stelle, wo Karo zugepackt hatte, war ausgebessert, fast nichts mehr zu sehen.

»Danke.«

»Du brauchst nicht so zu schreien«, sagte sie.

»Nee«, sagte ich. Ich konnte meine eigene Stimme immer noch nicht richtig hören und war außerdem daran gewöhnt, mich schreiend mit Hasse zu unterhalten.

Mama steckte die Hand in meine Hosentaschen und holte Majs Schlüpfer hervor und legte sie auf die Decke, genau unter meine Nase. Sie sagte etwas. Ich konnte ihren Mund nicht sehen und verstand es nicht.

»Wie bitte?«

Sie sah mich an. »Hörst du schlecht?«

»Ich bin noch nicht richtig wach.«

Ich sah Majs Schlüpfer an und wagte nicht, Mama anzuschauen. Ich spürte, wie ich rot wurde.

»Gehören die Maj?«
»Ja«, sagte ich. »Die hat sie am Strand vergessen.«
Mama sah aus, als könnte sie sich kaum halten vor Lachen.
»Aha«, sagte sie. »Und du wirst sie ihr natürlich zurückgeben.«
Ich nickte.
»Na gut«, sagte sie. »Gunsan und ich fahren heute Abend in die Stadt. Du musst allein zurechtkommen. Dort ist Tanz im Park.«
»Klar«, sagte ich, »ich komm schon zurecht.«
»Wir fahren mit Rolf Stenman.«
»The moment of truth«, sagte ich.
»Himmel, wie du schreist«, sagte Mama. »Ist irgendwas mit deinen Ohren?«
»Ich hab Wasser reingekriegt.«
»Ach so«, sagte Mama, stand auf und ging in die Küche. Ich sah, wie sie sich umdrehte und wie sich ihr Mund bewegte, aber ich verstand nicht, was sie sagte. Ich konnte es nicht von ihren Lippen ablesen. Ihre Worte waren wie ein schwaches Sausen in meinem Kopf.
»Ja«, antwortete ich. Mamas Gesicht nahm einen merkwürdigen Ausdruck an. Nachdem sie zur Arbeit gegangen war, ging ich zu Hasse und weckte ihn. Sein Bett stand an der gleichen Wand wie meins. Sein Zimmer sah fast haargenauso aus wie meins. Über dem Bett hing das Bild von ihm, das in der Lokalzeitung gewesen war, als er beim Rettungsschwimmen gerettet worden war. Außerdem hingen da zwei Ansichtskarten, die eine war aus New Orleans, sie zeigte einen Flußdampfer, der *Dixie Queen* hieß. Die an-

dere zeigte ein Schiff im Sueskanal bei Port Said. Da hing noch ein weiteres Foto. Ein Amateurfoto, das sicher schon immer dort gehangen hatte, ich hatte es bloß nie bemerkt. Es war ein Bild von einem Mann, der etwa dreißig Jahre alt war. Er trug ein rostbraunes Hemd, graue Hosen und hatte dunkles Haar, das im Nacken lang war. Das Bild war nicht richtig scharf und das Gesicht nicht gut zu erkennen. Ich betrachtete es, weil es mich an Nowak erinnerte. Dann rüttelte ich Hasse am Arm.

»Wach auf! Es ist Samstag. Wer ist das?«, fragte ich dann und zeigte auf den Mann im roten Hemd.

»Mein Alter«, sagte Hasse.

»Mama fährt heute Abend in die Stadt«, sagte ich. »Wir können Maj eine Torte backen und ihren Geburtstag bei mir nachfeiern.«

Hasse nickte. Er schien meine Idee gut zu finden.

Es war nicht viel los im Laden, und der Verkauf wurde von der verschlafenen, unbeholfenen siebzehnjährigen Tochter des Kaufmanns besorgt.

»Backmischung«, sagte Hasse, als wir an die Reihe kamen. Das Mädchen stieg auf eine Leiter und holte ein gelbes Paket herunter.

»Schlagsahne«, sagte Hasse.

Wir kriegten unsere Flasche.

Als wir gerade gehen wollten, kam Frau Sjöbo zusammen mit Annas Mama zur Tür herein.

»Ja, wirklich«, posaunte Frau Sjöbo, »es war dieser Flüchtling, das ist doch klar. Die sind so, die Ausländer, rachsüchtig und verschlagen, die haben ein anderes Temperament als wir. Guck dir unsere Hunde an. Wir haben einen Labrador und einen Schäferhund. Zwischen denen ist ein Unterschied wie Tag und Nacht. Der eine ist brav und folgsam, der andere bösartig und hinterhältig. So ist das auch mit den Menschen. Es gibt verschiedene Rassen, und die, die nicht so sind wie wir, die haben nichts zu suchen bei uns ...«

Das fette, glotzäugige Weib watschelte zum Tresen und warf dem schüchternen Ladenmädchen ihr gehäkeltes Netz hin. Hasse und ich waren schon an der Tür und hörten nicht, was sie verlangte. Dann fuhren wir nach Hause.

Unterwegs wurden wir von Maj eingeholt.

»Hallo«, rief sie, »wo seid ihr gewesen?«

»Einkaufen«, antwortete ich. »Wir wollen dir heute Abend ein Fest geben.«

»Und du bist als Einzige eingeladen«, sagte Hasse.

»Komm um sieben«, sagte ich.

Wir fuhren an Frau Lehanders Haus vorbei. Sie stand an der Pforte. Maj blieb zurück. Hasse und ich drehten uns um. Sie war bei Frau Lehander abgestiegen. Wir fuhren einen Kreis auf der Straße. Maj stieg wieder auf und holte uns ein.

»Warum hast du nicht angehalten? Sie hat doch gerufen«, sagte sie und sah mich an.

»Ich hab nichts gehört.«

»Quatsch«, sagte Maj. »Ich hab's doch auch gehört. Schämst du dich deiner Großmutter?«

»Nee«, antwortete ich, obwohl es nicht stimmte. »Aber ich hab tatsächlich nichts gehört.«

»Doch, doch«, sagte Maj. »Du könntest wenigstens stehen bleiben, wenn sie ruft.«
Und ihr Blick war so vorwurfsvoll, dass ich im Erdboden hätte versinken mögen.
»Fahr wenigstens jetzt zu ihr hin«, sagte Maj.
Ich drehte um und fuhr zum Haus der alten Lehander, stieg ab und ging auf sie zu.
Sie stand auf der anderen Seite der Pforte, eingehüllt in ihre Klamotten. Einen der Schals hatte sie um den Kopf geschlungen. Der Wind trug einen schwachen Geruch nach Wolle und alter, ungewaschener Frau zu mir herüber. Sie streckte eine Hand aus und nahm mein Handgelenk an der Stelle, wo Majs Haarschleife war. Sie bewegte den Mund. Er sah eingefallen und klein aus. Sie hatte ihr Gebiss nicht eingesetzt. Ich konnte nicht verstehen, was sie sagte.
»Wie bitte?«
Sie zog mich näher zu sich heran und sagte wieder etwas.
»Wie?«, rief ich und beugte mich vor.
»Du bist Birger so ähnlich«, sagte sie. Dann steckte sie eine Hand in all ihre Schals und holte ein schwarzweißes Amateurfoto hervor. Das drückte sie mir in die Hand.
Auf dem Bild war ein junger Mann mit nacktem Oberkörper, weiten Hosen und dem Käppchen der Armee. Er saß auf einem Fahrrad. Er war mager.
Sie sagte etwas.
»Wie?«
»Es ist vierundvierzig aufgenommen!«, rief sie. Dann drehte sie sich um und ging ins Haus. Ich steckte das Bild in die Brusttasche und ging zu meinem Fahrrad. Hasse und

Maj hatten ein Stück entfernt auf der Landstraße gewartet. Ich fuhr zu ihnen zurück.
»Was wollte sie?«, fragte Hasse.
»Ach, nichts«, sagte ich.

54

Mama half uns beim Kuchenbacken. Wir holten den fertigen Kuchen gerade aus dem Backofen, da kam der kleine grüne *Saab* auf den Hof getuckert. Zu der Zeit war der »Saab« ein Zweitakter und klang wie ein Motorrad. Putt-putt-putt, machte er.
Mama nahm ihre Handtasche und warf einen Blick in den Spiegel an der Tür. Sie fuhr sich mit der Hand übers Haar.
»Seid nett zu Maj«, sagte sie.
Und dann guckte sie mich an. »Und gib ihr die Sachen zurück.«
Sie warf mir eine Kusshand zu, und Hasse und ich sagten Tschüss!, und dann verschwand sie nach draußen, und der »Saab« fuhr ab.
»Er geht bloß mit deiner Mama aus, damit er ihr einen Staubsauger verkaufen kann«, sagte Hasse.
»Vielleicht«, sagte ich. »Willst du nicht den Plattenspieler und die Ziehharmonika holen?«
Hasse ging, und nach einer Weile kam er zurück, den Plat-

tenspieler im Arm und die Ziehharmonika über den Rücken gehängt. Er hatte das Hemd gewechselt und duftete nach Haarwasser und war frisch gekämmt.
Ich holte Majs Schlüpfer hervor und legte sie auf den Küchentisch.
»Die können wir ihr als Geschenk überreichen.«
»Mensch, bist du verrückt?«, sagte Hasse.
»Sie glaubt doch, dass sie sich in Staub verwandelt haben«, sagte ich.
»Na also«, sagte Hasse. »Dann wirf sie weg. Wenn deine Mama die findet, denkt sie, du bist pervers.«
»Was ist das?«, fragte ich.
»Pervers ist man, wenn man erregt wird von Sachen, die Damen tragen«, erklärte Hasse.
»Dann denkt meine Mama, dass ich pervers bin«, sagte ich. »Sie hat sie nämlich schon gefunden.«
Hasse fing an zu lachen. Er schlug sich auf den Schenkel und lachte, dass er rot anlief.
»Was ist denn daran so komisch?«, fragte ich.
»Deine arme Mama«, japste Hasse.
Ich boxte ihn gegen den Oberarm. Er hörte nicht auf zu lachen, und ich boxte ihn noch einmal. Er schoss hoch, benutzte einen Ringergriff und warf mich um. Wir rollten über den Fußboden, und Hasse setzte sich auf meine Brust.
»Gibst du auf?«, rief er.
Da sah ich sie. Sie war zur Tür hereingekommen, während wir uns prügelten. Sie stand in der Türöffnung, und ihr Blick ging zwischen Hasse und mir und den Schlüpfern hin und her.

»Hallo«, sagte sie, ging zum Küchentisch und hob ein Höschen hoch und drehte es in der Hand.
»Die hab ich in Stockholm gekauft«, sagte Maj.
Hasse ließ mich los, und wir erhoben uns. Ich schüttelte den Kopf.
»Nein, die nicht«, sagte ich, »die du gekauft hast, haben sich in Staub verwandelt. Diese hier haben wir – haben wir …«
»Gekauft«, sagte Hasse. »Wir wollten sie noch schön einpacken.«
»Hört auf«, sagte Maj. »Ich kenn sie doch wieder. Woher habt ihr sie?«
Hasse und ich sahen einander an.
»Wir werden dir die Wahrheit über die Schlüpfer erzählen«, sagte Hasse und begann zu lachen. »Aber erst müssen wir die Torte fertig machen. Du musst solange rausgehen. Du kannst dich ja solange auf die Planke setzen.«
»Die hier nehm ich mit«, sagte sie und stopfte ihre Schlüpfer in die Kleidertasche.
»Fünf Minuten«, sagte ich. »Es dauert nur fünf Minuten.«
Hasse und ich schlugen die Schlagsahne und strichen Himbeermarmelade zwischen die Tortenböden. Dann bedeckten wir die Torte mit der Sahne. Wir hatten keine kleinen Kerzen, also drückten wir dreizehn Himbeeren in die Sahne, und als alles fertig war, holte Hasse die Ziehharmonika, und dann rief er nach Maj.

Sie kam über den Hof. Ihr Kleid war hellblau mit weißen Streifen, im Haar trug sie eine weiße Schleife, und als sie zur Tür hereinkam, begann Hasse zu spielen.

»Darf ich bitten?«, sagte ich.
Und dann tanzte ich mit Maj zum *Traum von Elin*. Es war ziemlich schwer. Einerseits hatte ich bisher nur einmal in meinem Leben Walzer getanzt, mit Gunsan, und andererseits konnte Hasse den Takt nicht halten. Aber ich tanzte jedenfalls mit Maj, und ihr war anzusehen, dass sie froh war.
Als der Tanz zu Ende war, stellte Hasse die Ziehharmonika ab, und ich legte *Heartbreak Hotel* auf, dann tanzte Hasse mit Maj.
Hinterher setzten wir uns an den Küchentisch, auf dem die Torte stand. Majs Augen hatten die Farbe von braunem Glas.
»Bitte schön!«, sagte Hasse.
»Danke«, sagte Maj, »und wovon soll ich essen?«
Wir hatten Teller und Löffel vergessen, aber keiner von uns lachte. Wir hatten alle das Gefühl, dass es ein sehr ernster Augenblick war.
Ich stand auf und holte, was wir brauchten. Dann aßen wir Torte und tranken Saft.
»Jetzt geht ein Engel durchs Zimmer«, sagte Maj. »Jetzt müsst ihr mir erzählen, wie ihr an die Unterhosen gekommen seid.«
Hasse und ich sahen einander an.
»Wenn wir das erzählen, kriegen wir Ärger, das kannst du dir ja wohl vorstellen, und vielleicht müssen wir das alles deinem Papa erzählen, wenn sie Nowak die Schuld geben. Wir haben nämlich das Dynamit in eurem Garten hochgehen lassen.«
»Es sollte ein Feuerwerk werden«, sagte ich, damit sie es

nicht missverstand und womöglich glaubte, es wäre ein Attentat gegen ihre Schlüpfer und Oberwachtmeister Nymans Strümpfe gewesen.

»Nowak ist unschuldig, ich hab gehört, wie Papa das gesagt hat. Er sitzt auf dem Festland im Gefängnis. Seinetwegen braucht ihr also nichts zu sagen. Jetzt erzählt mal …«

Maj sah uns mit ihrem auffordernden Blick an, und wir erzählten ihr die ganze Geschichte, und Maj ihrerseits erzählte, was im Haus passiert war, als es geknallt hatte.

»Ich werde niemandem etwas sagen«, versprach sie, »niemals.«

Sie wollte den *Traum von Elin* noch einmal hören, und dann wollte sie mit Hasse tanzen, und ich merkte bald, dass es Hasse war, den sie mochte. Ich merkte es gründlich, und ich aß den Rest der Torte auf und setzte mich in eine Ecke und las Comics, und Maj beachtete mich kaum. Sie interessierte sich für Hasse. Einige Male fragte sie, ob ich tanzen wollte, aber wohl nur, um nett zu sein, das konnte man hören und sehen. Ein bisschen später holte sie einen Lippenstift hervor und malte sich im Spiegel in der Küche die Lippen an, nur ein bisschen, aber immerhin.

»Hübsch«, sagte Hasse. Und dann tanzten sie wieder.

Ich sah ihnen zu. Hasse war einen Kopf größer als sie. Für seine dreizehn war er groß. Stark war er auch, das merkte man daran, wie er sie beim Tanzen herumwirbelte.

Nach einer Weile sagte Maj, sie müsse nach Hause. Sie hatte uns nur unter der Bedingung besuchen dürfen, dass sie früh nach Hause kam.

»Ich bring dich«, sagte Hasse.

Das war etwas Neues. Früher waren wir alle drei ganz selbstverständlich zusammen gegangen. Jetzt wollte Hasse Maj nach Hause bringen. Was sollte ich tun, mich in der Saftkaraffe ersäufen? **Mir war plötzlich alles egal. Hasse und Maj, so war das jetzt, das war klar.**
»Wir können morgen ja baden gehen, wenn schönes Wetter ist«, sagte Maj, ehe sie verschwand, mit Hasse. »Und danke für die Torte ... und die hier ...«
Sie lachte und wedelte mit ihren weißen Baumwollhöschen.
»Klar«, sagte ich, »morgen gehen wir baden.«
»Der letzte Ferientag«, sagte Hasse. »Da müssen wir einfach baden.«
Ich hörte, wie er seine Ziehharmonika nach Hause brachte, und dann hörte ich sie auf dem Hof lachen. Ich legte mich aufs Bett und las.
Hasse blieb lange weg. Er hatte sie nicht nur nach Hause gebracht. Er war fast zwei Stunden fort. Als er schließlich kam, klopfte er an mein Fenster. Zuerst tat ich so, als ob ich schliefe, aber dann stand ich doch auf und ließ ihn herein. Er zündete sich eine Zigarette an und reichte sie mir. Er setzte sich auf meinen Korbstuhl, einen Fuß auf meinem Bett, in dem ich mit einer Sherlock-Holmes-Geschichte lag.
»Wir haben noch ein bisschen im Gewächshaus gesessen«, sagte er. »Da haben sie Gartenmöbel. Wir haben bloß so geredet.«
»Worüber?«, fragte ich.
»Über alles Mögliche«, sagte Hasse und streckte die Hand nach seiner Zigarette aus. Ich versuchte, einen Rauchring zu machen.

»Bravo«, sagte Hasse. »Du machst Fortschritte. Du weichst sie auch gar nicht mehr ein.«
Dann nahm er die Zigarette und machte drei schöne Rauchringe hintereinander.

55

Sonntagnachmittag fuhren wir zum Baden. Es war ein bisschen windig, und Wolken wie Schlagsahnekleckse von Majs Torte trieben über den Himmel. Wir gingen alle drei ins Wasser. Es reichte uns bis zum Kinn. Die Wellen rollten heran, eine nach der anderen, und als wir losschwammen, klatschten sie uns ins Gesicht. Klitsch-klatsch-klitsch, machte es.
Wir waren den ganzen Nachmittag auf dem Ponton. Hasse lag auf dem Sprungbrett. Hin und wieder erhob er sich, machte einen Salto und landete meistens mit dem Kopf voran im Wasser, Maj und ich lagen, die Gesichter dem Land zugekehrt, dicht nebeneinander, und ihr Ellenbogen berührte meinen.
»Findest du es schade, dass meine Haare ab sind?«, fragte sie.
»Wie?«, fragte ich.
Sie wiederholte ihre Frage.
»Nein«, log ich. »Die kurzen Haare stehen dir auch sehr gut.«

»Ich möchte wissen, wie es in der Schule wird«, fuhr sie fort.
»Langweilig«, sagte ich.
»Nee«, sagte sie, »das glaub ich nicht. Es wird spannend. Ich fühl mich wie ein neuer Mensch. Ich bin nicht mehr dieselbe wie im Frühling.« Sie strich sich mit der Hand über das Haar und richtete ihren kurzen Pferdeschwanz.
Hasse erhob sich und begann auf der äußersten Kante vom Sprungbrett zu hüpfen. Die Vibrationen übertrugen sich auf das Gestell, es war wie ein singendes, murmelndes Geräusch aus dem Pontoninnern.
»Das klingt, als ob da drinnen ein Riese eingesperrt wäre«, sagte Maj und klopfte mit dem Fingerknöchel gegen das Blech. »Ein Riese, der weint, weil er den ganzen Sommer eingesperrt war.«
Hasse flog durch die Luft, neigte das Gesicht gegen die Knie, wirbelte herum und zerteilte die Wasseroberfläche mit nicht ganz gerade ausgestreckten Händen.
»Überschlag«, stellte Maj fest. »Tut das nicht weh?«
»Doch«, sagte ich, »es tut gemein weh.«
Maj stand auf und stellte sich an den Rand. Sie guckte ins Wasser, beugte die Beine und hob die Arme.
»Huh«, sagte sie, »das Wasser sieht ekelhaft aus.«
»Von unten wird Sand aufgewirbelt, wenn es windig ist«, sagte ich und guckte über den Rand ins Wasser, das dieselbe Farbe hatte wie gekochte Dorschleber.
Maj legte sich wieder hin. Hasse kam zur Treppe geschwommen und kletterte herauf. Er strich sich das Haar zurück und stieg wieder aufs Sprungbrett. Der Ponton

schaukelte sachte auf dem Wasser. Kleine Wellen klatschten von der Meerseite dagegen.
Zwischen Badehaus, Badekabinen und dem Ponton kam ein hellblauer Kajak hervorgeschossen. Hinten hatte er ein kleines Ruder, und der Paddler drehte es mit den Füßen herum, die Ruderleinen spannten sich, und der Kajak glitt genau unter dem Sprungbrett vorbei. Es war Henrik. Er winkte mit dem Paddel, hielt aber nicht an. Wir sahen ihn zum Strand hin verschwinden, und Maj und ich rollten uns beide auf die Seite, sodass wir sahen, wie er eine Weile später wieder nach draußen umkehrte. Der Kajak tauchte seine scharfe Spitze in die Wellen. Das Wasser schlug hinein. Henrik kämpfte und trieb das kleine Schiff gegen den Wind. Dann musste er sich ausruhen, und der Kajak wurde zurückgedrängt. Henrik beugte sich über das Paddel und trieb das nadelspitze Schiff voran.
»Das ist bestimmt schwer«, sagte Maj, als wir ihn schließlich um die Landzunge vor dem Badehaus verschwinden sahen.
Hasse stand auf und begann zu springen. Schwisch-schwisch, tönte es grollend und blechern aus dem Resonanzkörper des Pontons. Dann tauchte er, ohne einen Salto zu machen. Den Bruchteil einer Sekunde hing er mit gestreckten Beinen und ausgebreiteten Armen in der Luft. Wie ein Vogel, bereit, davonzufliegen.
»Heute Abend pflücken wir die Äpfel. Wir wollen Most machen«, sagte Maj. »Ihr könntet uns ja helfen, Hasse und du. Das wäre nur recht und billig.«
Sie guckte mich an. »Meinst du nicht?«, fragte sie mit die-

ser lauten, ein bisschen schreiigen Stimme, mit der sie jetzt sprach, weil Hasse und ich schlecht hörten.

»Doch«, sagte ich, »wir sollten wohl helfen.«

Hasse tauchte in einiger Entfernung auf. Er strich sich das Haar aus der Stirn und versuchte zu kraulen. Das ging nicht besonders gut. Als er die Treppe erreichte, hustete er.

»Jetzt hab ich aber Wasser geschluckt!«, sagte er. »Man fühlt die Strömung.«

»Was für eine Strömung?«, fragte Maj.

»Alles Wasser, das an Land schlägt, muss ja irgendwo hin«, sagte Hasse. »Wenn es windig ist, bildet sich ein Rückstrom. Das Wasser, das an Land schlägt, wird wieder hinausgetrieben. Zuerst wird man an Land gespült, dann wieder in die andere Richtung gezogen.«

Hasse hustete und spuckte. Dann hüpfte er einige Male auf einem Bein und versuchte, sich das Wasser aus den Ohren zu schütteln. Als das nicht funktionierte, schlug er sich mit der flachen Hand gegen die Schläfe. Dann stieg er wieder aufs Sprungbrett.

Die Leute am Ufer waren schon nach Hause gegangen. Eine Mutter führte ihren etwa fünfjährigen Sohn aus dem Wasser und fing an, die Badesachen zusammenzupacken. Inzwischen lief der Junge wieder ins Wasser. Die Mama lief hinterher. Der Junge setzte sich auf die Fersen und wollte nicht. Die Mutter zerrte ihn am Arm und zog den Widerstrebenden mit sich.

»Brr«, machte Maj. »es wird kühl.«

Ich sah sie an. Sie hielt mir ihren Unterarm hin.

»Guck mal, Gänsehaut«, sagte sie, »fühl mal ...«

Ich strich mit einem Finger über ihren Arm. Er hatte weiße, feine Härchen. Sie hatten sich aufgerichtet und leuchteten auf der bronzefarbenen Haut. Die Gänsehaut bestand aus kleinen Punkten, und die Spitzen hatten die Farbe gekochter Kartoffeln. Ich strich über ihren Arm.

»Friert dich nicht?«

»Nee«, sagte ich. »Im Wasser ist es warm.«

Ich stürzte mich hinein, legte mich auf den Rücken und trat Wasser und beobachtete Maj, die die Treppe herunterstieg. Sie warf sich in das trübe, aufgewühlte Wasser. Mit ein paar Schwimmzügen war sie außerhalb des Windschutzes, den der Ponton bot. Als sie ihr Gesicht dem Wind und den Wellen entgegendrehte, schluckte sie Wasser. Ich sah, wie sie den Mund öffnete, um etwas zu rufen. Dann schluckte sie Wasser und fing an zu husten. Sie hörte auf zu schwimmen und schlug nur noch mit den Armen, drehte um und schwamm zurück zur Treppe. Dort hing sie eine Weile, ehe sie wieder hinaufstieg und sich hinlegte. Ich schwamm zu ihr und trat Wasser unterhalb der Stelle, wo sie lag. Sie spuckte und hustete immer noch. »Ich bin fast erstickt«, sagte sie.

»Du musst den Mund geschlossen halten.«

Maj spähte zum Ufer. Ich schwamm zur Treppe und stieg hinauf und legte mich neben sie.

»Wie weit ist es, was meinst du?«, fragte sie.

»Hundert Meter«, sagte ich, »das weißt du doch, vielleicht ein bisschen mehr. Aber auf der Hälfte der Strecke hast du Grund.«

Maj maß den Abstand mit Blicken. Dann drehte sie sich um

und sah zum Horizont. Der hatte sich verdunkelt. Da oben jagten schwarze Wolken dahin.
»Ist das Regen?«, fragte sie und zeigte hinaus, wo schwarzes Gras vom Himmel zum Meereshorizont herunterzuwachsen schien.
»Ja«, sagte ich, »dahinten regnet es.«
Maj spähte wieder zum Ufer. Die Frau hatte ihrem Kind einen Pullover angezogen. Sie schleppte den Jungen zum Ausgang. Die ganze Zeit wollte er sich in den Sand setzen.
»Ich glaub, ich schaff es nicht bis an Land«, sagte Maj. »Ich hab Angst, dass ich wieder Wasser schlucke.«
»Das ist doch kein Risiko«, sagte ich, »du musst nur den Mund geschlossen halten, und wenn du landeinwärts schwimmst, kommt die See von hinten, das ist gut. Du schluckst bestimmt kein Wasser.«
»Aber wenn«, sagte Maj. »wenn ich Wasser schlucke, gerade fünfundzwanzig Meter vom Ponton entfernt, dann sind es immer noch funfundzwanzig Meter, bis ich Boden unter den Füßen habe.«
Sie lag sehr dicht neben mir. Ich sah ihren Unterarm, auf dem die feinen weißen Härchen gegen die Haut schimmerten.
»Ich trau mich nicht«, sagte sie.
Hasse sprang vom Sprungbrett, schwamm unter Wasser und tauchte genau neben der Treppe wieder auf. Er kam nicht zu uns herauf, sondern rief von dort unten:
»Wollen wir abhauen?«
Ich guckte Maj an. Sie biss sich in die Unterlippe.
»Ich trau mich nicht«, wiederholte sie. »Es ist so windig.«

Hasse drehte sich um und sah zum Ufer. Der Strand war leer.

»Harry und ich holen das Boot vom Klops.«

»Wo ist es?«, fragte Maj.

Hasse zeigte dorthin, wo der Sandstrand zu Ende war und das steinige Ufer begann. Dort waren einige Anlegestege und Bootsschuppen. An den Stegen schaukelten ein halbes Dutzend Ruderboote.

»Die Ruder liegen unter dem Schuppen«, sagte Hasse.

»Wie lange dauert es?«, fragte Maj. »Mir ist kalt.«

»Wir schwimmen direkt an Land, flitzen zum Boot und nehmen jeder ein Ruder. In einer Viertelstunde sind wir wieder da.«

Hasse warf mir einen Blick zu, und dann schoss er davon. Mit raschen, kräftigen Zügen schwamm er in Richtung Land. Die Wellen trafen ihn im Nacken.

»Glaubst du, ich schaffe es?«, fragte Maj.

»Wir kommen mit dem Boot«, sagte ich und sprang ins Wasser.

Als ich wieder an die Oberfläche kam, drehte ich mich zu Maj um. Sie stand mit über der Brust verschränkten Armen da. Sie winkte. Ich winkte zurück und schwamm weiter. Ich spürte den Sog der rückflutenden Wellen. Nicht besonders lästig, aber ich fühlte es. Ein Sog, ein sachtes Ziehen in die andere Richtung. Es war ein Gefühl, als ob ich in Dickmilch schwamm. **Ich drehte mich um und sah zum Ponton. Maj war nicht da. Sie war verschwunden.** Dann entdeckte ich ihren Kopf im Wasser zwischen mir und dem Ponton.

Sie winkte. Sie versuchte, sich im Wasser aufzurichten. Als

ob sie sich selbst aus dem Wasser hob. Ihr Mund war offen. Vielleicht rief sie etwas. Ich war jetzt so weit, dass ich gerade Boden unter den Füßen hatte. Das Wasser reichte mir bis zum Hals. Eine Welle schlug über meinem Kopf zusammen. Ich begann wieder nach draußen zu schwimmen.
Ein eisiges und lähmendes Gefühl ging durch meine Muskeln.
Ich schwamm gegen die Wellen an, und mir war, als käme ich nicht von der Stelle. Ich bewegte mich nicht von der Stelle. Mein Kopf wurde ins Wasser gedrückt. Ich drückte mein Gesicht unter Wasser und pflügte vorwärts.
Dann erreichte ich den Windschutz vom Ponton. Der braune, verrostete Rumpf, das Sprungbrett, das auf und nieder schaukelte, das Wasser, das mit dumpfen Schlägen von der Seeseite gegen den Ponton klatschte. Plötzlich wurde mir klar, wie windig es eigentlich war. Jetzt sah ich, wie grau das Meer war und wie schwarz der Himmel überm Horizont stand. Ich legte die Hand auf die Treppe.
»Maj!«, rief ich und sah mich um. »Maj …«
Einen sehr kurzen Augenblick meinte ich, ihren Körper fast an Land zu sehen, aber es war etwas anderes, ein Stück Tang, das sich losgerissen hatte. Sie war verschwunden. Ich klammerte mich an der Treppe fest und spürte, wie alle Kraft meinen Körper verließ. Ich klammerte mich fest, und meine Beine wurden unter den Ponton gezogen.
»**Maj**!«, rief ich. »**Maj**!«
Ich spähte zum Ufer. Dort lief Hasse zu dem Boot. Ich rief: »Hasse!«
Aber er hörte nicht. Natürlich hörte er nichts. Er lief nur, aber sehr langsam.

Ich zog mich auf die Treppe und ließ mich mit einem Plumps fallen. An der Außenseite vom Ponton brach sich die See, dass es sang. Ich kletterte aufs Sprungbrett. Ich merkte, dass ich weinte.
Dort oben setzte ich mich hin und sah mich um. Das Meer war graugrün und hatte weiße, zischende Kämme. Der Horizont war schwarz wie vermoderndes Gras, und am Strand kam die Mutter von dem Kind angelaufen. Das Kind hatte sie oben an der Pforte gelassen. Sie lief allein durch den Sand, und an dem Platz, wo sie vor einer Weile gesessen hatte, begann sie zu suchen. Sie bückte sich. Der weiße Rock straffte sich. Sie fand, was sie gesucht hatte, und lief barfuß zurück zum Ausgang.

56

PERSSON
Wie lange habt ihr einander gekannt?

HARRY
Seit Maj hierher gezogen ist.

PERSSON
Seid ihr sofort Freunde geworden?

HARRY
Ja.

PERSSON
Wie oft habt ihr euch getroffen?

HARRY
Jeden Tag.

PERSSON
Jeden Tag?

HARRY
Ja, wenn Maj zu Hause war.

PERSSON
Was habt ihr gemacht?

HARRY
Gebadet, Fahrrad gefahren, geredet, getanzt … alles Mögliche.

PERSSON
Und ihr habt Maj schwimmen beigebracht?

HARRY
Ja.

PERSSON
Wie?

HARRY
Was wie?

PERSSON
Wie habt ihr Maj das Schwimmen beigebracht?

HARRY
Wir sind einige Male nach Larjes gefahren. Hasse hat einen Schwimmring, den Schlauch von einem Lasterreifen. Sie hat es schnell gelernt.

PERSSON
Bist du der Meinung, dass Maj schwimmen konnte?

HARRY
Jedenfalls konnte sie bis zum Ponton schwimmen. Sie ist auch gesprungen.

PERSSON
Was ist an diesem Tag passiert?

HARRY
Wir sind ans Meer gefahren.

PERSSON
Um wie viel Uhr?

HARRY
Irgendwann nach zwölf.

PERSSON
Und dann?

HARRY
Wir sind zum Ponton geschwommen. Das Wasser hatte einundzwanzig Grad …

PERSSON
Woher weißt du das?

HARRY
Das stand auf der Tafel am Eingang.

PERSSON
Seid ihr direkt zum Ponton geschwommen?

HARRY
Ja. Maj fand die Wellen etwas unheimlich, obwohl sie klein waren, als wir rausschwammen.

PERSSON
Hat sie das gesagt?

HARRY
Nein.

PERSSON
Wie willst du es dann wissen?

HARRY
Das konnte ich ihr ansehen. Sie war … angespannt. Sie hat die Lippen zusammengekniffen.

PERSSON
Ihr habt nicht versucht, es ihr auszureden …

HARRY
Nein.

PERSSON
… oder sie zu ermuntern?

HARRY
Wie?

PERSSON
Ihr habt zum Beispiel nicht zu ihr gesagt, dass sie es schon schaffen wird oder so was?

HARRY
Nein.

PERSSON
Hasse sagt, du hättest gesagt »Das da sind keine Wellen. Die schaffst du wie nichts.«

HARRY
Das hab ich nicht gesagt.

PERSSON
Bist du sicher?

HARRY
Ich erinnere mich nicht, dass ich es gesagt habe.

PERSSON

Hat Maj irgendwas gesagt, sodass du oder Hasse zum Beispiel hättet sagen können »Das da sind keine Wellen. Die schaffst du wie nichts«?

HARRY

Ich erinnere mich nicht.

PERSSON

Möchtest du ein Taschentuch haben?

HARRY

Danke.

PERSSON

Möchtest du, dass wir ein andermal weitermachen?
(Harry schüttelt den Kopf.)

PERSSON

Du und Hasse, ihr kennt euch schon sehr lange, nicht wahr?

HARRY

Seit der ersten Klasse.

PERSSON

Seid ihr beste Freunde?

HARRY

Ja.

PERSSON

Maj hat an dem Tag, bevor sie ertrank, in ihr Tagebuch geschrieben »Hab meine Höschen von H. zurückbekommen.«
Was kann sie damit gemeint haben?

HARRY

Weiß ich nicht.

PERSSON
Aber irgendwas muss sie ja gemeint haben.

HARRY
Vielleicht hat sie ihre Schlüpfer gemeint.

PERSSON
Ja …?

HARRY
Die sie verloren hat, als wir vom Baden nach Hause gefahren sind.

PERSSON
Was waren das für Höschen?

HARRY
Ein Paar weiße Schlüpfer.

PERSSON
Waren es vielleicht Hasse und du, die auf Majs Geburtstagsfest Dynamit in ihrem Garten in die Luft gejagt haben? Und ist es möglich, dass du da zwei Schlüpfer von Maj mitgenommen hast? Und an dem Abend, bevor sie ertrank, hast du sie Maj wiedergegeben … Das hat Hasse nämlich gesagt …

HARRY
Doch.

PERSSON
Was doch?

HARRY
Doch, es stimmt.

PERSSON
Wart ihr böse, weil ihr nicht zu Majs Fest kommen durftet?

HARRY
Nein.

PERSSON
Warum habt ihr dann Dynamit in ihrem Garten gezündet?

HARRY
Feuerwerk.

PERSSON
Dynamit ist doch kein Feuerwerk.

HARRY
Wir dachten aber, dass es ein Feuerwerk wird.

PERSSON
War es nicht so, dass ihr euch an Maj oder ihren Eltern rächen wolltet?

HARRY
Wir haben sie doch aber hinterher zu Torte eingeladen …

PERSSON
Ja, ja, nun mal ganz ruhig. Bist du sicher, dass wir nicht lieber ein andermal …

HARRY
Ja.

PERSSON
Also gut, über die Sache mit dem Dynamit reden wir ein andermal. Ihr seid also Sonntagnachmittag zum Strand gefahren, das Wasser hatte einundzwanzig Grad, und der Wind wehte mit acht Metern in der Sekunde. Ihr seid zum Ponton rausgeschwommen.

HARRY

Ja.

PERSSON

Was ist da draußen passiert?

HARRY

Wir haben uns gesonnt.

PERSSON

Wie?

HARRY

Hasse hat fast die ganze Zeit auf dem Sprungbrett gelegen. Maj und ich lagen unten auf der Treppe nebeneinander.

PERSSON

Auf der Treppe?

HARRY

Neben der Treppe, mein ich.

PERSSON

Du und Maj, ihr habt also nebeneinander auf dem Ponton gelegen. War das, als Henrik in seinem Kajak kam?

HARRY

Er ist später gekommen. Zuerst haben wir nur dagelegen. Maj hatte Gänsehaut.

PERSSON

Sie fror?

HARRY

Ja.

PERSSON

Worüber habt ihr geredet?

HARRY
Über alles Mögliche.

PERSSON
Zum Beispiel …

HARRY
Über die Schule.

PERSSON
Was habt ihr darüber geredet?

HARRY
Maj freute sich, dass die Schule wieder anfängt.

PERSSON
Und du?

HARRY
Nicht so sehr.

PERSSON
Ihr habt also dagelegen und geredet. Und dann?

HARRY
Wir haben einige Male gebadet. Maj schluckte Wasser und kriegte Angst. Als wir zurück an Land schwimmen wollten, traute sie sich nicht. Hasse schlug vor, dass wir das Ruderboot von Klops holen und Maj damit an Land bringen. Ich sprang rein, und nachdem ich ein Stück geschwommen war, drehte ich mich um. Ich sah Maj auf dem Ponton. Wir winkten. Als ich mich das nächste Mal umdrehte, hatte ich Boden unter den Füßen. Maj war ins Wasser gesprungen. Sie winkte. Ich sah, dass sie … Na ja, dass sie Schwierigkeiten hatte. Ich glaube, sie hat gerufen.

PERSSON

Aber du hast nichts gehört?

HARRY

Nein.

PERSSON

Und dann?

HARRY

Ich schwamm zurück zum Ponton, aber als ich hinkam, war sie weg.

PERSSON

Als du ihr im Wasser zugewinkt hast, meinst du, dass sie es als Aufforderung aufgefasst hat, zu dir zu kommen?

HARRY

Vielleicht.

57

Sie kam im Schlaf, im Halbschlaf und im Fieber. Sie streckte ihre Hände aus und zog mich auf den Boden. Ich war nackt, aber sie lachte nur und sagte etwas, das ich nicht verstehen konnte. Entlang der Wände saßen blau gekleidete Ziehharmonikaspieler, und die Erde bebte vom großen Schuss. »Sind sie nicht hübsch?«, fragte sie und hielt mir ihre Zöpfe hin. Ich griff danach, und sie verwandelten sich in Ringelnattern mit butterfarbenen Flecken im Nacken. Als ich versuchte, sie von ihrem Gesicht wegzuziehen, löste sich das Haar von ihrem Kopf, und ich hielt es in der Hand. Henriks Papa kam in einem Kanu angepaddelt. Er reichte mir eine Ansichtskarte, in der noch Stecknadeln steckten, eine in jeder Ecke. »Dreimal täglich«, sagte er. Dann paddelte er davon. Hasse stand auf dem Sprungbrett und winkte.

Mama brachte ein Tablett und stellte es auf meinen Knien ab. Sie setzte sich an das Fußende des Bettes und holte Majs Haar hervor, das unter der Matratze lag. Sie schlang es sich um den Hals. Sie zog es fest um den Hals. Hinter meinem Rücken lachte jemand.

Persson kam zur Tür herein. Er hatte Majs Schlüpfer zwischen einem Haufen anderer Wäsche, die er in einer Karre hinter sich her schleppte. Er kippte die Sachen auf mein Bett. Unter all dem Zeug in der Karre stand ein Plattenspieler. »Nächstes Mal wirst du bestraft«, sagte er und begann, mein Gesicht mit der Wäsche zu bedecken. Ich schnappte nach Luft. »Meinst du, dass sie es als Aufforderung aufgefasst hat, zu dir zu kommen?«, fragte er.

Tocken kam mit seinem Fahrrad auf den Hof gefahren. Er brachte seine Schreibhefte mit, einen ganzen Packen. Er

kletterte mit einem Messer zwischen den Zähnen durch das Fenster und begann sofort, ein großes Herz aus der Tapete zu schneiden. Frau Sjöbo kam mit ihren Hunden vorbei und brachte ein Kartenspiel. Sie warf es durchs Fenster, und die Piksieben blieb zwischen meinen Zähnen stecken.
»Das geht bald vorbei«, sagte Henriks Papa.

Sie hatten einen weißen Sarg auf die Tanzfläche gestellt. Der Boden war mit Flieder bestreut. Nisse gab mir die Damenflinte. »Lümmel haben es nicht leicht«, sagte er. Ich zielte und schoss, das Publikum applaudierte, und Gunsan zog mich auf die Tanzfläche. Ich wollte den Sarg nicht sehen, aber sie schleppte mich zu ihm. Ich setzte mich hin, aber sie hob mich wieder auf und schleppte mich weiter. Im Sarg lag ein blauer Bar. In seiner Brust steckte ein kleiner Bolzen mit roten Haaren. »Sie hatte schließlich einen Herzfehler«, sagte Nisse und nahm die Flinte zurück.
Gunsan und Mama hoben mich von der Tanzfläche auf und legten mich in den Sarg. Dann fingen sie an, mich mit Wasser zu begießen. Ich konnte mich nicht rühren, Eimer um Eimer füllten sie in den Sarg. Hasse kam heran und guckte mich an. Er blies einen Rauchring und legte den Schwimmring in den Sarg. »Nimm den«, sagte er.

Maj und Anna standen auf der Bühne. Sie sangen *Que sera, sera* … Dann hob sich Maj die Haare vom Kopf. Unter dem Haar war sie Hasse. Sie legten den Deckel auf den Sarg, und es wurde dunkel. Ich wollte schreien, konnte aber nicht. »Er wird tüchtig schwitzen«, sagte Henriks Papa.

Fräulein Kejne nahm den Deckel weg und küsste mich auf die Stirn. »Es geht bald vorbei«, sagte sie. Sie hob mich hoch und trug mich auf den Hof. Da draußen saß Nowak auf der Planke an der Barackenwand. Er aß ein Stück von Majs Geburtstagstorte. Persson kam in einem kleinen grünen *Saab* angefahren. Er war in voller Uniform, trug eine Schirmmütze, und der Säbel hing an seiner Seite. Er ging zu Nowak und tippte ihn mit der Schuhspitze an.

Sie jagten mich. Der ganze Ort war hinter mir her, und voran lief Gärtner Blom. »Du Lümmel, ich weiß wohl, wer du bist!«, rief er und packte mich am Hemd. Ich riss mich los und fuhr mit dem Fahrrad in den Graben und lief zum Bunker. Ich schloss mich von innen ein. Sofort sah ich sie durch die Schießöffnungen. Jemand hatte Dynamit hereingeworfen. Die Zündschnur war nur ein paar Zentimeter lang. Sie brannte wie eine Wunderkerze. Ich bückte mich, um sie zu fassen. Als ich sie in der Hand hatte, knallte es.

58

Ich war krank. Hinterher war ich sehr schwach. Als ich wieder zur Schule gehen konnte, war es September. Hasse war besser davongekommen. Er hatte um sie getrauert, über sie geweint und war auf ihrer Beerdigung gewesen. Ich wurde von Schuldgefühlen aufgefressen.

Alles, was mich an sie erinnerte, machte mich krank. Ich wollte nicht an Äppelbo vorbeifahren. Ich suchte einen Fahrradweg über die Wiese, aber dann musste ich am Bunker und an Direktor Floriins Garten vorbei. Alles um mich herum erinnerte mich an sie. Ich hatte kleine hellblaue Tabletten von Henriks Papa bekommen, die ich abends vorm Einschlafen nehmen musste. Ich kämpfte dagegen, solange ich konnte. Jede Nacht wurde ich von Albtraumen wach.

Am ersten Tag, an dem ich in die Schule gehen sollte, blieb ich zu Hause. Hasse kam herein und wollte mich abholen. Er trug die schwarze Lederjacke, und er saß auf meinem Stuhl und rauchte.

»Komm jetzt«, sagte er, »du kannst nicht für den Rest deines Lebens herumliegen.«

Ich ging mit ihm hinaus auf den Hof. Ich fuhr mit ihm über die Wiese. Als wir auf die Straße kamen, begegneten wir Anna und einer Gruppe Mädchen von Sållan. Ich begann zu weinen und drehte wieder um. Hasse kam hinterher und saß bei mir, und wir spielten Karten bis zehn. Dann ging er. Mama hatte das Foto von Papa in meiner Hosentasche gefunden, und sie hängte es über meinem Bett auf. Majs Ansichtskarte hatte sie weggenommen. Sie war die ganze Zeit zu Hause gewesen, während ich krank war. Jetzt hatte sie wieder angefangen zu arbeiten. Ich lag auf dem Bett und hörte Radio. Unbegreiflich und plötzlich fing ich von Zeit zu Zeit an zu weinen. Mein Kopf fühlte sich leer an, und es brauste genauso wie nach dem Dynamitknall in Äppelbos Garten.

Hasse versuchte wieder, mich mit in die Schule zu nehmen. Die Realschule war ein Stück von der Volksschule entfernt, auf der anderen Seite der Straße. Da gab es viele Jugendliche, die ich nicht kannte. Zur Realschule kam man aus der ganzen Provinz rundherum. Die Klasse hatte einunddreißig Schüler, wovon sieben aus meiner alten Klasse waren. In mir tobte ein unvernünftiges Gefühl. Ich wusste, dass ich jeden Augenblick anfangen konnte zu weinen. Wir hatten Deutsch: »Der, des, dem, den, die, der, den, die …«, klang es im Chor. Ich dachte an das deutsche Schiff im Hafen, an Hasse, der versucht hatte, mit Nowak deutsch zu reden. Plötzlich sah ich, wie es in mein Heft tropfte, in das ich das Beugungsschema gezeichnet hatte.

Anna meldete sich.

»Guten Tag, Jungen und Mädel«, sagte sie, und ich fing an zu heulen.

Um mich herum ein Flüstern, während ich über dem Tisch lag.

Hasses Arm um meine Schultern. Studienrat Lykte stellte sich neben mich.

»Ja, ja«, sagte er auf Deutsch, »ja, ja, der Junge ist traurig.«

Auf dem Heimweg fuhren wir nebeneinander. Hasse und ich. Wir waren erst losgefahren, als die anderen schon weg waren. Hasse schützte mich gegen sie, gegen die Fragen, gegen die Spitzen und Bosheiten, die in der einen oder anderen Form kommen konnten. Er hatte schon so manches abgefangen in den letzten Wochen, seit die Schule begonnen hatte. Ich wusste, wie wir genannt wurden, gerade so laut, dass es uns nicht entging: »**Dynamitbande und Ersäufer**«

Manche nannten uns auch »**die Bärenliga**«

Als wir am Solberg vorbeifuhren, sahen wir zum Ritzbaum hinauf.

»Was zum Teufel macht er?«, sagte Hasse.

Wir warfen unsere Räder hin und gingen den Hügel hinauf. Im Ritzbaum saß Tocken mit einer Bügelsäge. Er sägte die Äste ab. Einen nach dem anderen sägte er ab. Sie fielen auf die Erde, und da lagen sie. Die Vogelbeeren waren schon rot. Wir guckten ihm eine Weile zu. Dann kehrten wir zur Landstraße zurück und fuhren nach Hause.

Einige Tage später sah ich sie auf dem Nachhauseweg von der Schule in einiger Entfernung. Sie fuhr hundert Meter vor mir, und die langen Haare flatterten. Es waren dasselbe Mädchenrad und ein hellblaues Cape gegen den leichten Regen. Der Wind kam von vorn. Ich versuchte sie einzuholen.

Hasse rief: »Harry, wohin willst du ... Harry!«

Ich trat in die Pedale, als gelte es mein Leben, als ob ich sie

einfangen wollte in dem Moment, bevor der Tod sie mir wegnahm, als ob ich sie festhalten könnte.
Hinter mir rief Hasse. Ihre langen Haare flatterten. Ich hatte sie bald eingeholt. Auf dem Gepäckträger hatte sie eine Tasche, genau wie Maj.
Ich, der ich nie zu Gott betete, ich betete laut vor mich hin: »Lieber Gott, lass es *sie* sein.«
Ich fuhr an ihr vorbei und drehte den Kopf. Das war nicht Majs Gesicht. Es war mindestens fünfundzwanzig Jahre alt. Das waren nicht Majs Gesichtszüge. Sie waren hart und angespannt vom Fahrradfahren. Ich starrte sie an. Ihr Blick fragend: Ja … was starrst du so? Ich hab's eilig … Aus dem Weg, du Schlingel … Sie strampelte rasch und energisch an mir vorbei.
Von der Fabrik her heulte die Sirene. Es war Donnerstag. Der große-Schuss-Tag. Man warf die Lärmmaschine an. Ich lenkte das Fahrrad in den Graben und lief zum Zaun. Genau an dieser Stelle konnte man unter ihm durchkriechen. Ich hatte gesehen, wie Kleinere das manchmal getan hatten. Ich warf mich auf den Bauch und schlängelte mich durch.
Hasse rief hinter mir her: »Harry, zum Teufel, warte …«
Ich lief durch den Wald, und der Lärm dröhnte in meinen Ohren. Nasse Tannenzweige klatschten mir ins Gesicht. Ich hörte Hasse hinter mir. Er zerrte an meinem Jackenärmel. Ich riss mich los und lief zum Rand des Abbruchs. Der sonst so weiße Kalk war grau vom Regen. Überall Wasserpfützen. Die Jaulmaschine hörte auf zu heulen. Hasse holte mich ein und warf mich um. Wasser und Kalk, Kalkwasser

in meinem Mund. Hasse auf meiner Brust, die Vibration der Erde. Hasse, der sich neben mich wirft. Der Knall. Der Steinregen. Die Kalkwolke.

Hasse mit den Armen über meinen Schultern, als ob er mich gegen die Steine oder gegen irgendwas anderes schützen wollte. Das Sausen im Kopf. Die Staubwolke, die sich aus dem Steinbruch erhebt und über die Ränder wallt. Sie hüllt uns in Steinstaub ein, sie wäscht uns weiß. Es riecht verbrannt. Hasse steht auf und zerrt an meiner Hand. Er bekommt mich auf die Füße. Er hinkt. Als wir den Zaun erreichen, zündet er sich eine Zigarette an.

Er trägt jetzt keine Mütze mehr. Die Zigaretten hat er in der Brusttasche. Er zündet eine *Boy* an und reicht sie mir. Wir lehnen uns gegen den Zaun von Gunnebo. Hasse steckt die Hände in den Maschendraht. Der ist ganz weiß vom Kalkstaub, Kalk und Regenwasser auf den Kleidern.

»Großmutter sagt, ihr zieht um«, sagt Hasse. »Dieser Typ von Electrolux will sich mit deiner Mama verloben.«

Ich antworte nicht.

»Stimmt das?«, fragt er. »Zieht ihr weg?«

»Ich weiß nicht«, sage ich.

Jetzt hat es fast aufgehört zu regnen.

»Wollen wir rüberklettern oder durchkriechen?«, fragt er.

Ich schiele zu ihm, wie er da im Maschendraht hängt. Wie ein Fisch, der sich an dem Einzigen festhält, woran er sich halten kann: dem Netz. Er boxt mich leicht gegen die Schulter.

»Zuerst drüber«, sagte er.

Und ehe ich nachdenken kann, sitzen wir beide oben auf

dem Stacheldraht, unsere Gummischuhe in den Maschen des Netzes, Hände und Finger geschickt zwischen den hinterhältigen Stacheln. Wir sitzen uns gegenüber.
Dann springen wir auf der anderen Seite ab, und es kribbelt in den Füßen, denn es ist hoch. Hasse guckt mich an, während wir fahren.
»Pfui Teufel, wie du aussiehst«, sagt er.
»Und du erst«, sage ich, »du erst …«
Dann fange ich an zu lachen. Er ist über den ganzen Körper weiß. Als ob er in Mehl gebadet hätte, als ob ihn jemand mit pulverisiertem Stein begossen hätte. Er wischt sich die Arme ab.
»Du solltest dich erst mal sehen«, sagt er. »Du solltest dich sehen …«
Er lacht auch, und ich gebe ihm die Zigarette. Er mustert sie und haut mir auf den Rücken.
»Du hast aufgehört, sie einzuweichen«, sagt er.
Ist da noch etwas anderes, das er mir sagen könnte? Gibt es etwas, das er sagen könnte, damit ich fröhlich werde?
»Es war nicht deine Schuld«, sagt er, boxt mich locker gegen die Schulter und gibt mir die Zigarette.
Als ich sie entgegennehme, sehe ich, dass ich blute, nur ein bisschen am Handgelenk. Die Schleife … Ich drehe mich um zum Zaun. Dort ist sie, ganz oben am Stacheldraht. Sie muss hängen geblieben sein, als ich abgesprungen bin. Sie ist ausgebleicht, fast weiß. Sie bewegt sich ein wenig im Wind. Hasse beobachtet mich. Er folgt meinem Blick, sagt aber nichts. Ich gebe ihm die Zigarette. **Er boxt mich leicht, ganz leicht gegen die Schulter. Es ist fast ein Streicheln.**

»Komm jetzt«, sagt er, »wir hauen ab.« Und dann steigen wir auf unsere Fahrräder und strampeln nach Hause, und ich bin die ganze Zeit ein Stück vor ihm, denn ich will nicht, dass er mein Gesicht sieht.